谨以此书，致敬所有航天工作者，和为梦想坚持的人们。

星光洒落的那个地方

Where the starlight falls

黄子真——著

中国大百科全书出版社　　知识出版社

图书在版编目（CIP）数据

星光洒落的那个地方／黄子真著. —— 北京：知识
出版社，2024.2
  ISBN 978-7-5215-1034-8

  Ⅰ．①星… Ⅱ．①黄… Ⅲ．①幻想小说—中国—当代
Ⅳ．① I247.5

  中国国家版本馆 CIP 数据核字（2024）第 042013 号

星光洒落的那个地方

黄子真　著

出 版 人	姜钦云
出版统筹	张京涛
责任编辑	朱金叶　易晓燕
责任校对	章　菲
责任印制	吴永星
出版发行	知识出版社
地　　址	北京市西城区阜成门北大街 17 号
邮　　编	100037
网　　址	http://www.ecph.com.cn
电　　话	010-88390725
印　　刷	北京天恒嘉业印刷有限公司
开　　本	710 毫米 ×1000 毫米　1/16
字　　数	210 千字
印　　张	20.5
版　　次	2024 年 2 月第 1 版
印　　次	2024 年 2 月第 1 次印刷
书　　号	ISBN 978-7-5215-1034-8
定　　价	68.00 元

序

航天与文学的碰撞，梦想和现实的交织

王晋康

在璀璨星河的映衬下，青春如同彗星划过夜空，短暂而耀眼。当科幻的奇幻与青春的激情相遇，便诞生了这部《星光洒落的那个地方》。这本书宛如一幅流动的画卷，一点点将我们引领至遥远的星际，在这里，科技的力量如同银河般浩瀚，青春的热情如同恒星般燃烧。

早在几年前，我读过子真的《红楼造梦局》，她成功地将古典文学与现代思维相结合，为读者展现出一个既熟悉又崭新的红楼世界。她的文字细腻，富有诗意。经过几年的文学沉淀，她将诗意的文字注入科幻的血液，先是创造出《云梦》这样一个绮丽梦幻、天马行空的世界，现在又给我们带来一个全新的航天逐梦人的故事，一个梦想与现实交织的故事。

前阵子和子真交流时，子真和我说她正在写的小说是航天题材。我听后非常振奋。航天是国家重点关注和发展的领域，文学界也希望航天题材结出果实，但受到写作难度大的影响，敢于并愿意沉下心来钻研、创作的人很少，航天题材目前有很大的空白。相对其他小说来说，航天题材小说门槛很高，不仅对作品的文学性有要求，还需要作者有丰富的科学储备和严谨的理科思维，这就要作者文理兼通，缺少

任何一项都写不出好的航天小说。除此以外，作者还需对某些科学技术、理论进行更深的学习研究——看起来古灵精怪、年龄不大的小女生，勇挑大国重器题材，光是这点就令人震撼和喜悦了。值得指出的是，从无忧无虑的小丫头，到出征宇宙的航天员，子真笔下的主角亦是一名勇敢强大的女性，这是一部从作者到主角都能展现出女性力量的书。

乐天派女孩黎漾在小镇上过着平平无奇的小日子，在老爸茶楼做做兼职，设计自己喜欢的甜品，听听音乐，与自家哥哥互怼，与邻家哥哥约会。如果不出意外，这样的日子会一直持续下去，然而她父亲的失踪打破了平静的一切，一段疑似未来的讯息显示她父亲可能去到了未来，而她的一心追逐航天梦的哥哥为了承担起家庭义务决定放弃航天事业。这一系列事情让她下定决心与她的伙伴们踏上了一段穿越时空的冒险之旅，去探索未解之谜。书中以黎漾的独特视角目睹了中国航天人探索宇宙的艰辛与辉煌。这段旅程不仅见证了黎漾的成长与蜕变，更深刻地展示了中国航天事业的辉煌成就和不懈追求。

子真是大胆的，她将故事开始的时间设定在了 2027 年。很多科幻作家都不敢这样做，因为有一定的冒险性，需要有过硬的科学知识的支撑，否则一不小心就会出错。这需要作者对当今的科技成果有准确的把握，对科技的发展和社会变革的速度有一个预判。卓越的科学素养让子真在书中相关科技的表述上驾轻就熟。她熟悉我国航天技术的发展。黎漾的哥哥黎清在文昌发射中心工作，书中有大量关于他工作及执行发射任务的描写，这些描写让人读来也仿若身临其境。子真也是聪明的，她知道这样的时间设定的好处。由于这个时间点接近我们的现实，读者可以轻松将自己置于故事情境中，这种沉浸式的阅读体验颇具吸引力。

书中提出了"国产自主可控冬眠系统"这一创新设计，因为中国航天的命运要掌握在中国人手里。中国将对太阳系外是否有适宜人类居住的行星展开探测，并以"Universe"恒星级光帆飞船献礼世界、造福人类。子真不放过每一个可以展露对国家自豪之情的地方，处处显示中国风范，这是一位非常有格局、有家国情怀的青年。她对国家热点也相当关心和了解，例如对航天旅游业带动当地经济链、实现脱贫致富的描述，更丰富了对中国航天事业发展的呈现。就连星光村村民为配合发射场建设的拆迁事迹也被写进了书中，为祖国崇高事业的辉煌而作出牺牲、奉献的人太多了，可以说，《星光洒落的那个地方》铺开了一幅全方位中国航天图景。

同时，书中有大量关于海南的场景和美食描写，洋溢着海南的风土人情，让我也"跟"着去文昌龙楼镇住了一把，足以看出她为写此书所下的功夫。故事中，星光村依山临海、舒适美丽，那里的民风也淳朴胜于今日，夜不闭户、路不拾遗，是一片"世外桃源"，是"高科技时代下最接近绿色的地方"，子真一反赛博朋克的科幻传统，构想了一个充满绿色生机的新型科幻世界。

这是一部适于中国年轻人了解中国航天事业的作品。应该说，面向这个年龄层的航天题材文学作品，《星光洒落的那个地方》是第一部。本书科幻与文学的融合度把握得很好。过度的科普科幻可能会让读者感到疏离和难懂，而过于沉重的社会思考也可能会让作品失去青春的轻盈和活力。子真在科普科幻与文学创作之间找到恰当的平衡点，让两者交互、相得益彰。更可喜的是，子真是崭露头角的00后作家，她的作品反映出新时代人群的特点，透过她的笔，我们能看到00后一代的所思所想。

从文学价值的角度来看，优美风趣的文笔是对子真科幻作品的加持。精湛的叙事技巧、紧凑的结构、富有哲理的语言设计、惟妙惟肖的人物刻画、恰到好处的歌词引入等，为读者提供了一种高层次的阅读体验。难能可贵的是，虽是航天这样的"硬"题材，作品同样有立意深度，充满现实主义内涵及人文关怀，体现了理想情怀和现实物质之间的矛盾与抉择，还涉及家庭教育等问题、现象。关于梦想、成长、现实部分，我不知是否融入子真的个人感情与思考，但一定将引起无数人的共鸣。其实在故事角色的身上，我看到了子真坚守理想信念的影子。

故事的前半段一直在讲述黎漾的惬意生活，航天逐梦人仿佛是哥哥。作者不着痕迹地将黎漾的梦隐藏了起来，但实际上哥哥每次取得成功，最高兴的人却是她。故事的主题在一点点地升华。在长征九号运载火箭成功发射后，她哭了。她感慨道："当梦想征途与璀璨星河相遇，这是他们对祖国的一腔赤诚、对事业的无限执着、对梦想的不懈追寻。"其实，黎漾何尝不是那个追梦的人呢？

在宇宙的边缘，星光如尘埃般洒落，落在子真的手中，它们被编织成一个个绚丽多彩的故事。航天逐梦人的故事是一首永恒的赞歌，激励着后来者继续追寻梦想，勇攀高峰。让我们共同期待，航天逐梦人的故事将永远照亮人类探索宇宙的道路。现在，让我们祝贺《星光洒落的那个地方》的诞生，翻开书，与中国航天人共同经历未来的奇遇与挑战。

（作者系著名科幻作家、高级工程师，曾获 1997 国际科幻大会颁发的银河奖、全球华语科幻星云奖终生成就奖，七次荣获中国科幻大奖银河奖。）

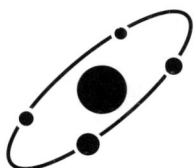

目录 CONTENTS

序章

彼时的我们还不知道，这一步在很久以后，
变成了载入史册的"传说"。

我做了一个梦。梦里，我死了。

被冷死的。

我从梦里惊醒，睁眼，看到的是纯白色的天花板。我躺在一张柔软的大床上，床头挂着我看不懂的荧光绿液体，正如打点滴般注入我的手腕。空调呼呼往外吹着冷风。

嘶，头痛。

床边还坐了一个男人，单手举着本书在读，白色网格状的外衣罩在白色长袖上，刘海乌黑，稀松恬淡，眼光落在书上。转头看到我醒来，他眼睫动了动，唇边露出一个浅笑。

很快，我在脑海里搜索到了这副面孔的主人，开口，好半天才听到自己的声音，嘶哑不堪："林霁。"

"我们到了。"他注视着我说，"这里是……无限之日。"

无限之日？

我环视一圈，看不到外面的景象，并未察觉出和我过去生活的世界有什么不同；不过，过去是什么样，我也记不太清了，脑中只剩下残存的片段，睡太久，大脑一片空白。

我清清嗓子，还是很不舒服："这一次，我睡了很久吗？"

"嗯，还好，"他声音淡淡，"5 个月。"

嘶……头好像更痛了。

"你呢？"我缓解着酸胀的太阳穴，问道，"你醒来很久了？"

见他点头，我接着随口问道："哦，那这 5 个月里，你都做了些什么？"

"等你醒来。"

他看着我，一字一字地说。

我们抵达了未来。

时间管理局接收到了我们的求救信号。经过 21 年的漫长冬眠，我们和我们的飞船"Universe"被空间折叠技术带到了 2099 年。

时间回到 2027 年夏天。

故事的开头是一大片绚烂的橙色夕夏。

海棠湾的马路修得很宽。这个点正是车鸣不断的时候，沿路路灯和船上的灯火交相辉映，一艘渡轮停泊在夕夏里。落霞只是一瞬间的事，若不是天色忽然变深了，大海宽广得差点儿就要混入蓝天。

沿海地区的下雨天很冷，上了船后，反而不冷了。

轮船很大，行驶平稳。在马达轻微的抖动感里，我坐在二楼的消费区透过舷窗看着波澜的海面，耳机里放着我很喜欢的一首歌《山雀》："自然赠予你树冠、微风、肩头的暴雨……"

大雾重重，时代喧哗造物忙。

两个月的毕业旅行后，我拖着行李箱回到了这里——我的家乡海南文昌龙楼镇。我的大学生活即将在这里度过。

不出所料，我的余生也将在这里度过。

我几乎能一眼看到我人生的尽头——在小小的星光村安居乐业，有事串个亲戚，没事约个老爸茶。

但这没什么不好。人生嘛，无趣是常态，有趣是偶然。知足更接近幸福，小得圆满才是人生佳境。

然而，令我意想不到的是，18岁这一年，一段疑似来自未来的信号，伴随着多人的命运，将我的整个人生——彻底改变了。

而在那不久前父亲的失踪，似乎也隐隐指向……未来。

命运的齿轮就此转动。

随着越来越多民间航天组织的创建发展，2028年1月，穆氏创办的民间航天组织"牧歌"发起"星空召唤"行动。同年5月2日，一艘名为"Universe"的宇宙飞船飞往茫茫太空。

仿佛是冥冥之中的召唤，就这样，我和林霁、楚颂、穆沉共4名外太空探索者及一个机器人结伴同行，利用冬眠技术开启漫长旅途，走向了谁都未知的那个明天。

彼时的我们还不知道，这一步在很久以后，变成了载入史册的"传说"。

第

①

章

人如其名，看到他会想到很多个四字词语
——风光霁月、雨后初霁、雨后山林。

2027 年 6 月 12 日凌晨，夜色沉凝。

海南文昌发射中心指控大厅明亮如昼，调度口令此起彼伏。科研人员们穿着蓝色防静电工作服，紧张地忙碌在电脑"丛林"中，时刻关注着设备的参数和状态。

"5、4、3、2、1，点火！"伴随着 01 指挥员铿锵有力的点火口令，长征五号运载火箭搭载嫦娥八号探测器在火焰中发射升空。

"文昌光学雷达跟踪正常。"

"铜鼓岭跟踪正常。"

"遥测信号正常。"

"文昌飞行正常。"

…………

紧盯着屏幕上光滑的遥测曲线、精准的测量数据，最后一道口令落下，黎清紧绷了一晚的神经终于稍微松了松，展露出一个淡淡的笑颜。

早上 8 点钟，文昌龙楼镇已经在烈日中开始新的一天。

"丢掉手表丢外套，丢掉背包再丢唠叨……"

我哼着小曲儿，骑着小电驴优哉游哉地穿行过新兴街。这是镇上最兴隆的一条美食街，清补凉、抱罗粉等各种美食应有尽有。来抱罗粉店用早餐的人络绎不绝，海鲜酒楼前停着一辆小面包车，我猜是来供应食材的渔民。

"黎丫头，是今年考吧？"我路过清补凉店的时候，老板娘喊了一句。

"哎！考完了！"我笑嘻嘻回道。

"这是要去哪儿玩？"柠檬茶店的姐姐问。

"找了家兼职！"

"看着点儿路！"做陵水酸粉的大婶扯了一嗓子，嘀咕了句，"改性了呀……"

在大家的你一言、我一语中，我微微眯起眼来，瞅了瞅毒辣的日头。改性？不存在的。找兼职不过是赚点儿零花钱，顺带蹭吃蹭喝。

"一颗心扑通扑通地狂跳，一瞬间烦恼烦恼烦恼全忘掉，我甩掉地球，地球甩掉，只要越跳越高……"我摇头晃脑地唱着歌，小电驴在街上开出了 S 形路线。

我，黎漾，是一个向往自由、追求佛系、爱好躺平、人生信条"平淡是真"的"废柴"乐天少女。家里开了一间海鲜大排档。老爸是一名渔民，生性质朴，教子严厉。老妈经营着大排档，爱啰唆，顾家，典型的传统妇人。我嘛，远大抱负就是陪在家人身边，在故乡龙楼镇无忧无虑，安稳度日。

今年夏天，我刚结束高考，身为文昌中学长期以来的"吊车尾"学生，又不想去离家远的地方念大学，我早已看好了海南航空航天大学的冷门专业——食品设计。哦，忘了说，我是资深吃货一枚，爱好设计和品尝各种美食。

唉，这本来没什么，我的人生本该一帆风顺、万事如意，偏偏我有个大我 10 岁的学霸哥哥，这就尴尬了。我这个冤大头，走哪儿都头顶着 9 个字——学神黎清的学渣妹妹。

说起我哥，我是又爱又恨。爱是爱他的高智商大脑，恨，好像也是吧。

不夸张地说，"黎清"这个名号绝对是在当地一带奶茶店报出来可以打 5 折的存在。想当年，他以绝对优异的成绩毕业于文昌中学，高三时，正好长征五号升空，他的很多师兄师姐都参与了这个任务，得到学校表彰，成为光荣校友。这件事情不知道触到他哪根神经了，填志愿时，他毫不犹豫填报了航天相关专业，被清华大学精仪系录取了。

在校期间，他又攻读了计算机专业的双学位，领奖学金的时候，连他们系主任都笑称："这抗压能力和追求精神，生来就是航天人。"

八年时间，本硕博连读，2025 年 6 月，博士学业完成后，在清华大学的招聘会上，他遇到文昌发射中心招聘的人。对方再三强调工作时间长，约束多，工资不太高，结果人家不到一小时就签下了意向书。对方怕他一时头脑发热，问他要不要和家里人说一声。他说，不用了。还说什么，他深知去离航天最近的地方才能实现自己一生的理想，文昌发射中心，就是他人生的起点。

听听，多么坚毅的决心，多么高尚的情操，多么动听的话语。他去北京航天一院学习了 3 个月后，成了文昌发测站一名遥测系统助理工程师，就此开启他闪闪发光的事业版图。

其实一开始，我对他从小到大这一路的"飞驰人生"并不感冒。我想，黎清很优秀关我啥事？后来我就知道关我啥事了。

我哥很是嫌弃我不说，带过我哥的老师都不相信我是他的后代，啊，不对，后人，好像也不对。刚上中学那会儿，我还觉得占便宜了，老师们会因为黎清爱屋及乌吧？起初，他们也的确对我寄予厚望。无论我考多低的分，他们总笑盈盈说："你们家学习肯定不会差。"也不知道哪里来的自信心。逐渐地，老师们看我的眼神越发不太对劲。出成绩后，他们总是欲言又止。终于，有一次，班主任把我叫来办公室，语重心长地对我说："你哥哥当年……"一番话下来，我多少有点儿心存愧疚和爱莫能助。

我爸妈也偏心我哥，我爸按捺着不说，我妈就差把"嫌弃"两个字写脸上了，动不动就是："你看你这副吊儿郎当的样儿，哪里比得上你哥当年的一根脚趾头……"这话我觉得半对，还有一半错在不该侮辱脚趾头。

他们以为我很想吗？早知道前面有个变态哥，我是说什么也不会投胎在这户人家的，这冤和谁说？

胡思乱想间，我要兼职的地方已经到了。

这是一家藏在文南老街骑楼下的老爸茶楼，名为"当归"。老爸茶是我们这里特色茶饮文化的结晶，也是改革开放的产物。闲着没事干的人来点上一壶茶，红茶、绿茶、奶茶都行，配些小点心，一坐就是一下午。来吃茶的一般都是上年纪的人，"老爸茶"的名字就是这么来的。

我打工的这家店和普通老爸茶楼的区别在于，无论是装潢还是菜式，都洋溢着浓郁的异域风情。大红色遮阳棚，二层是高档小包间，皮质沙发，一层是宽敞明亮的厅堂，木质桌椅，门面外开，就像一座彩色琉璃砌成的老南洋咖啡馆。

这是我来上班的第 3 天了。老板姓符，好像叫"百川"，30 岁出头的样子。听服务员大妈八卦，他是近几年回国的新加坡华侨之子，父母都是中国人，年轻时去新加坡务工，也就在那边定居下来了。

据我观察，他长得浓眉大眼，音色低沉，话很少，口音带些软糯，有喝咖啡的习惯，每天上午这个点趁客人不多，都会坐在窗边呷一杯"歌碧欧"，海南话叫"黑咖啡"。这不，我取出老板专用马克杯打好一杯，倒进一勺炼奶，端了过去。

"老板请用，您可以根据口味搅动，调节甜度。"我微笑道。

他扭头看我一眼，略作礼貌地点点头，啜了口咖啡，又扭头向窗外发呆了。

"老板，那我先去忙别的了？您有什么事，喊我就好。"

……好吧，似乎我在这里扰他清静了。

默默闪回吧台前，我开始在平板上画甜品设计草图。

食品设计不是单纯的烹饪，食材的选择、味道的调试、食物的美化、摆盘的艺术、餐厅的装潢……都是我们未来的专业课内容。

我构思的是一款燕麦池塘慕斯。我在平板上画出池塘的形状，用什么当池水呢？有了，把融化好的吉利丁加入温水和蓝柑糖浆拌匀，嗯……池塘边缘再用抹茶蛋糕碎装饰，点缀上迷迭香，还有……巧克力曲奇做的石头、铜钱草做的荷叶，水中再加一朵小白花，对了，再来一只翻糖捏的小鸭子！

我边画边心情愉悦地哼起了歌。茶楼里正放着一首《咸鱼》。"梦要够疯，够疯才能变成英雄，总会有一篇我的传说。"我唱一半停下喷喷嘴。和咸鱼相比，我对当英雄不感兴趣，这种事还是交给黎清吧。

这会儿也没啥好忙的，下午3点人才多起来，老人和年轻人都有，基本都是本地人。喧闹的时候，连同一桌的说话声都听不清。那时候，日头毒，人都不想动，就拿上个遮阳帽问街坊邻居："吃茶去不？唠上一唠。"慢慢地，老爸茶楼就成了信息交流的一个"据点"。

我们这儿单价基本不超过个位数，人均二三十块就能搞定一顿饭，日收入也能有5万。

除了我这个临时茶点师，还有好几位厨师大叔和十来位服务员大妈，那句说怎么说来着？出去是条龙，回来是条虫。可能他们家像我这么大的娃都去国外或省外工作了吧，就跟我那个女强人堂姐一样。

反正我不理解，当条米虫怎么了？我就喜欢慢生活，简单，自由，舒服，安逸。每到下午，茶馆里一派"闲时煮茶落暑天，偷得浮生半日闲"

的景象，是对《琼思缭绕》里一段话最好的印证："衣冠不整是放达的尽兴，大声喧嚷是惬意的舒展。平凡在这里自由地存在，嘲笑着端庄的拘谨，更蔑视高雅的矫情。"

梦的天真也是一种天分，不是吗？我不是傻，也不是蠢，恰恰相反，我聪明着呢。

我行动力向来很高，说做就做，我从橱柜里找出一袋饼干，压碎，加入融化的黄油，倒入钢圈中压紧实，放进冰箱里冻硬……我拿出吉利丁，加水泡发，把奶酪搅拌到顺滑，分次加入燕麦奶拌匀……

电视里报道着今天的新闻："2027 年 6 月 11 日凌晨 1 点 45 分，长征五号运载火箭搭载嫦娥八号探测器成功发射升空，并将其送入预定轨道，打响了探月工程的收官之战……近些年来，我国坚实实施月球及深空探测工程，探月工程四期稳步推进，发射嫦娥六号探测器，完成月球背面采样返回；发射深空探测器，对近地小行星和主带彗星进行探测……这是一场在太空轨道上的万里长征，我们从未停止脚步。探索太空是中国航天人矢志不渝的梦想……"

嫦娥八号探测器对我来说并不陌生，我知道黎清最近一直在忙这个事。

中国航天，这本来和我没多大关系，我开始留意相关新闻，完全是因为我们家出了个中国航天人。因为每当他又做出什么傲人的成绩，就意味着我又得在一片欢呼叫好声中无处遁形了。我本不是特别在意，但耐不住次数多。

我哥的人生是部电视剧，充满无数激动人心的高光时刻，而我的人生是广告插播。

手机震动两下，我掏出来看了看，果然：

发件人：唠叨老妈

6 月 12 日 9:27

你和你们老板请个假，今天早点儿过来帮忙！晚上做顿大餐，给你哥他们庆祝。

我在输入框打道："不是，叫我请假，给我哥做大餐，凭什么？"删删减减，修修改改，发出去了。

是，我请个假，给我哥做大餐，吃什么？

就当看在男神的面子上好了。

黄昏，星光村，黎家大院。

我拿过今晚的菜谱看了看：爆炒东风螺、清蒸东星斑、避风塘小青龙、海胆蒸蛋、紫菜鸡汤、蒜蓉生蚝……我高考前两周已经吃得够好了，也没见这么丰盛啊。

"老妈，我肚子饿了，先吃只小龙虾垫垫肚子。"对着一只刚出锅、香气诱人的小青龙，我正要落下的手被人从后面一把拍掉，"等你哥他们回来再吃！中午切的芒果片还没吃完，去。"

"……"这就是传说中的"高考前，吃啥有啥；高考后，有啥吃啥"？

我从冰箱里取出一罐黄褐色的自制甜辣酱，蘸着芒果片吃，热辣伴随着芬芳香气汇聚舌尖，瞬间烧灼开来。海南人口味清淡，但也会吃辣，人气最高的调料当数黄灯笼辣椒，备齐大蒜、南瓜粉、食用盐、米醋，自家就能做。

我兴味索然地吃着，突然手机震了下，收到一条新信息，歪头看清发信人后，急忙将手在围裙上抹了抹，点开。

发件人：邻居哥哥
6 月 12 日 18:19

我现在从发射场回去，黎清哥要晚点儿。路过新兴街，需要带点什么吗？:)

我把这句话反复咀嚼了三遍，盯着话尾那个小笑脸看了会儿，一个字一个字回道：

奶茶！正常冰，苦一点儿，跟我的命一样苦，谢谢哥哥！！

不出所料，几秒后，对面回复了一个敲打的表情。

"傻笑什么呢？快来给我搭把手，把碗洗一下，哎哟哟，这个点了，差不多该回了……"

"哦。"我应了一声，虽然手开始洗碗，心却在甜蜜中浸泡。

结果是，丝瓜瓢差点儿被水卷进下水道。

还好我机灵，反应快，救它一命。

晚饭时分，众人欢聚在我家院子里，一派祥和，好不热闹……如果没有我孤独地烤着面筋看他们吃的话。

我们家住星光村。文昌发射场的家属区一个建在清澜，一个就建在星光村。"村"这个字要是搁十几二十年前，可能和贫穷、落后联系在一起，放在今天，那就象征着绿洲、世外桃源，是高科技时代下最接近绿色的地方。龙楼镇民风淳朴，夜不闭户，路不拾遗，居民没有一个装防盗设施的。

星光村依山傍海，从钻石大道上岔开一条平坦清洁的小路往村里延伸，算作入口。小路两边栽满挺拔青翠的椰树，人家分散在椰林里的各个角落，树影葱茏、相互掩映。我们家和林家比邻，共用一个大院，院里几棵椰树间扯了块纱布，布上落满树叶，布下乘凉吃饭，人多的时候都是一起吃的，有时还会有别人家来蹭饭，比如今晚。沿着大院旁的一条下坡路走下去，你能一直走到海边。

这时，我感觉餐桌上那抹湖蓝色身影往我这里看了看，便竖起了耳朵，捕捉到一道温和的断断续续的嗓音："……怎么不叫她过来……菜要凉了……"

我妈笑着接过话茬："没事儿，这丫头饭前吃过东西垫肚子了，这会儿还不饿。"

我故意叹口气，幽幽道："这就叫，你考浙大，他考清华，我烤面筋。"

此话一落，他果然轻轻浅浅地笑了，温柔又好看。黎清也注意到动静，中断和邻座的交谈，望我一眼："气馁什么，等成绩出来，我在清华等你。"

他的嗓音总是清冷低沉的，听起来没什么温度，倒是微微起伏的调子总仿佛透着股嘲讽。

我佯装泪目，浮夸地抽了抽鼻子："好感动，原来真的有人愿意等我一辈子。"

他没再理我，似乎对我无语，转头接着和邻座聊起来了。倒是杨阿姨招呼道："黎妹妹，快过来！瞧你妈龙水节特地多包了粽子！来来，杨阿姨祝你高中！"

我把面筋放一边，小跑过去坐下："谢谢杨阿姨！"解开外层的南椰叶，咬了一口，里面包了鲍鱼元贝。

这位杨阿姨可厉害了，毕业于湖南大学数学应用系，现在是一级造价工程师，在发射场任招标师，负责工程预算、结算，她参加的工程项目多次荣获国家鲁班奖。因为家里全是各种表格，江湖人称"表姐"。

据说，文昌发射场好几个精装工程，由于当地的材料价位和别处没有可比性，没得参考，都是她自己编写的，等到竣工验收时，她肚子里怀着宝宝还忙着做结算哩。

"黎妹妹，想好报哪个专业没？"

我正低头喝汤，只听我妈回答杨阿姨："喊，不中不用的，出洋相说要报什么食品设计，是这两年才有的专业吧？都没听说过，这能有什么前景？"

我抬起头来，吐槽了一句："这不是煮过鸡的汤，只像鸡在里面洗过一次澡……哎，别动手哇，这不是我说的！是钱锺书先生说的，专门用来形容你这一档手艺！"

"臭丫头，这么有文化，怎么不跟你哥一样……"

"妈！"黎清淡淡喊了声。

"我哥、我哥，说得好像我哥当年报考精仪，你们就少说了两句似的。"

我说完这句话，我妈眼神闪躲了一下，语气还是很不善："行了，不说这个了，吃饭。"接着，又叮嘱我，"你爸还有两天回来，问你选专业的事，你可别扯你哥。"

我在内心翻了个白眼，我什么时候主动扯过他？那不是上赶子找虐吗？避之不及、求之不能好吧？

这时，一抹湖蓝色身影在我身旁落座，身影的主人递过来一杯奶茶，嗓音轻且柔："木梨子，加了奶盖。"

我看向他，好像只要一眼，今晚的所有不愉快都能随风消散。他好像就是这狗血生活里的一个意外。

"怎么了？一直盯着我看。"

对，他就是这样风清月明的一个人，清秀的外表，淡淡的眉眼，温润干净的五官，有如霁月清风，给人以邻家哥哥如沐春风的亲近感，但又自带几分若即若离的清冷。

他叫林霁。

人如其名，看到他会想到很多个四字词语——风光霁月、雨后初霁、雨后山林。

他的父母是航天工作者，和我哥一样，在文昌发射场工作，很少有时间陪孩子。他虽然在文昌出生，但从小学起就被送去海口，接受住校封闭式教育。好在林霁自律懂事，从小就令人省心，成绩一直名列前茅。

身为浙大毕业的高才生，他今年被保送到了海南航空航天大学研究生院，还是数一数二的热物理系低温工程专业，算是没有辜负这一身优秀基因和航天世家的出身。林霁的妈妈就是火箭燃料推进剂首席专家，未来的他应该会成为一名很棒的低温燃料专家，子承母业，继续为中国航天事业发光发热吧。

"没什么，就是，你……"我看向对面他原本的座位，这是专门绕过来，给我送奶茶？算了，这不是废话吗，问出口好无聊，"嗯，没什么。"

他随意地笑了笑。林霁从来性情文雅，彬彬有礼，优雅的仪态中透露着几分漫不经心，像一个温和的翩翩绅士，骨子里的骄傲又让他有一种属于少年的意气风发。

我努力找话题："你今天凌晨也在现场吗？"我知道，每当发射场有重大活动，方方面面的技术人员都要在场，而他每次都会跟在母亲身后，不错过任何一次学习机会。

他"嗯"了一声，又想起什么般，看着我语气简单地说："我在海航等你。"

我的心很没见过世面地怦了怦。我没听错吧，男神主动说他等我，男神这是在暗示我和他报考同一所学校吗？男神该不会是见我毕业了想对我发起追求攻势了吧……

"男……啊什么，哥哥……我努力！"

他又笑了下。我一想，考都考完了，努力什么，努力让分数自个儿争气一点儿吗？

囧。

　　林霁的父母作为此次发射任务的重要人员，自然也来了这场小型的庆功宴；不过，即使是庆祝聚餐，他们还是无时无刻不在聊着工作相关的事。我听不太懂，但隐约得知，在发射前，黎清负责的设备显示异常，又被他凭借聪明才智解决了。

　　"是，目标当时并未运动，但发送过来的报告数据上，显示测速却在零点零几米每秒的范围内波动。"黎清描述着，眉宇间是疲惫后的略微轻松，"后来查明了，是多台计算机共用一台显示器，导致软件无法正确识别设备。"

　　"多亏黎清发现这一偏差，即刻研究网络协议，写出了数据发送故障诊断软件，显示软件才得以正常运行啊。"林父不无欣慰地说着。无论是按辈分，还是情分，黎清都可以喊他一声"导师"。他在发射场任技术部总工程师、质量与技术安全组组长，大家都叫他"林组长"。

　　难怪那几天黎清疯狂加班，不过话说回来，他一年中有几天是不加班的呢？忙前忙后，总算完成了嫦娥八号任务关键技术攻关，但这也只是又一个新开始，来不及在喜悦中久留，他们就要投身到接下来的任务里去了。

　　不知怎么，饭桌上的话题又聊到黎清奔三，到了该结婚的年龄，心里有没有合适的女孩这上面来，听他给出"没有"的答案，众人马上"群起而上"。

　　"可不能光顾着事业，把终身大事给耽误了啊。"

　　"多留留心吧，别让好人家的女孩都被人预订走了！"

　　"要我说，你小子也该定下来了，让你爸妈吃颗定心丸，省得一天到晚还为你操这心！"

　　梦想的画面出现了。

　　我立马"落井下石"，再添一把火："就是啊，哥，你都这把年纪了，还找不着对象啊？"

谁知他眉头一皱，真回复我道："我没有对象，还不是因为你。"

我一愣，还真反思了下是否有在异性前故意抹黑他的行为，确实没有，主要是他身边几乎从未有异性出没，我想抹黑奈何找不到施展的机会，于是反驳："少往我身上赖，跟我有什么关系？"

他点头："嗯，跟你有什么关系。"

"……"好一个推拉。算了，跟固执的人有什么好说的？没必要，总有一天，他会发现你的正确。

其实吧，我哥到现在还单着，倒不是因为他丑；相反，他颜值还很高（不然，是怎么当上本美女的哥的），属于清冷孤傲那一挂，剑眉星目，容颜俊朗。不皱眉时，眉眼温和、清爽干净，但大多数时候喜欢皱眉。一双黑眸好像对什么都疏离淡漠，但对待自己热爱的航天事业又总能凝聚起无比专注，像他这个人，充满着冷冰冰的矛盾。

据我所知，之所以不谈女朋友，是因为他给自己定的人生 KPI^① 还没实现。他的目标很简单，瞄准航天发射指挥的"灵魂人物"——01 指挥员。这个岗位就好比前线指挥官，发射场几十个分系统全部由他指挥，我们在直播里听到的点火口令，也是由他下达的。

不过，喊口令只是 01 指挥员最简单的工作。为了实现这个"01 梦"，我眼睁睁看着他找来各个系统的文件补习理论知识，有哪里不懂，就向那个系统的指挥员请教，经常在房里一打电话就是几小时。他也没少向林霁父亲请教，林父有着丰富的 01 指挥员经验。

就这样，他熟悉掌握了一个系统，就从头学起下一个系统，直到哪一天对全流程都了然于胸。

他现在是文昌发测站遥测系统的一名工程师。我听林霁介绍过，遥测系统的职责是测量和传送航天器内部的工程参数。

想想也是，每天要面对海量的数据和几千台仪器，哪里还有精力费

---

① KPI，关键绩效指标。

心经营一段感情关系？他忙得有时一连好几周不见人影，和谁谈恋爱都是祸祸人家女孩子。

不过，我以为，他找不到女朋友，很大一部分原因归咎于他的性格——慢热，极其慢热，故作高冷深沉，其实就是闷骚，理工科"直男"，高智商，低情商。我说得委婉点儿，他的才能几乎全部集中在喜好和精神生活方面，而不擅长面对和处理恋爱、家庭关系，就是妥妥一"注孤生"啊，谁能受得了他那忽冷忽热、充满矛盾的性格？

毒舌，极其毒舌，言辞刻薄，语言尖锐，傲娇，脾气差。他们水瓶座思维与常人不同，嘴巴毒起来，会把你拉到他们的频道上，再用丰富的经验打败你，你输了都不知道怎么输的。别问我为什么对此深有体会。

执拗，极其执拗，个性独特，精神独立，心胸开阔，不喜欢受束缚，当有人干涉他的决定时，会显得非常不好沟通。我一度认为，他介于男孩与男人之间，男人的面孔、体格，少年心性，时不时叛逆期要回光返照一下。还有，他这人清高得很，怎么说，轻物质，重精神？和钱过不去？

当然，也不乏优点啦。他这些毛病换个说法就是执着、坚毅、大胆，创造力十足，不走寻常路，思维敏锐，思想活跃开放。星座书上怎么写的？哦，对于一切新奇的事物、开拓性事业、前沿科学、改革创新和天文学都有着浓厚的兴趣，但有时会神秘得难以捉摸。

哇，怎么能总结得如此到位？我简直不要太了解他。

一顿晚饭就这么在其乐融融的氛围中结束了。大家各回各屋。林霁走前问了我一句，要不要留下来帮忙。看到他眼下浅浅的青色，我义正词严地拒绝了。

给我妈当完免费劳动力后，又去喂了喂我养的兔子"椰汁"。我趴在桌子上，对着没喝几口的奶茶选角度拍了一张，发了条很做作的朋友圈：

食物，与爱，一样温柔。

谢谢你，咸芝士奶盖木梨子。

　　我刚点完发送，黎某人就从我身后飘过："这么晚喝奶茶，也不怕发胖。"

　　上一秒刚发完肉麻朋友圈，多少有点儿不自在，我轻咳一声："万事都要有个度，减肥也要适可而止，就像好吃的吃多了也会撑。"

　　他看我一眼："没见你撑过。"

　　"你这是诽谤！我前段时间学习紧张，都没什么胃口，瘦了快10斤！现在，我给自己放个假合情合理！"

　　他点点头："放两次，一次半年。"

　　"呀！你是不是不怂我过不下去？"

　　他面不改色："我只是提醒你，不要第二天太阳升起，又嫌弃这个胖胖的自己。"

　　"好啊，黎清，要是以后你女朋友爱喝奶茶，我看你到时舍不舍得说她，等着打脸吧！"再说了，我哪里胖了？我摸了一把自己肉嘟嘟的脸颊，这叫婴儿肥好不……

　　"我不会有像你这么胖的女朋友。"

　　"……你懂什么？我这叫圆润……咯，'元气甜妹'好不好？再说，我哪里胖了？"我据理力争，"最近那个很火的动物系长相，我测了是兔系，元气小兔。"

　　他皱眉听我说完，伴随着上下几次扫视，不接话了。那眼神就像在困惑，你在说谁？

　　"元气？圆鼓鼓的，像打了气的皮球一样吗？"他说着，掐了把我的小脸，"啧，气鼓鼓的，更像了。"

　　不过，既然他又有心思和我拌嘴，看来是真的压力告一段落了吧？他清闲的标志就是来损我。今晚，他应该能躺下睡个安稳觉了。

黎清走后，我低头查看朋友圈的动静，只见收到一条评论，忙点开。原来是老爸发的，无非是告诫我奶茶有害身体健康，如此如此，这般这般……

忽然，这行话下又多出一条新评论。

老黎：说了多少次，奶茶有害身体健康，如此如此，这般这般……
邻家哥哥：不客气，晚安。

我精神大振，点开和他的聊天小窗，斟酌着发了句："晚安哥哥，做个好梦哦。"很快，收到他回复的"嗯"和一个月亮的表情，而后欢快地捡起抹布，继续擦刚才擦了半张的桌子。

背后一声清爽的嗤笑，我回头见黎清半抱着个椰青，坐在两棵椰树间的吊床上，姿态悠闲地喝着。

"你怎么还赖在这儿？"

他难得懒懒散散地坐着："这也是我家。"

等等，不对呀……"既然你这么有空，为什么就不能来干活？"

他耸耸肩："妈说你前段时间学习紧张，缺乏锻炼，让我不要和你抢活。"说着起身，"回屋去了。早点睡，别玩手机。"

"……"望着他转身进屋的背影，我被定格在原地三秒。看了看远处一池洗好的锅碗瓢盆和手中的抹布，我算是明白了。

我说我怎么负重前行，原来是有人替我岁月静好。

雨季，其实也没有那么讨人厌，
是吧？

2027 年 6 月 24 日晚，嫦娥八号上升器与轨道器和返回器组合体交会对接，将样品容器转移至返回器内。

指挥大厅里彻夜灯火通明。全员在位，紧张地注视着电子屏幕上的数据反馈。黎清也在其中。此时此刻，他正不断计算着控制参数，沉浸在数字与代码的流转切换中。

近了，更近了……入轨正常！预想中的故障一个也没有发生，上行控制岗位的操作手扔掉了手里最后一沓故障预案卡。

指控大厅正前方的大屏幕上，嫦娥八号探测器沿着既定曲线平稳行进，一串串数据载着地球人的心愿，按照标定的轨迹进入探测器中——请务必带着来自月球的问候和馈赠，平安地返回地球啊。

一切操作完毕，已是深夜。想起今天是妹妹高考出分的日子，黎清打开手机，见她不久前还发了条朋友圈动态：

这个点，偷偷去吃个夜宵，我的肉应该不会发现吧？

黎漾
15 分钟前

看来是没睡，也不知是兴奋得失眠，还是正以泪洗面。这丫头向来没心没肺，边哭得撕心裂肺，边吃吃喝喝，不是没可能，毕竟，天塌下来，她也不会亏待自己的肚子。他拨下号码，给黎漾去了个电话。

接到黎清电话的时候，我正和郑明珠坐在露天广场喝老爸茶，集装箱流转着炫彩十足的光。晚上，广场有电影放，文南老街上的顾客都到这里吹着风吃夜宵。接通后，他没立即说话，似乎在观察我这边有没有啜泣声，一两秒后，才问：“查到分了？”

"嗯，让你失望了，没考上清华，"我卖了个关子，"但海航能去成。"

他似是舒了口气，语气都松懈下来："很好。专业呢，看看够得上哪个？"

"食品设计。"

"决定了？"

"和你一样。"

他知道我的意思，和他一样，不想参考别人的意见。

"嗯，你自己拿主意。"他顿了顿，好像没什么要嘱咐的了，"挂了。"

我还来不及问他今晚任务怎么样，就听见听筒里传来一阵"嘟嘟"声。他们航天人做事都这么雷厉风行吗？不过，他还有空儿来关心我，语气也挺平静，应该是一切正常。

对面，郑明珠一脸好奇地看着我。我解释道："我哥，打电话确认我是不是正以泪洗面。"见她立马露出"你哥好好"的神色，我想起来，她一向崇拜我哥。

某次，我和她埋怨苍天不讲公德，把老黎家后代优良基因连带着我这份儿全打包给了我哥，我受尽他智商全方位碾压，她不以为意地反问："他还能上天不成？"而我答以"差不多吧"并向她简单描述了我哥的生平。以后，她对我哥就一直有那么几分望而生畏。

郑明珠是我的好朋友，和我同龄，星光村委会书记的女儿。我俩决定一块儿报海航。她正在农林经济管理和水产养殖学两个专业里纠结。我就没这个烦恼了，我的分只够得上食品设计。

她就是大人眼中那种乖乖女，软糯内向，乖巧柔弱。我俩能玩到一起，就是因为她觉得自己做事温暾迟钝，没有主见，而我恰好能给她出谋划策。而我妈也认定这位淑女和我这个"野丫头"正好互补，每次听说是郑明珠约我出去，都欣然同意。

其实，我们的认识也是个偶然。某个晚自习课间，我去走廊打水，见楼梯口三四个女生围着一个女生，就多管了个闲事。

我这人虽然不争不抢，与世无争，但侠肝义胆，爱打抱不平。我还有一个优点，就是性格直来直去，虽然日常被我哥的毒舌气得七窍生烟，但吵完就被我抛到九霄云外了。

当时，那个为首的女生说："像你这种温室里的花朵，一定很娇弱、很矫情吧，相由心生。我真讨厌你们，自己什么本事也没有，却能轻易博得别人的喜爱。"我走过去接话道："同感，我一听你说的话就知道你不是个好人，话从口出。你讨厌一个人都是先讨厌，然后再去找讨厌她的理由，对吗？"我还在心里暗自估量这一架下来损伤如何，叫家长的可能性多大，赌上被黎清嘲笑"战斗机"的风险值不值得，对方就已经一甩头走了。

体育特别好，火力特别猛，身体素质特别棒，我一度怀疑是女娲捏我时手抖，不小心把代表战斗力的瓶子加得溢了出来，就不给我其他天赋了吧。

广场的大电影画面一转，切成了对发射中心指控大厅现场的实时转播。

男主播的声音娓娓传来："开放合作共赢，是中国航天始终奉行的理念。中国探月工程秉持'平等互利，合作共赢'的原则，开放嫦娥八号国际合作机遇，与多个国家和国际组织开展了月面机器人，以及一系列互补性的科学载荷和科学创新合作项目，携手构建人类命运共同体，探索宇宙、造福人类……"

"梨子，你说我报考哪个专业好呢？"她戳着盘子里的咖啡布丁，皱着张小脸。

我"唔"了一声："这个，我不好帮你拿主意。别戳了，再戳就成渣了。"

她摇摇头："不吃了吧，晚上吃太多甜食不好。"

"难怪你愁眉苦脸呢。"我舀了一大勺芒果刨冰，冻得龇牙咧嘴，"多吃点儿甜食，促进多巴胺分泌。你有减肥的烦恼吗？"

她摇摇头："没有。"

"那担心啥？"

"我担心蛀牙。"

"你少吃一顿甜的，就能消除蛀牙的可能性吗？"

她想了想："不能。"

"那担心啥？吃。"

"虽然不能，但少吃可以降低蛀牙的概率。"

我点头附和："那担心啥？你少吃点儿不就行了？吃吧。"

她略作思索："梨子，你说得有道理，我听你的。"

收到录取通知书那天，我去孔庙还愿。7月中旬，正中午，闷热得很，没有风的日子是最难过的，大概要持续个十天半个月。

远远地，我就瞧见一棵椰子树，远超红色院墙一大截，比最高的那座寺庙还要高。

　　也许是人们宅在空调屋里不愿出门，来的人不怎么多，大多和我一样是今年的考生。门口检票的老大爷似乎还记得我，笑呵呵问："有学上啦？"

　　我笑着应道："有，不用回家种地啦。"

　　其实，我们家也没有地给我种。整个文昌都找不到几块肥沃的土壤，这里是海南土地最贫瘠的地方，土浅，含沙石，比不上中原黑土地，不宜农耕，也没有实现过自给自足。大米都是靠进口的，当地的米甚至长不成一条，农民都用来喂猪。

　　虽然农业条件不好，但有人家有自留地，到现在依然有，是谁家的无论多少就是谁家的。可惜我们家没有自留地。

　　我对孔庙相当熟悉，因为庙里有一座孔子学堂，学堂每周一节课，举办各类国学讲座。郑明珠父母让她来听，她让我陪她来听。

　　穿过礼门、状元桥，我直奔大成殿，这里就是供奉至圣先师孔子的地方。"大成"二字出自《孟子》："孔子之谓集大成。"意思是，孔子的思想集中了先代圣贤的许多优点。

　　我抬头看看正上方"万世师表"四个大字，对着孔老夫子的神位恭恭敬敬地拜了拜。从殿里出来经过门口，又看见左右两侧的"圣人无常心，以百姓之心为心；贤者无常念，以苍生之念为念"。这两句话曾让黎清驻足，读了又读。

　　当时，我来还是陪黎清还愿。我妈非让我随同，让我在历代先贤先儒神位前磕了几个头，说和我哥同行可以蹭我哥的"学气"。事实是听我妈一路唠叨，"学气"蹭没蹭到不知道，气血上涌了不少，13元门票还不给报销，得我自掏腰包。而黎清已经能作为海南省高层次人才凭"天涯英才卡"免费入园了。

雨下了起来，滴滴点点打在芭蕉叶和罗汉松上。这里天气就是这样，上一秒烈日炎炎，下一秒倾盆大雨。

我打伞来到祈福求愿的地方。芳名榜上还有我和黎清的大名，在捐款 200 元者名单里。黎清那年金榜题名，老黎还破费给庙里捐了张石椅，"买一赠一"，感谢先贤的同时也捎带上对我的期许，石椅上刻着"黎清黎漾赠予孔庙留念 2017"。

满满一墙大红色的许愿牌上寄托着文昌莘莘学子的学业愿景。我根据记忆找到自己的：

诚心祈求先师孔圣公保佑弟子黎漾，现就读于文昌中学高三（2）班，将于 2027 年 6 月 7、8 日参加高考，愿孔圣公保佑弟子身心状态良好、戒骄戒躁，考场上沉着冷静、轻轻松松，考取理想的学校和专业，前途畅快坦荡。

不远处，一把伞不疾不徐移动过来。伞下的少年眉眼被雨水模糊，身姿却清瘦俊逸。微妙感涌上心头。

那是林霁？

白衬衣掖进白裤子，肩处有天青色的晕染，精雕玉琢的面孔，像一只宋代汝窑瓷。我很合时宜地想起《青花瓷》的那句歌词：天青色等烟雨，而我在等你。

他也同时发现了我，还是他先开口道："我来还愿。"

我心直口快："啊？你又不今年高考，你来还什么愿？"说到一半，我的心略咯噔一下，不会吧，不是我想的那样吧？

"是你想的那样。"他表情没有变化，但目光有些松软，语气竟是少有的俏皮，"弟子向孔老先生许了愿，让黎漾妹妹做我的学妹。还是挺灵的，是吧？"

我不由自主瞟向别处，瞟向石板缝里的绿芽，心里开出一朵细小的花。

"是啊，你说话比我管用，八成他老人家是听见了你的心声，这才保佑我考中。"我一紧张就话多，还容易胡言乱语。

"嗯，我的心声。"他笑了，有点儿像花里清甜的蕊。

这下我彻底说不出话来。他倒是轻描淡写地转移了话题："走吧，哥哥请你吃饭。"

"啊不，不用，我今天领了大红包，应该我请你的。"

我们这儿很重视宗族文化，同姓的族人会建祠堂，比如黎氏祠堂。高考考得好，族里奖励大红包，谁家里有困难生，还给补助。当年，黎清考上清华，奖励了好几万呢；如今，我考上一本，也被奖了几千。

"好。"他没有推却，"去哪儿？"

职业病下意识想说："去喝下午茶。"怕他觉得我抠门，哪有人请客去打工的地方吃员工价，我改口："都可以的。"

"那就四处逛逛，看看有没有合胃口的新店。"

这时候雨小些了，乌云散去，天空显出雨过天晴般的阴青。下台阶的时候，我差点儿打滑，他一手撑伞，伸手扶了我一把，眉眼落在我们相触的皮肤上，很是专注的样子。我的眼神无处安放，落在他肩头那片晕染，忽而想起宋徽宗的话："雨过天青云破处，这般颜色做将来。"

他把我的伞收了，我们共打一把。我知识贫瘠的脑海里又浮起书上看过的一句话，出自胡利奥·科塔萨尔："在夏天，世界触手可及，人也亲密直接。"

雨季，其实也没有那么讨人厌，是吧？

孔庙在文昌市中心，等我们打车返回龙楼镇，已经是下午了；不过，我们不约而同都不是很饿，漫无边际地逛到天黑，才去解决温饱问题。最后，我们选在新兴街边，吃两碗清补凉。

傍晚时分，一碗消暑解乏的清补凉是卸掉一身疲惫的人们的首选。

即便如此，排队等叫号的情况是不会出现的。这条街所有店面都很大，甚至有的店只摆几张桌子，空得很。没关系，人少地多，租金很低，亏不了。

等上餐的时候，林霁拿起手机处理信息。我也打开聊天软件看了眼，结果就看到我妈跟风，把我的录取通知书晒到班群里。第一个给面子回复的是我爸："我在中国最南端祝贺你！"

不知道的还以为我高考分数刷新了什么世界纪录。我爸发完言后，群里就安静了。

林霁见我一脸吃土的神色，问："怎么了？"我干脆把手机屏幕转向他。他扫了一眼，微笑道："他们应该很以你为傲。"

"怎么可能！"

我高中所就读的文昌中学，作为海南省的一张教育名片，被誉为"侨乡之光，人才摇篮"，是全国百强中学，也是经常出高考状元的学校；但，这和我有什么关系！我担当的是文中的那条底线。

我没觉得这有啥可丢脸的。总有人要垫底，那为什么不能是我呢。

但是，我爸妈可不这么觉得。拿我妈的话说，同样是文中班群，她以前头顶"黎清妈妈"四个大字那就是无限风光，走路头额都是高的，在群里发个言都有分量，如今脸上改写"黎漾妈妈"，去开家长会都恨不得把脸埋起来。

林霁听后轻轻笑了："挺好的。我妈没去过一次我的家长会。"

我微怔了一下，偷偷观察他的神色，看上去还是柔和无异，但我很难不怀疑他内心的失落。

这时候，老板娘把两碗清补凉端上来了。林霁帮我选的椰奶作为汤底，给自己选的椰子水。他这个人就是这样，清清淡淡的。汤里有绿豆、薏米、鹌鹑蛋、红苕粉，还有西瓜、芒果、菠萝这些时令水果，不会特别甜腻。

"黎丫头，你最爱吃的芋头和馃仔，我给你多加了。"

"谢谢老板娘。"等她走后，我不知该不该接过刚才的话题，正踌躇着，他又淡淡开了口："我小学在海口那边上的，中学想回来读侨中，他们没同意。"

侨中，我知道，文昌市华侨中学，排名也很靠前，有些发射场干部的子女被安排在这所中学，毕竟，孩子的读书问题是父母心中头等大事。发射场也有些有条件的家长选择把子女送去海口封闭学校，他们在周五晚搭城际列车到海口，陪孩子过个周末，周日晚送孩子返校后再回文昌，周一照常上班，因此有个绰号叫"周末爸妈"。

其实，他们也不只是为了更好的教育，主要还是工作忙，没时间料理孩子的饮食起居。

看来人是经不得比的，这样一比，我也不好意思再在林霁面前说我妈坏话。我犹豫着问了一句："那你会怪你妈吗？"

"以前会，长大懂事了。她连自己的人生都是这样……"他顿了一下，似乎在想形容词，"草率。婚礼是补办的。2013 年夏天，和其他同事一起办的集体婚礼。正好那会儿很多人没法休假，有结婚对象，没结婚时间。他俩见缝插针，也把婚礼补了。"

他停下来，对上我听得认真的眼神，索性接着讲道："发射场给他们打了一对连心锁，铸到发射塔架导流槽锥体的混凝土里，象征着一万年不变心。"

我听得眼前有画面了："哇，虽然……但是，超浪漫的！"

他忽然淡笑一下："吃吧。"

"哦。"我听话地低头吃起来，但因为林霁这番话，心情也跟着有点儿复杂，思绪乱飘。我想起了黎清，他该不会也在发射场的棚子里结婚吧？那我岂不是要在棚里当伴娘？发个朋友圈倒也酷酷的……眼前浮现黎清身穿西装、站在发射场棚子里、笑容难得灿烂的模样。要真能把婚礼地点选在发射场，他应该会很开心吧？毕竟，他对航天事业爱得深沉，可是，他有爱情吗……不知不觉间，碗里东西已经见底。

尴尬的局面是，他的碗里还有一半。他体贴地问了我一句："吃饱了吗，要不要再来一碗？"

我把头摇成拨浪鼓，吓得。

"不不不！不用了，一碗已经足够了。"虽然我的饭量他不是没见识过，但想到这好像是我们第一次单独吃饭，又想到黎清那种看猪的眼神，我胡编乱造着，"其实，一碗都有点儿撑了。只不过那个……我小学得过奖状，是班上的节约粮食大使，当时很骄傲来着，可能就把这个美德刻进 DNA 随身携带了吧。"

怎么感觉还不如不解释。

"没事，你的脂肪是椰奶味。"他虚虚握拳搭在嘴边，像在憋笑，"节约粮食大使。"

我感到脸上一阵热气。

走出店门的时候，我们遇到一对正进门的老夫妇，估计是懒得做晚饭了，就来楼下吃两碗清补凉解决。我的心情莫名又变得有点儿好。

今天真是收获满满的一天，我居然和男神逛了一下午，还单独约了会，大进展呀。回到星光村后，我赶忙挥挥手："男神，不打扰你啦，早点儿休息。"

他身形一顿，眨眨眼："男神？"

糟糕……常在河边走，哪有不湿鞋，平时就不该在内心 OS。我红着一张脸百口莫辩，不禁脑补了一下接下来可能发生的画面——他微微一笑："叫男神未免太生疏了吧？"而后朝我走近几步，将我凌乱的发丝别到耳后，吐气在我头顶："喊我林霁，嗯？"

我察觉自己的脸越发红得滴血，赶忙在脑海里喝止这些乌七八糟的想法。现实中，他站在一轮清冽的月下，那么清澈而淡然的一个人，半点儿不沾那些迷离暧昧。

我吐吐舌头，底气不太足地说道："开个玩笑……"

他微笑着打断："不用这么生疏，你可以直接喊我林霁。"

我一怔，呆呆看着他。

末了，他还轻轻补上一个上扬的鼻音："嗯？"

……当梦想照进现实，半夜未眠。

继上次为我有大学读办的庆功宴后，我一连多日又未见黎清，再次见到他，是在我打工的老爸茶楼。

林霁和我一起来的，他要去发射场一趟，来我这里打包走一份汤粉，说是当午餐。他前脚刚走，黎清后脚就踏进门来，两人在门口打了个照面。

黎清走到我面前，又看看林霁离开的方向，神色淡淡地"哇"了声。

我莫名其妙："你哇什么？"

"你说呢？"

"哦，对。"我耸耸肩，这人就爱反问，没意思。

这是他第一次来我打工的地方，我当然不会认为他有闲工夫喝茶。正想问他光临寒舍有何贵干，他倒语出惊人，先发制人："恋爱了？"

我有点儿不想否认，挺直腰杆："我都多大了，我不能谈个恋爱啊！"

他皱起的眉头很快松开，恢复一派悠悠的神情："人还没走远呢。"

见他显然是不信，我"喊"一声："您这一天天神龙见尾不见首的，什么时候有空儿关心起我来了。不过，还是借你吉言。"说完，我就转身要去干活。

"站住。"他叫住我，略清了清嗓，"准备一下，下星期日有个相亲。"

"你相亲，我准备什么？"我一顿，捕捉到关键信息，"等等，我听到了什么？相亲？"不是吧，不是吧，我那晚才想象的画面，这么快就被传达到老天爷耳里了？

"我说你，相亲。"

"我？？相亲？？"我没忍住拔高了分贝，又下意识捂嘴去看窗外。

"人早走远了。"他低头看了眼表，俨然忙里抽空儿的样子，抬眼，

"妈让我通知你一声。"

三伏天，一年中最热的节气，今天是中伏天，三伏天最热的时段，伴随着高温和潮湿一同到达顶峰的，还有我闷热的心情。

茶楼里正在播放《爱人错过》。面对他那张略微不耐的脸，我一脸欠揍地对他唱起来："你妈没有告诉你，撞到人要说对不起，本来今天好好的，爱人就错过，爱人就错过……"

果然，那张脸更臭了："正常一点儿，行吗？"

我心情稍微好点儿了："我才多大啊，谈恋爱合适吗？"意识到这话和之前矛盾，我改口道："我都多大了，就要相亲了？黎清，该不会是你的相亲对象，你不想去，就推卸给我吧？"见他眉头深深地蹙起，我冷哼一声，"从来不都是这样吗？你所不欲，皆施于我。"

"黎漾，那是个男人。"

"男人怎么了？就你这样的，别人还以为你对女人没兴趣呢。"

"你给我滚。"

"是的，我正准备滚。拜拜了，您嘞。"

我说完掉头就走，忽觉不对，这是我上班的地方，怎么也轮不到我滚。我回头想反驳，见他比我走得更爽利，已经到门口了，迈出门前还简单打量了一下工作环境，一副领导视察工作的派头，不过，也就两三眼，也没有很关心的样子。

我低头开始清点食材，嘴里继续哼唱："我肯定在几百年前就说过爱你，只是你忘了，我也没记起，走过路过没遇过，回头转头还是错……"

我昨晚熬夜构思了一款奶蓝冰山熔岩巧克力，光是想想就冰凉丝滑，需要蛋黄一个、淡奶油 150 克、蓝莓巧克力 80 克、糖粉一小包……

转眼就到了星期日。我早把这事抛到脑后了，直到下午 6 点，我哥出现在我卧室门口，由他亲自送我上相亲现场。

我严重怀疑他被解雇了。那天也是，明明一通电话的事，非要亲自跑茶楼一趟，大约是料想我听闻此事后的表情会很精彩，不想错过每个能看我笑话的时刻。

我让他到外面等，我在梳妆镜前一通瞎涂乱抹。他等得有些不耐烦，敲敲窗户："黎漾，磨叽什么？相亲要迟到了。"

我正从屋里走出来，刚好对上屋外林霁的视线："相亲？"

眼下，他坐在大院里看书，宽宽松松的一件白T被他穿得干净又闲逸。他坐在那棵仙人掌旁，我的"椰汁"在他脚边赖着，地上是散落的瓜果，上周移栽的树苗边围着一圈铁丝网，三两只公鸡正自由地散步。

我僵住两秒，干笑两声："呵呵，对啊，我哥相亲，猴儿急似的。"

见他目光在我脸上逡巡，我猛然想起自己画的"搞笑女"妆容，一时半会儿不知是先为这副打扮还是相亲这事开脱的好，干脆一不做二不休，把这顶帽子扣死在黎清头上："知道你和佳人约会急不可耐，心急吃不了热豆腐嘛。"

他脸很黑："谁要吃豆腐？"

林霁的表情说不上好，也说不上差，甚至说不上有什么表情，只是看向我问了句："他相亲，你去当电灯泡？"

"对啊。"我点头，又觉得过于理直气壮了些，辩解道，"不是，你也知道，我哥这人嘴笨，不会说话讨女孩子欢心，我过去给他代言的。"说着，我戏精上身，一脸"操碎了心"地把他打得板正的领带扯歪了歪，"你看，你也不收拾一下，还得靠我这个门面担当证明我们家的基因。"

果然吧？我一紧张就话多，还容易胡言乱语。

我哥在头顶嗓音阴沉："黎漾。"

我小声说："喀，不给自己带来烦恼，是一种智慧。"

"那不给别人带来烦恼呢？"

"是一种慈悲。"显然，慈悲我是没有的。

索性林霁没再问什么，提醒道："快出门吧，别耽搁了。"

餐厅是对方订的，一家小有名气的本地菜馆，装修高档，但又不至于奢华。

我看向角落卡座上面庞清隽、戴一副黑框近视镜的男人，愣了愣，大脑快速搜寻到相关有用信息……没记错的话，他应该叫韩朔，黎清的同事。此前为数不多的接触中，我对他的印象是脾气温和儒雅，气象预报很厉害，被奉为"气象神人"。

我不想交男朋友，不代表我不想要脸。

在此以前，我掌握的关于相亲对象的信息只有"黎漾，那是个男人"这一条。如今得知对方是认识我的人后，我火速问路，猫进餐厅的洗手间，把脸上堪比面粉的底妆和眉心中央那颗红点用清水洗掉了。

"不好意思！那个……路上有点儿堵。"我忙里忙慌地落座，抱歉地说道。

"没关系！看看想吃什么。"他平和地笑笑，把菜单递给我。我心不在焉地点了几个菜，点完菜后也不知该说点儿啥，耷拉脑袋坐着，感觉更像是即将听长辈训话的小孩。

他率先开口打破尴尬："黎小姐，我们见过的，我是你哥哥的同事。我今年 31 岁，在文昌发射场从事气象研究工作。"

从他管我叫"黎小姐"开始，我就越发浑身不自在起来。内心煎熬地听他自我介绍完，我实在做不到顺水推舟、得过且过地演一晚上戏，坦诚道："韩大哥，其实我短期内并没有谈恋爱的打算。"

他听了并没有很意外，仍是礼貌地微笑着："我猜到了，你应该是被哥哥提溜过来的。"

还真是，没想到他一下子说破，我不免通过盘子瞄了眼自己，是不是妆卸得不干净，但是内心却松了一大口气。

"别有什么压力，把我当大哥就好。"他和气地说着，直言道，"我也是受你哥所托。刚好，我父母也催得急。"

到这时候，我丝毫不怀疑这场相亲是我妈给黎清下达的任务，也完全相信，韩朔不过是给我哥个面子，加上为了应付他爸妈才会允诺这场相亲。

我这人向来心直口快，包袱一旦卸下就不免口无遮拦了起来："我就说嘛，再怎么不济，你也不至于落魄到会和我相亲。"

大约是被我的直爽吓到，他愣了一下，哑然失笑："没有，怎么会。"

我自知失言，找补道："我的意思是，以你的条件，居然还会找不到女朋友。"自知更失言，我继续找补，"哦，我是说，韩大哥，你的眼光应该很高吧。"

的确是这样。发射场青年工作者没有不牛的，都是高学历、高智商、年轻有为，我们小镇姑娘在这方面比不得人家，未来也不想离岛去其他城市定居，即便发射场有意考虑大家的终身大事，在镇上搞过几次大型联谊活动，联姻的成功率也不可观。

他被我逗乐，笑道："不然也不会答应你哥啊。"我知道这是玩笑话，也没有往心里去。他敛住笑意，正色道："不是没谈过，她没勇气当航天嫂吧，最后分了。"

我一时也沉默下来，毕竟了解航天人的都知道，他们心系的是每一次任务、每一个程序，说他们是隐性单亲家庭也不为过。

他继续说道："她是南大毕业生，当初拒绝南京多家研究所，陪我来到这里，却找不到一份合适的工作，在一个售楼中心当了段时间售楼员，她还是决定回南京去。"他说这些话的时候，眉眼间透露出显而易见的悲伤，"她那么优秀，不该将就她自己的，我也不想她为了我当全职太太。"

唉，家属就业难，这也是绕不开的问题。庆幸的是，现在还是好多了。据我所知，有人给航天嫂们建了个"工作帮帮群"，有单位招人了，就往群里发一个消息。

"不聊这个了，说说大学吧。听你哥说，你今年9月读大一？"再次开口，他语气已恢复如常，和我讲起关于大学的事。

原来，他喜爱哲学，大学时，本想读哲学专业，阴差阳错去了应用气象学；不过，也不能说毫无关联吧，毕竟，人生就像天气，可以预测个大概，却永远无法预料那些意外。

"刚到岗那会儿，我觉得条件比想象中还艰苦。"他回忆着，指了指我手里正剥的粝、盐、蒜做的蒌叶饭，"出远门时，顾不上吃饭，干粮几乎就是它，就着咸鸡蛋吃。当时，郁闷了一阵子，甚至想过离职，后来，被你哥的一番话劝住了。"

他说得轻松，可我知道，转变非一朝一夕，就好比火箭惊艳一时的亮相，背后是无数人数十年如一日的奋斗。

"啊？幸亏你没走，有你坐镇，他们在天气这块儿可以少操好多心。"我由衷说道。韩朔对其他航天部门来说就是定海神针一般的存在。

"我哥还有这功用呢，不知道他自己有没有过辞职的打算。"我笑着说，内心腹诽，应该有也不会表现出来吧，毕竟，当初毅然决然签下意向书的人是他，扭头就打脸可不太好。

"你好像和你哥很不对付。"他失笑，"他平时经常训你？看不出来，他脾气很大吗？"

"岂止大。"我实话实说。

"你哥哥很了不起。"

我下意识想说"就那样吧"，抬头看见他神情认真，甚至还有几分欣赏在里面，默默改了口："他当初那番话怎么说的呀？"

"他说，不艰苦，还叫创业？比起'两弹一星'那时候，我们已经好太多。既然赶上了航天建设的好时候，为之全力以赴，是你我的运气，更是使命。最艰苦的地方托起最绚丽的梦想，你现在走，损失于你。

"他说得对。艰苦是所有行业所有岗位共有的，不是我们特有的。我决定留下来。"

结账时，服务员送给我们一束玫瑰，"祝二位节日快乐！"

我打开手机日历一看，原来今天是七夕。

此时，外面张灯结彩，过节的气氛浓厚。

"你不喜欢被安排的感觉，对吗？"他起身，绅士地把玫瑰递向我，"其实，我也是。黎漾，以后在我面前不必……"

我摇摇头："不是。我有喜欢的人了。"

他顿住，惋惜似的一笑："这样。"

我有喜欢的人了。

喏，不就在门口站着等我呢吗？

在一片七彩的灯火辉煌中，那人好像融于周边温柔祥和的景色，又仿佛遗世而独立，只为我一人而来。

等我和韩朔道别完，他走上前，望了望韩朔离去的背影，面不改色："那个是你哥的相亲对象？"

我也面不改色："嗯。"

他点点头："嗯。"环顾左右，"你哥呢？"

"……"

他又朝我的脸瞥来两眼，评价："还是这样好看。"他说的是我把妆卸了的事。我小声叹口气，坦白道："其实来相亲的人是我……"

"我知道。"他面色如常地说，"你说的胡话向来只有你自己信。你哥有事，叫我来接你。"

"……"哦，原来刚才是明知故问。我这才留意到他换了一袭白衬衫、牛油果绿的休闲裤，身后拿着什么亮闪闪的。

他把手中拿了一路的气球递给我："送你的。"

那是一只透明发光的波波球，在几片羽毛中盛开一朵嫩白的梨花来。我接过时，耳边恰好响起他浅浅的笑声："七夕快乐！黎漾。"

第
③
章

更多时候，
他会露出那种我再熟悉不过的眼神，
看一个垃圾，不可回收的。

2027 年 8 月 23 日，开学报到前的最后一个周一，文昌发射场组织团建。这是林霁今天告诉我的消息，他爸妈已经报名了，不出所料，我哥也会去。说是团建，不过是换个地点增长业务能力。

此时此刻，黎清正着一身黑色家居服坐在沙发上用平板看东西。我寻思着如何开口，让他多在林霁爸妈面前美言我几句，毕竟，最近他有关乎我终身大事的任务在身。

奈何他看得太投入，我三番五次为了引起他注意的干咳都被无视，只好猛烈咳嗽一声："喀……"

他果然看过来一眼："支气管炎了？"

我忍，微笑："那个……我听说过两天你们组织去铜鼓岭玩……"

我话说一半，就被他打断："不要指望我带家属，那天去的都是正经人。"

啊，原来还能带家属？这么说，林霁也会去。其实，我本意非此，但他既然这么以为了，我岂能不顺杆爬？

"我就是正正经经的正经人哪。"我拍拍胸脯，"保证带出去只会让你面上有光。"

他一扯嘴角，露出个轻蔑的笑："拉倒吧。你自己相信吗？"

不相信，所以说我不正经："怎么不相信？……哎呀，上次在发射场迷路是个意外，不就耽误了你10分钟来找我吗，那么小气干什么……上上次被关在女厕所里也不能怪我啊，谁让你们那儿门和我们家的不一个方向，我太紧张了才会喊救命的嘛，又不是故意给你丢脸……"

见他低头去看平板，俨然不准备再搭理我，我忙添充分理由一条："对了！上次相亲失败，是因为我对韩大哥只有敬畏之情。这次，你带我去，说不定我就对你哪个同事产生非分之想了呢。"

他看向我，狐疑道："你不是说你目前没有恋爱打算吗？"

"谁说的？我连嫁妆都列好了。哥哥，你也想想要陪什么礼哦！"

他略作沉吟："赔礼道歉吧。"

"……"

这天是处暑，全国各地暑气消退，秋天打好了要来的招呼；然而在海南这片土地上没有四季之分，好在最难熬的天气已经到了尾声。

我哥最终败给我的胡搅蛮缠，呸，侃侃而谈，还是让我跟过来了。看到林霁出现在大巴车上时，我就知道，那晚在客厅昧着良心说的话没有错付。

带队的是林霁的爸爸，清点完人数后，他笑容轻松道："难得出来放松一次，今天都不准谈工作，大家好好解解压！"

不知谁回了一嗓："工作就是解压！"一句话惹得一车人都笑了。

大巴车停在停车场，我们改坐观光车上山。发车点挂着"绿水青山就是金山银山"的标语。近年来，文昌的旅游业是越来越好了，政府找对了"航天＋旅游"这个路子。不少旅客都笑说，以前是流民地，现在是没钱来不了。

我自然是想和林霁坐一排，然而，我哥很不自觉地搅乱了他妹的计划，很自觉地在我身边坐下了。他今天一件白色的棉质短袖，刘海很短，略略蓬松，盖不住朗眉星目。清俊瘦削的脸上，眼周围有星星点点的浅褐色雀斑。

上山的一路上可以将平地美景尽收眼底，蓝绿相融，水陆相间。铜鼓岭，我来过几次，不过，都是好几年前的事了，印象中只有银白色的沙滩，仿佛一条缎带，美不胜收。故地重游，我不免有些兴奋地四处张望。

"坐好。"黎清淡声道。也许是太阳毒辣的原因，他眉头皱着，眼睛微眯，神情严肃，看上去不太好惹的样子。

"哦。"

他似乎忍无可忍般看了几眼我捂住帽子的手，我弱弱解释道："风太大，怕帽子飞了。"

这可是我为了扮邻家妹妹，昨晚从我妈衣橱里刨出来的她年轻时的小草帽啊，上面还有个小黄蝴蝶结。

他默了默，抬手摁住我的头："好了，不会飞了。坐好，不要动来动去。"

"……"

观光车到达云顶驿站后，众人下车步行。其实，就是爬山……而且，台阶非常陡峭，连着下了几天雨后，长有青苔的石板还非常湿滑。低头看了眼脚上的低跟闪钻凉拖和身上的白色吊带裙，我暗道失策。

对于黎清这种现在一副恨铁不成钢、"叫你臭美"、"自己受着吧"，然而早上出门时盯着我看两眼、欲言又止、不置一词的行为，我称之为袖手旁观、作壁上观、冷眼以观。

树木丛生，每爬一会儿，就能看见一棵树上细心地绑了救援电话的红布条。没多久，我就掉到队伍后头了。我想去看在我后面还有多少人，一转身径直撞到什么坚硬的上面去，吃痛地捂住额头。

被我撞到的"物体"发出极轻的"嘶"一声，而后把我的手移开，极其温柔地帮我揉了揉磕到的地方。

我一动不动地站着，待那人将手放下后，抬头对上他暖意融融的视线。

他今天穿了件云门色的长袖，套着件淡蓝色牛仔马甲，搭配牛仔裤。传说黄帝以云为纪，此云乃星云，故云门是天地始肃之起色，取天地之灵气。这颜色穿在他身上，更氤氲得他眉眼通透灵秀、柔润高远，散发出一缕内秀的东方气韵。

"林雾哥……不好意思……"

他没说什么，只笑着说了句："走吧。"然后，脚步缓慢走在我身边。

身后一个小女孩哼哼唧唧的，似乎在和妈妈闹别扭。我回头问她："小妹妹，出来玩干吗板着脸呀？"

她有板有眼地答："我在和爸爸冷战。"

我一听乐了："为什么要冷战？"

小女孩嘟起嘴："因为我前天生日，他给我买了我最讨厌的一款芭比！"

我给她讲道理："爸爸怎么会知道你喜欢哪一款呢？要原谅爸爸。"

"骗人！兜兜家的爸爸都知道兜兜最喜欢什么，还和兜兜一起看《美少女战士》！"她大声抗议道。

这种无理取闹的小孩，我见多了，打算将她一军："那你知道爸爸最喜欢什么吗？"

她不假思索："当然知道啊！爸爸最喜欢加班！"语气中还有几分小得意，看，我果然知道吧。

我没想到这个回答，接不上话了。

女孩的妈妈俯身温柔地哄着："好啦，生气也没有用啊，我们难得和爸爸团聚一次，还不如开开心心当好朋友呢，对不对？"

"胡说，我和托管所的老师才是好朋友！"小女孩比画着手指头，夸张地说，"我和老师一天见两回，和爸爸一年见两回！"

我不禁和女孩妈妈说："你们没事就来探探亲嘛，就当出来玩。"

她笑笑："主要是孩子要上幼儿园，而且，来回的机票太贵了。"

大家在山顶会合，前面的人已经等了有一会儿。我找到在人群中站着不语的黎清。他眼睛微微眯着，低头聆听别人说话。

注意到我，他淡淡说："以为你又丢了。"

那你还挺淡定，亲哥。

有人触景生情，吟诵了句古诗："俯仰终宇宙，不乐复何如？"

"宇宙浩然气，久已铭心脾。"

"明日登峰须造极，渺观宇宙我心宽！"

"大鹏一日同风起，扶摇直上九万里。"

"但驾东风御北斗，送我蟾宫赏桂香。"

有人抗议了："喂，说好了不许讨论工作的，越来越超纲了啊，注意一下。"

我指着远处的两栋建筑，问黎清："那是哪里？"

"综合测试楼和垂直总装测试楼。"他难得好心解释道，"火箭先被运往那里组装，然后再送到塔架发射。铜鼓岭还有火箭点火后第一个跟踪雷达，指控站二室就建在这里。"

我正要点头，他又补了句："能听懂吗？"

我克制住想白他的冲动："我是不耻下问，不是不懂中文。"

"去观海长廊走走吧。"林组长提议道，"可惜，今天雾太大了，看不清。"

天气晴朗时，在这里能看见蛟龙出海的景色，突出的山包犹如出水的巨龙，壮观极了。可惜，现在往下看去，除了近处的树影和一片茫茫大雾，什么也看不到。

"这是海南岛陆地最东点，也是第一缕阳光升起的地方。"林霁说。

"灵山多秀色，空水共氤氲。"这是张九龄赞颂山上景色秀美、烟云与水气融成一片的词。此刻，林霁站在雾中，衣服颜色与云天相融，也仿若仙气飘飘。

我显得更加惋惜："来得不是时候，现在啥好看的也没有。"

他挑眉看我："谁说没有好看的？"

我感觉他意有所指，他却转移话题："想看日出可以下次，有个好地方。"

"哪里？"

"保密。"

有人调侃道："韩朔，你这天气预报也有失灵的时候啊，怎么挑这么个大雾天上铜鼓岭？"

韩朔冤枉："团建不在我的业务范围啊，领导也没和我商量。"

"韩大哥好。"他目光留意到我，我问好道。

他笑着点头："你哥把你也捎来了呀？"

我哥说："她抱着我大腿跟过来的。"

"……"

沿着长廊走下去，路边是一块 3 米高的石头，名叫"风动石"，相传它遇风微动，却能抗狂风不倒。

"要拍照吗？"林霁浅笑着问。

"好吧。"

我手机没电了，向黎清借来他的手机，认认真真地给风动石拍了好几张照："拍好了，走吧。"

他想笑未笑："我是说，给你拍照。"

而后，便从我手里拿过手机，取着景："站过去吧。"

"啊？哦，好吧。"我听话站过去，露出 8 颗牙齿，规规矩矩地摆了一个剪刀手。

"好了。"他随手点开分享，把照片发给了联系人"小林"。

这时，有人给黎清来电。我看了眼屏幕，拦住想归还手机的林霁。他不明所以地看着我。我看向黎清，他的刘海被风吹散，又似有留恋地勾回来，耷拉在略显粗犷的眉毛上，嘴巴张着正在和同事们议论什么。

我清清嗓子："咳，黎清，有电话。"

被打断的某人看来一眼，不甚在意："谁？"

我故意笑得暧昧，难为情道："你，确定要我说出来？不太好吧？"

不负我望，众人一阵起哄："是女朋友打来的吧？""黎博士恋爱了怎么不告诉大伙呀？""人家想金屋藏娇吧。"

黎清眉头皱得老深，一脸"你有事吗"地接过手机一看……顿时脸黑成锅底："不就妈打来的吗？有什么不太好？"

"快接，快接，有急事找你！"我说着闪到林霁身后。

他一脸无奈又纵容地看着我："待会儿，黎清哥要揍你，我也不拦着。"

我吐吐舌头。

结果下一秒，话中的主人公就脸色不太好地朝我走来，我抱头准备大喊，他语气不善道："找你的。"

找我？

"打你手机，关机。"

接过电话，只听那边声音暴躁道："臭丫头，我的衣柜遭人抢劫是你干的吧？！喂？把电话给黎漾那臭丫头没？"

我把手机远离耳边3秒，压低声音，态度诚恳地说："你听我狡辩。"

"狡辩什么？你还有什么可狡辩的！回来后，给我恢复原样，否则，我让你那老板把你炒鱿鱼1个月，你来大排档给我帮工！"不等我说话，对方就把电话挂了。

我一阵心累，却听黎清若有所思地开口："我就说这帽子眼熟，原来是在爸妈相册里见过。"

我不屑地皱皱鼻子："喊，你学生时代还偷过我的小抄呢。"那会儿，我上四年级，黎清大二，全村娃娃被要求默写"共建自贸港，有事好商量"的重要意义和"五议""五不议"。

他很是鄙视道："是你自己把小抄放错进我书包，害我被村委会书记罚抄十遍。"

"哈哈哈！黎清的妹妹还真是可爱。"不禁有人笑出声。

"那是委婉地说你蠢。"黎清拍拍我脑袋，"你不会真当褒义词了吧。"

再往前走就是祈福林，树上系满红色祈福带，恰好这天白雾弥漫，宛若置身仙境。我不禁有感而发："这个场景让我恍惚想起了某一世。"

林雾莞尔："是你看过的某一部古装剧吧。"

我回忆了一下，还真是。

我拜了神仙，微信转了账，工作人员递给我一条祈福带和一支马克笔。我揣摩了一会儿，恭恭敬敬地写下两行话，写完后默读两遍，很是满意。

"黎清，你能把它绑到树上最高的地方吗？"

他不答反问："我能把你绑到树上最高的地方吗？"

我撇撇嘴："你不懂，系得越高，越有可能被老天爷看到。之前老师让我们写模考目标贴到班里墙上，郑明珠的比我的贴得高 6 厘米，她就比我多考了 6 分，可灵了。"

"可笑吧。"他轻蔑地扯了扯嘴角，"你就算贴到你们班门楣上，该垫底还是垫底。"话虽这么说，他还是踮起脚帮我把祈福带系到了比所有人都高的位置。

从侧面看去，只见他风中凌乱的发丝、高挺的鼻梁和不想晒太阳半闭着的眼。

我想起以前，每次我在卧室墙上挂柯南像、拜完一番后就心安理得地躺着刷综艺时，他都会说："如果中国航天人和你一样躺平摆烂的话，就不会有中国航天几十年剑指苍穹，更不会有今天和那些顶级航天大国比肩而立的资格了。"

而每当这时，我就会搂紧怀里的薯片和平板，扮个鬼脸："所以喽，造大火箭的任务就交给你们这些'孤勇者'，我就当一只快乐的小虾米。咸鱼终归是咸鱼，自然不能和鲲鹏同日而语。"

有时，他耐心，会继续说上几句："你认为奋起直追很难吗？那我可以告诉你，以前那些航天大国傲视全球，拒绝我们加入世界航天的俱乐部，后来他们纷纷主动与我们谋求合作。从一穷二白到震惊世界，凭的就是那股不怕落后、不甘落后的骨气。"

其实，要说一点儿没被激励到，那是不可能的。毕竟，他说的好像是那么回事，比父母的说教也要高大上一点儿；可这份壮志终究还是离我太遥远了些，也就终止于崇敬。

于是，更多时候，他会露出那种我再熟悉不过的眼神，看一个垃圾，不可回收的。

我们又去参观了月亮石、文佛庙就原路返回，赶最后一班观光车。

下台阶的时候，我更加小心翼翼，万一一个不小心打滑，此次出行将会成为我最失败的计划。出发前，在网上看攻略说有巨大的蜘蛛出没，我在脑海里设计了一整套偶像剧"方案"，结果别说是大蜘蛛了，连一个蜘蛛的副产品都没见着。

走在前面的人仿佛察觉我的小心，回身看我，伸出手："握住我的手。"心口浮现无名的情绪，像热带雨林的热气蒸腾。我轻轻把手搭上去，不敢表现得太急切，又怕多犹豫一下他就会收回去。

我小小喘口气，自言自语般："唉，天天骑小电驴三点一线，体能还是这么弱，说明锻炼没用。"其实，对我来说，今天这点儿体力不算什么。

"说明锻炼不够，好吧？"林霁无奈勾唇。

"哦，"我想起什么，"要不要尝尝我自制的冰海式？"

"冰海式？"

"就是鹧鸪茶加冰啦。"我从背包里掏出水壶和一次性纸杯，给他倒了一杯，"清热消暑。"

鹧鸪茶是我们这里当地野茶，清香微甘，很受本地人喜爱，是每家餐厅的标配茶饮。

他仰头喝茶也是斯文秀气的，喝完歪头一笑，倒有些不常见的痞气："好喝。下回做点儿让我带去发射场。"

"好呀。"我一笑，蓦然注意到一个问题，小心地问，"那，手还拉吗……"

"嗯。"

走了一会儿，他忽然闷闷道："这个不叫拉手。"可能是天气热、爬山消耗大吧，他白皙的脸有薄红，"叫握手。"

山上雾大，什么都看不清，山腰处却可以看清，月亮湾形同一轮钩月，仿佛在和我们告别。

那个闹脾气的小女孩到分别时也没有原谅她爸爸，不肯和他说一句话，只是被妈妈抱在手上后，一步三回头地看，嘴唇一个劲地咬。女孩妈妈无可奈何，临走前只笑着对女孩爸爸说了句："一切放心，家里有我呢。"

我的祈愿也被好好地保管在山上那片祈福林啦。

愿你前进无坎坷，归来有星光。
黎漾 2027.8.23

大雾弥漫。

祝愿你，祝愿你们，跨越现实和技术的重重阻碍，终得见星光璀璨。

一周后，我按照常规的人生轨道，正式成为一名大学生。

开学第一周，全校新生迎来了第一个任务——任意采访三个文昌人，话题是讲讲他们的航天故事。所有被访者不得多次接受采访。老师说，这样规定的目的是让我们发掘更多航天里的人与事。

"为什么我一个学食品设计的，也要做航天主题的采访？"我跟郑明珠抱怨。

她拍拍我的肩："别忘了，海航的全名是海南航空航天大学；不过，你一个发射场家属愁什么呀？你去采你哥啊。"

我哥，呵呵，我第一个排除掉的就是我哥。采访他干吗，自取其辱吗？

想当初，我唯一一回在学业上有求于他，是高中老师班会课上叫我视频连线我哥，请他给同学们讲讲学霸心得。我摆好个狗腿的表情拨通电话，问他现在忙不忙。他开口第一句话是："黎漾，收起你那副不值钱的样子。"

这句话被我们班同学拿来笑我笑了一学期。记忆犹新，我就是去采蜜，就是去当采花大盗也不会去采他的。

我在心里盘算着，快速锁定了三个采访对象。

"当归"老爸茶楼。

上午 10 点，正是顾客不多的时候。茶楼里正放着一首《我和我的祖国》。

之前，我和符老板打过招呼，改成了周末兼职。眼下和他说明情况后，他不甚自在地问："需要有表情吗？"我忙摆手："没有摄像，纯文字采访就行了。"

"好。"他礼貌地点点头，"那开始吧。"

我正色道："请问，您和您父母在海外那么久，一直时刻关注着中国航天的发展吗？"

"当然。只有祖国强大，我们在国外才能把腰杆挺直了说话。"他回答得诚恳，一板一眼，"这是华侨们的共同心声。"

"明白。"我点头附和，接着问，"冒昧问您，怎么突然决定从新加坡回国定居了？"

"不是突然，是必然。"他说，从小到大，每年清明节，父母都会带他回来祭祖，"他们说，祖先在哪儿，根在哪儿，祖国在哪儿，家在哪儿。"

我不由瞥向收银台后挂着的两幅人像：一幅是明代吴廷振，一介书生，历尽辛苦，造桥四座，以济众生；一幅是抗日将领符克。

"只不过，后来，老房子被拆了，回来什么也没有了。"

听他这么说，我晃着咖啡杯的手一顿，问："您家老房子也被拆了？"

他点点头，脸上却没有落寞神色："说起来，发射场里面还有一栋我家的房子。那会儿，建设者们正缺住房，把它充当生活房了。"

"哦，原来那是您家的。"我听说过，当时刚进驻不久，房里没装空调，房子主人又买了好几台立柜空调给送去。

"比不上老一辈归国华侨们做的。想想看，那时，海南还是穷乡僻壤，连公路也没有，他们放弃了国外的生活，回来帮忙修建学校和道路，真的了不起。"

文昌有个"华侨农场"，华侨们在里面种植橡胶、胡椒和热带水果，符老板在那边有不少朋友。我点头称是，想起什么："拆迁的老房子，他们给补贴了吧？"

"给了。"他眉眼忽然笑开来，说实在，认识符老板这么久以来，我还从没见他露出过这么有声有色的表情。他说："2016 年 6 月 23 日，长征七号首飞，就是在我老家的位置上点火升空的。"

"您父母在新加坡一切都还好吧？"

"都好，我定期会去看望他们；但我住不习惯，每次在那边待几天就回来。"

我又问他，以后是否打算一直留在中国。对于这个问题，他只用了两个成语回答："百川归海，落叶归根。"

结束采访起身时，我又看了看那两幅人像。我想起符老板曾经说过，他是符克的后人，他的骨子里流淌着祖先的血液。此刻，我想，那是乐于奉献、心系家国的高尚情怀，那是海外侨胞造福桑梓的本能习惯。

从茶楼告别符老板出来，差不多到了午饭点。我马不停蹄往发射场赶，午休时间是他们好不容易的一点儿休息空隙。

林霁出来接我。他大步走来，手随意摆动，一件再普通不过的黑色短袖，十分宽松，凸显得少年更清瘦，刘海随意地被风吹开，显得眉毛有些浓，眼里有星星点点的笑意："恭喜我们家大学生。"

"哎！"我回答得干脆。一上午采访进程顺利，我心情跟着很好。

他不由侧头瞥我两眼："瞧你开心的。"

"我有吗？"

"嗯，乐成一朵小葵花了。"

"心情就跟打喷嚏一样，是忍不住的。"我说着打了个喷嚏，揉揉鼻子，"可能是刚才车速太快，吹着风了。"

他停下脚步，把我系在颈间的牛仔外套打开，给我老老实实穿好，忽然说了句："感情也是，情不自禁。"

同一时间，发射场一间会议室里，隐隐传出吵架的声音。

"……气体浓度监测报警又怎么了？"

"你说呢？它的功能就是检测，检测，不能有半点儿失灵！否则，相当于设备少了一道屏障！"

"所以，有何高见？"

"不管三七二十一，立即停用整改！把质量标准严格落实到各个要素，消除一切问题隐患！"

林霁把我领到他爸爸的办公室。办公室里干干净净，东西整整齐齐，摆放得讲究整洁，和我哥的一样。目之所及，书柜里放着一只红色的药盒，上面写着"益脂康片"，还有两瓶白色的药瓶，分别是"益压康片""糖定康片"。

他妈妈的采访名额已经被预订出去了，林组长的还为我保留着，有人问林霁，他都说抱歉，已经有约了。

"这不是猜到你也有任务吗？"他轻轻一笑。

"哥哥最好了。"

他眉眼低垂着，随口答："就这种时候嘴甜。"

我正想着要怎么回答，他却又说话了："想见你，仅此而已。"

"啊？"我心头有力地跳了跳，莫名其妙。

这时候，林组长回来了，我忙鞠躬问好，他大手一挥："自家人就不用客套了，我听林霁说了，你们学校布置这个作业很有意义。来吧，想问什么都可以。"

我不确定地看林霁一眼，他点点头，在我身边拖了把椅子坐下。

林组长冲林霁笑说："设计所的人来了，刚和你妈大吵完一架。"

我准备采访的嘴巴顿住："啊？要不要紧？"

"工作吵，回家和好，一码归一码。"他不以为意地摆摆手，"谁让我是吵架组组长呢？吵得不凶解决不了问题。"

我一头雾水，林霁在一旁解释道："他是归零官，负责所有测试发射总体技术方案的拟制，还有测试过程质量把关，飞行结果评估，任务评定，为指挥部首长提供技术支撑、做风险预案。"

这下我更一头雾水，林组长哈哈大笑道："还是记我是吵架组组长吧！"

"真要算起来，我也是第一辈文昌航天人。我们这一辈，从绵延大山或敦煌大漠，来到距离赤道19°的海岛椰林，建设现代化新型航天发射场……"林组长眯起眼，像穿过西昌荒凉的风，像透过文昌广袤的热，追忆着什么，"当年很多同事已经不在了，还有的同事，进来时是小年轻，现在已经白发苍苍。"

我找了个比较轻松的问题："您大学学的是什么专业呀？"

"名字有点儿复杂，叫航空发动机制造技术。1991年毕业后，我被分到了大凉山深处的西昌发测站。"

我点点头："那您是怎么跟文昌发射场结缘的呢？"

"文昌发射场建设上马后，西昌在大系统里抽调人才，我想，这也是老天的安排吧。"

"您初到文昌的时候，有什么不适应的地方吗？"见他皱眉疑惑，我进一步说，"您最受不了这边的什么，您还有印象吗？比如，毒辣的日头？"

他像是回想起了什么痛处，"哎哟"一声："我爱好吃辣，刚来时吃不惯海南的口味，隔两周就得来一次麻辣自热火锅解馋。"

"哈哈。"我想象了一下那个画面，感觉平日里严肃的林组长一下子可爱不少，林霁也跟着笑了。趁氛围正好，我问出了心中最有压力的一个问题："从事航天事业这么久以来，您经历过失败吗？"

这下他沉默的时间有点儿长，方才的笑意也在眉宇间变得寡淡。我赶紧补充："不方便的话，您可以选择不回答。"

他叹了口气："没什么不能说的。我经历过1996年国际708通信卫星发射失利。"

我下意识看向林霁，只见他也微愣了一下，看样子也是第一次听林组长说起这件事。

"1996年，对于每一个中国航天人来说都是难以磨灭的记忆。"他低沉着声音，说道，"没有预兆地，笔直的火箭突然歪斜了，紧接着，屏幕上闪出一团红色火球，不远处传来一声巨响，我就知道，完了……"

1996年2月15日凌晨3时，长征三号乙火箭在西昌发射中心起飞后约两秒，火箭飞行姿态出现异常，约22秒后，火箭失控，头部坠地，撞向了发射塔架周边的山坡上，随即发生剧烈爆炸，星箭俱毁。

我在手机上快速搜索出相关新闻。

可以说，长征三号乙首飞成功与否，直接关系到我国在国际航天市场未来能有多少商业订单，更是关系着中国航天在国际上的声誉。但长征三号乙的首飞失败了，而且是惨败，火箭和卫星付之一炬。

更严重的是，爆炸产生的气浪瞬间冲垮了周围的建筑，此次事故最终造成 6 人死亡、57 人受伤。中国对外商业发射服务由此陷入低谷。

"通常来说，技术人员都会提前进入地下掩体，但偏偏那次就有少数人留在了协作楼里……"他脸上流露出一种少见的哀戚，"当时临近年关，我们之间都说，打完这颗卫星就回家过年。唉！"

我不知该说些什么好，林霁轻轻喊了声"爸"。

"我还记得那年买票回家，身份证刚递进售票窗口，就被售票员给扔了回来，她说：'你们这些人，把中国人的脸都丢光了，还有脸坐软卧哪？'"林组长回忆得认真，"我很感谢她，也感谢那些在网上留言'中国航天人，请继续加油'的人。"

我长长舒了一口气："我明白了，谢谢伯父，我的问题问完了。"

他点点头，又说了一句："那一次发射，我是 120 指挥员，最后的口令是我喊的。"

我不由愣住。我知道，亲身参与和目睹的心理阴影是不一样的。

"听了这个故事，感觉你很吃惊？"

我实话实说："您看上去像从没经历过失败的人。"

"为什么这么说？"

"您很厉害。"

"错了。"他摇摇头，"没经历过失败可不厉害，没出过错更不厉害。"

"从没出过错的人不厉害吗？"

"从来没出过错的人很难信任，要么是有人替他分担或排除了试错成本，要么就是经历太少，还没碰上错误，这也就意味着，错误将发生在以后。"他说，"任何伟大的事业都不是一帆风顺的。钱学森先生说过：

'正确的结果，是从大量错误中得出来的；没有大量错误做台阶，也就登不上最后正确结果的高座。'"

我似懂非懂地点头，在心里默默许了个愿，希望黎清平时练习多出错几次，喊口令的时候可千万别遭遇失败。

从林组长办公室出来，正是午后最静谧的时刻，我再次跟林霁道谢，他笑笑："自家人就不用客气了。"

"……"

"我待会儿还有点儿事，要去趟学校，就不留你吃午饭了。"他说着抬腕看了眼表。

"不用，不用。"我赶忙摆手，"占用你一中午时间，我已经很不好意思了。"

"不叫占用。"他看起来随手抓了抓我的发顶，"陪着你而已。"

我脸一热，岔开话题："那个黎清呢？有段时间没见过这号人了，他活得还好好的吧？"

某个正拿着材料来林组长办公室请教的人说："那个黎清活得还好，但凡他妹少气他一天，他都能长寿一天。"

第

4

章

"我的意思是，人生不只有伟大，
还有四季与日夜。"

2027 年 9 月初的某个早上，黎清早早到达测试厂房，蓝色大门在他面前逐级打开，他要开始做地面增压准备工作。

　　撤收等效器、恢复电阻盒状态、连接电池插头……一系列动作，他早已熟稔于心，做起来一气呵成，丝毫不拖泥带水。

　　做完这些，他松了松口罩，报告道："120，箭上二级状态准备好，人员就位好。"

　　他抬头看了眼钟，7 点 03 分。

　　他脱下防静电大褂，大步流星地走出测试厂房。

　　7 点 30 分，他准时抵达位于测试厂房 200 米外的指控大厅，参与新一代载人运载火箭首飞测试任务。

　　测试工作持续了一个半小时，9 点整，他整理好发控台，返回测试厂房。等他组织岗位人员撤收完控制系统的设备，带着前一天有待商讨的材料出现在林组长办公室门口时，就听到自家妹妹说的话，顿感一阵力不从心。

林霁看看我哥，又看看我，莞尔："没事的话，我就先……"

"等等！"我拉住他，指着黎清，"他还在这里，我比较有事。"

黎清要笑不笑地："怎么？"

9 月也是属于渔民的工作月。

黎家大院。

我从发射场逃回来，老黎正在院子里吃晚饭。他们这帮人就是这样，早早吃晚饭，入夜时分出海，打个五六天，分批回来，有的上午 10 点回，有的下午 4 点回。

"休息一晚再出发吧？"我妈问他。她正把椰子削了刨丝，拌红豆煮，放糖。

"行。"他灌了口茶，答，"最近得紧着点儿干，等 10 月份冬风大了，又不能出海，这一停就到年底。"

捕鱼是一项季节性营生。其实一年到头他们工作不了几个月，尤其是下半年，休渔期特别长，5 到 7 月，禁海，唯一好处是海鲜涨不少价。那几个月，台风也严重，平均 100 条船有一两个人出事，机器打断手甚至出人命，不过基本都是小船出事，设备不好，被浪打翻。老黎他们会趁 7 月维修一下船和设备。

"可能下趟得跑个远的。"他自顾自说，"远行前去拜神龟、舞鲤鱼灯，做个福。"

大船不能出海时可以开小船钓鱼，抱着玩的心态看运气和技术，1500 元包一辆船，几个人 AA 制，钓到大的鱼十来斤一条，吃不完的卖钱平分；不过，像老黎这种老实勤奋的，就会去跑临时工，哪儿有活干去哪儿。

老黎招呼我："来，漾漾，吃羊进补好过冬。"羊谐音"祥"，寓意吉祥，他和我妈信这个。

"老黎，问你个事。"我在他身边拖出板凳坐下，"你不曾经也是发射场的建设者嘛，一天到晚穿着迷彩服、戴着防毒面具的。"

他神情淡淡："帮过工而已，算什么建设者。"

"临时工也是工啊，工人就是建设者。"我拍拍他肩膀，"新时代建设事业里，岗位不分大小。老黎，你看来不太懂螺丝钉精神啊。"

我妈插话道："有话快说，你爸11点多才回，卸完货还没睡上一觉。"她舀了两碗放进橱柜里，盖上锅盖。

我晃着脚，问："妈，你做白露呢？也是，不知不觉，进仲秋气候了。"

她随口应道："打打牙祭罢了。"

老黎拍拍桌子："坐好。"黎家家规，坐有坐姿，两脚不得离地，因为这是不到埠的意思，埠就是码头。怪不得他避讳多，渔民出海一趟，天气、收成全看天意。

"喀喀，言归正传，我想采访黎工。"我说着，在他面前比了个虚拟话筒，慷慨激昂道，"作为在中国航天迈向世界强国征程里、曾为发射场建设出过一份力的同志，对于中国航天，你有什么感想？"

他不是很想回答这个问题的样子，拍开我的手，起身回屋："问你哥去。我没什么想法。"

我冲屋里喊道："大火箭在发射场点火飞天的时候，你没少抹眼泪啊？"

黎家男人是祖传的口嫌体正直吗？

好吧，我只好翻开相簿，打开文档，看图说话，深情地发挥道："还有很多默默无闻的幕后功臣，同样撑起了中国航天的一片天，却隐在背后，献花、掌声与他们无关……"

"……聚光灯永远不会打到他们身上，但为了把中国人的足迹带到更遥远的深空，为了让宇宙太空有中华民族的印记，为了鲜艳的五星红旗在浩瀚星空中徐徐飘展，他们同样贡献着自己的血汗泪。"我说着顿了顿，"你的名字无人知晓，你的功绩与世长存。此刻，让我们向航天历史上这些无名英雄献上崇高敬意！"

汇报结束，我在报告厅一片掌声中、在炽亮的聚光灯下鞠躬谢幕。如你所见，我给老黎写的人物采访居然拿了优秀作业。

老师说，我选取的切入点很好，布置这个作业的初衷，就是让那些无名英雄进入同学们的视野。下一个上台分享的是郑明珠，她的优秀作业受访者也是她父亲。

她父亲有个文化人的名字，叫郑南甸，取自"南溟奇甸"。郑叔叔是星光村委会书记，土生土长的龙楼人，中等个头，身材健壮，皮肤黝黑，衬得牙齿白里透亮。郑叔叔家里有一大片椰子林，曾经还有一大块虾塘，不过建设发射场时被征用了。

郑明珠讲的就是一个关于征地的故事。

"我爸爸最爱看虾游泳，那些虾每年能给他发好多工资，那时候，我们家虾塘还有 20 年承包期，可征地的补偿款只够挖这个塘的钱。我爸爸很迷茫，他只会养虾，池塘没有了，他失业了……"

台下陷入了沉默。征地的故事对于我们而言是陌生的，那时我们还是小宝宝，甚至还没出生，但是我们的父母辈却真实地经历过。

"当时，工作队已经进村测量土地、登记财产了，全村 1000 多户人家，都说，村看村，户看户，群众看干部。我爸爸就说了一句话。"

台下有同学按捺不住："什么？你爸爸说了什么？"

"他说：'我是星光村委会的书记。'他用颤抖的手签下了自己的名字，星光村的第一份青苗补偿协议就这么出炉了。于是大家都说：'我听书记的，书记说不会上当，我就签字。'"郑明珠说着微笑了起来，嗓音也有些洪亮，"那年正月十五，他都是在农民家中过的；不过，他说了，能为国家重点项目征地做一点儿事，这份光荣与责任重于泰山。"

郑叔叔是公认的村干部楷模。我每次去郑明珠家做客，都听说他顶着大太阳走村入户去了。大家都说，他做群众工作有办法，他却摇摇头，不以为然："不过就是将心比心，诚心、真心、细心、耐心，带着这4颗心去和老百姓交朋友。"

郑明珠很少在众人前说话不打战的，我夸她变勇敢了。她邀请我周末去她家吃和乐蟹。这时候，螃蟹最是肉肥膏满。我正和她交头接耳，忽然听到一个中气十足的男声。

"我的偶像，黎清。"

我嘴角一抽。真是哥不在学校，学校却四处流传着哥的传说呀。

我向台上看去，一个身材挺高大的男生，身高得有185厘米，远看只朦胧可见一张稚气未脱的脸庞，五官煞是英俊。

唉！卿本佳人，奈何眼神不太好使。

耳边有人小声交流着："上上个分享的，就是黎清妹妹，亲的。""黎清的妹妹呀，怪不得优秀呢，一家人基因好。"

我一时不知该开心还是失落。

台上男生列举了一大堆我哥的英雄事迹，最后升华主题："效法羲和驭天马，志在长空牧群星。在你身上，我能看到坚韧不拔的毅力品质。在我心中，你是我的偶像，更是我的榜样。"

不出所料，汇报结束后，他拦住了我："同学，你好！冒昧打扰，你姓黎，那你或许……"

"干吗？"我没好气地打断。类似的情节，我见多了，毕竟，我可没少帮我哥收过情书，但是男生找上门来的倒没几例。

他没说话，只是眉头皱了起来。他这一皱眉，我也感到不太对……

我俩异口同声。

"是你？"

"是你？"

遥想开学报到那天，我骑着小电驴在空无一人的小巷子里飞驰，谁知对面突然也飞出来一个大侠，说时迟那时快，眼看我们就要撞上了，我急中生智，大吼道："我左！你右！"

结局？结局当然是我们两个感受了一次双人铁板烧！后来，林霁在诊所陪我上完药，还笑着打趣："原来这才是双向奔赴。"

我这才重新打量他一番。他眼睛很大，眼神深沉而又清澈，双眼皮很宽很深邃。校服每一粒扣子都循规蹈矩地扣着，我推测大概是个严于律己的人。再开口，他说话染上了点儿笑意："你或许认识黎清吗？"

他私底下说话的嗓音低沉醇厚，比在公众场合多了几分金属磁感。

"黎清是我哥。"我双手插兜，酷酷地耸耸肩，"你找黎清，不会也是表白的吧？"

他先是有些欣喜，而后似是不悦："你直呼你哥的大名？"

"不能呼吗？"

他抿抿唇，还在琢磨刚发现的事实："原来你是黎神的妹妹啊。"

"……"黎神，真肉麻。

"上次采访令兄比较匆忙，可以要张签名照吗？我想留个纪念。"

他问得倒是诚恳，只可惜……

"家兄一直比较匆忙，他要有那个闲工夫，我就去当黄牛发家了。"

"那不然，我在我照片上签个名，拜托你转送给令兄，就说是采访他的那个同学。"

"我哥要你签名照干什么？"我无语了，"话说回来，你连他联系方式也没有？"

这时，我手机响了。我妈这个点给我来电话，准没好事。我刚接通，就听她焦急的声音传来："黎漾，你快去医院！打个车去。你哥好好怎么叫上救护车了……血库里怎么会没有血啊……"

"什么？他可真行。"我感觉大脑嗡嗡的，"好，我马上过去！"

"怎么了？"

"你偶像把自己干到住院了。"挂了电话，我匆匆往医院赶。

到了医院，我才知道，情况比我想象的还要严重。

"黎博士吃完午饭回宿舍午休，结果说胃疼，起不来床了。发射场医生去他屋看了，见他整个人蜷曲在床上，说十有八九是胃出血，我们赶紧叫了辆救护车送医院来了。"留在医院陪护的人叫茗仔，看着和我差不多大，是发射场的后勤保障人员。

　　他说黎清一验血，血色素已经降到了 7 点多，医生说必须输血，发射场听说医院血库不足，很快组织了人献血，然后通知我们家属。

　　他还说，黎清人好点儿后说的第一句话是："感谢组织对我的关怀，不必再向上报告了，以免不必要的担心。"

　　脑海里浮现出他那个清冷的模样，我是又心疼又气火。我推开房门，只见人没什么表情地在床头坐着，真跟个没事人似的。

　　我开口时鼻音还有点浓："妈大排档那边走不开，使唤我来照顾你。你……虽然活该，但是活该。"

　　他点点头："你和她说声，没什么大碍。"

　　"都胃出血了还没大碍呢？"我真是气不打一处来，"你这是……你这是……行，我也想不出什么'诅咒'你的话。你自己的身体，你不爱惜拉倒。"

　　他握拳咳嗽两声："趁年轻，多扛扛。"

　　"你也不年轻了。"我毫不留情地打击，"自找苦吃。"

　　"就是自找苦吃。"黎清看也不看我，"当然不能像当代部分年轻人躺平、摆烂。"

　　"好好好。"我咬牙切齿，"我发现你是以苦为乐、乐在其中、苦尽甘来、甘之如饴啊，什么受虐心理，斯德哥尔摩症吗？真不是咱妈说，你趁早找个能管得住你的人吧。长此以往，还要不要命了？不过就你这倔脾气，活该你没有女朋友。"

　　他眉头一下子皱起，语速变快："你认为我是找不到？"

　　他急了，他急了。

　　"我的意思是，人生不只有伟大，还有四季与日夜。"我语重心长地说，"你呀，别只一门心思扑在祖国的事业上，那是伟人干的事，真把自己当伟人啦？"

我看了看他，他没说话。我把刚才路上买的快餐盒一层层打开："你现在的人生是不完整的，少了那些小事，比如散散步，谈谈恋爱，关注一下三餐，荒废一下时间，想着怎么悠闲地躺赢这一生。"

他静默良久，问："这是你的人生观？"

"……是又怎么样。"

"我做不到。"他坦白，"总得努力。"

"努力又能怎么样？"

"能……尽量晚一点儿投降。"他说得神色认真，"如果幸运的话，可以不用投降。"

"投降？看不出，以你的个性还想过投降。"

"不是没想过。"他低声说，似乎有光影停留在他沉寂的眉眼，"但又不甘心。我自己知道，离成功就差那么一点点儿。"

我手上动作顿住："梦想是什么呢？"

"呼吸。"他说得不假思索。

他说，梦想是呼吸。

我没有什么特别的梦想，我不理解。我不理解，但我能看见，梦想是藏不住的。失落吗？奇怪，我怎么会有点儿失落呢……自己体会不到为梦想拼尽全力的时刻。

"难得听你说这些话；不过，也许你是对的，你当初的选择是对的，你现在的坚持是对的。黎清，你属于星辰大海，属于航天。"

"难得听你这么说。"他说着又轻笑一下，"我算什么，我何其渺小；但我和无数伟大的人，怀揣着同一个目标。"

快要日落，我说我回家做完晚饭再来。出门的时候，他从后面叫住我："黎漾，其实我想的，比你想的还要简单些。"

我静静等他的下文。他说："我希望我这一生就做好这一件事，就是把这枚小小的火箭研究好。"

当时，外面的阳光正好照过他这道窗户，打在他穿白色病号服的身影上。我发觉，他的身影比我想象中要单薄，又比我想象中要坚韧。

从病房出来的时候，我听到走廊里有人的手机铃声响了："谁懂我说的孤注，谁懂我说的孤独，谁懂我说的辜负，辜负谁不会……"

黎清，愿你不会被辜负，天地广阔；愿你孤独有人懂，不枉此生；愿你孤注终成功，得偿所愿。

清澜港。

这天中午，我妈叫我来码头办点儿事。发射场经常有一些劳力活需要临时工，比如，接应这些贮罐，再运到发射场。这些大铁罐在杭州生产，用甲板舱运到文昌来，只能在近海航行。海上运输能解决重型航天器的运输，有助于提高卫星载荷能力。

老黎这波渔民，基本也就是发射场的临时工对象了。上一次大铁罐在发射场区陷入泥沼，最后，推土机、拖拉机连番上阵才弄出来。老黎回家说以为要扣工钱，但没扣。

树上结着金柚子。岸边停着油罐车。临岸的海域泊着几艘船，小船都是本地渔民，大船不一定，有的从琼州海峡、西沙群岛一直过来，走哪儿卖哪儿，在这里只是临时靠岸。

"快，快！赶潮汐最高点！"有人喊了一句。

清澜港航道淤泥多，得引航进来，卸罐时要跟着潮汐走，涨潮时，运输船才能靠过来，把握不好时机就会翻船。

潮湿的空气里充满新鲜的海腥味。他们边干活儿边齐声唱着《水手》："他说风雨中这点儿痛算什么，擦干泪不要怕，至少我们还有梦……"

我一个人转悠到附近的桥洞。

桥下水流湍急，漫过台阶，雨水砸进波浪。这边停靠着一些小船，有人拉罟，有人垂钓，坐在"水深危险"的告示牌边。密密麻麻的不知名虫子奔忙不歇，破烂不堪的柱子上拴着些浮板。

在这里不能打伞，人都可能被吹走。我出门特意戴了一顶红色格纹贝雷帽，不是为了遮阳，是挡风。整座岛的海风都很大，吹得头疼，本地人没事都不住海边。

风吹啊吹啊，我的骄傲放纵。

我想起几年前某个被黎清刺激了的下午，我一个人跑到这个桥洞下红着眼大喊："今天开始，我不要当废物！"

于是，整个桥洞里都是我的回声——

废物！

废物！

废物！

有时候，我会在码头看渔民卸货。

我们这儿捕捞的都是些生猛海鲜，和内地不一样，什么奇形怪状、不具名的生物都有。近海也有野生鱼，捕上来后靠打氧活着。远行船上有冻库，回来时，鱼基本死了，虾蟹还是活的，活的、死的相差价钱蛮大的。

老黎他们有时去个三五天，打个1000斤回来，最多一次是五六千斤，不值钱的杂鱼居多，杂鱼卖几十块，运气不好连个虾都没有。他们会顺手采集贝壳、珍珠这些稀有的海产品。有些渔民做租网生意，捕多了都是你的，随你返卖。

过去，天气预报不准，几乎每艘船上都有广播，经常听到某某船在某某海域触礁沉没或翻船失联的通报。渔船平安返回后，渔民们会去兄弟庙"洗咸"。

老黎他们还在三三两两引吭高歌，唱着一首脍炙人口的陕北民歌《东方红》。

我盯着他们汗湿的头发和佝偻的后背。

也许他们是每一个打拼在外的父亲的缩影。也许他们是每一个一身狼狈却一生无为的无名之辈。

港口附近就是海鲜市场。出海不安全，基本都是会水的男人，而他们的妻子就负责卖鱼。

我带林霁逛过几次海鲜市场，是时候展现真正的技术了。摊主都说是刚打捞上来的，其实不全是，一百几的龙虾都是养殖的，打捞的要好几百，野生和养殖的颜色深浅也不一样……

这时，一声嘹亮的汽笛拉响，"远望号"又要执行海上测控任务了，船上是一个个抛物面天线和球形雷达。

老黎停下手中的活儿，默默注视着巨轮驶离码头。

远洋测量船是航天测控网的组成部分，如果航天器是风筝，测控就是风筝线，征服大海是为了仰望星空，这支船队就在深蓝远海，是我国航天事业的护航队。

今天是星期六。周末的早餐，唤醒沉睡的味蕾。虽然日子很苦，但"当归"老爸茶总有新出的甜点。

我愉快地设计着新品，两款睡莲马卡龙，灵感取自莫奈的名画《池塘·睡莲》。符老板说，下周，和"梦回盛夏"系列套餐一起推出。

两块马卡龙之间的夹心部分，一款是锦玉羹版，透明的茶果子里是漂浮着的莲花和莲叶，一款是油画版，黄油霜加入室温软化的马斯卡彭，绿白相间的画纸上，抹刀勾勒出睡莲的姿态。

茶楼里正播着一首《盛夏光年》。来客不断。

"甜茶，还是清茶？"大妈大大咧咧地问。她们不是凶，只是民风淳朴罢了。

渔民哥也不介意："阿华田吧，再来一份领带花，一份三角馏。"渔民们只要放假闲着就来喝茶。

有来海南旅游的朋友过去搭话，想了解这里的风土人情。

"我们和红土地人不是一个工种，作息当然不同，"渔民哥摇着头说，"白天，太阳太毒了，养养生，打打麻将；晚上，出海挣钱。"

比起农民日出而作，日入而息，海洋文化更注重机遇，三天打鱼两天晒网。当然要感谢大自然馈赠。

游客哥好奇，收入不稳定怎么办。

渔民哥开朗地说："没钱就欠高利贷。"

游客哥哑口无言。

渔民哥不以为意："我爸妈也是这样说，有杯茶喝就不错了，做生意不亏本就好，退休还有养老金拿。"

海岛思维是这样的。

忙忙碌碌中，一上午快过去了。我看了眼墙上的表，忙里忙慌地打了一份便当，总感觉还少了点儿什么……

我用清水把桃子皮煮出粉色，加入糖浆和白凉粉搅拌均匀，倒入模具，加入大块桃子果肉，一个晶莹剔透的蜜桃果冻就做好啦，看起来仙女心满满。我左看右看，在底部挤了圈蓝绿色复古条纹奶油，果冻上再放几颗马蹄爆爆珠，完美。

午饭点，我来给林霁送便当，林霁他们星期六也有课。我没告诉他，给他个惊喜。

想起上次送便当时，林霁在发射场打下手，深夜一点半还没吃上饭。龙楼镇人烟稀少，没什么高档餐厅，都是一些农家菜馆，到点就下班，方圆百里根本点不到夜宵。于是，我让我哥陪我去给林霁送饭。

我还记得黎清那张黑脸，说我没良心，他好不容易休假在家，我倒是会用人，还说怎么也想不到自己有一天来发射场，是给他妹那尚不是工作人员的小男友送饭。

糟了。忘带校园卡了。

我企图等里面的人出来一刹那，在闸机关闭前混入，结果被门禁呼叫"非法闯入"。最后，我打电话叫林霁下来接人。看到他风尘仆仆地出现在校门口时，我心一虚，转头跟门卫大哥搭话："大哥，你是做什么工作的？"

他穿着一件普普通通的白 T，口罩遮住半张脸，风掀起一半的刘海，露出略上扬的眉毛和黑白分明的眼，另一半刘海扎眼。沉静和明朗气质相得益彰，清秀极了。

他们小组中午要做液氧过冷器调试测验，他让我坐在旁边等他。

一个浓眉大眼的男生说："压力往下掉。"

另一个眼睛细长的男生说："接头问题。"

林霁皱眉："外面走液氮，里面走液氧，换热器。"

"还是掉。"大眼哥的浓眉皱成两团墨点，"奇怪，漏哪儿去了？"

他们说的话，我听不懂，不由对着林霁出神。

他看起来真是淡然随性、随遇而安、无欲无求的样子，只专注做自己的事情，很难用什么事物分散他的注意力。他也没什么野心，我知道，因为他不愿意为此与人相争。

他这个人还真是老好人，对大多数事情都能用接纳、包容的态度去理解，待人接物温和淡漠、不温不火的，我好像就没见过他发脾气；不过，偶尔，他也给我一种礼貌疏离的感觉，对任何人都是这样，他的风度让人挑不出错来。

"液氧和液氮连通了。"我回过神来，大眼哥还在说话，"这不应该啊。"

细眼哥附和："外部没问题就是内部有问题。组长，怎么说？"

林霁想了想，说："做氦气检漏。氧程和氮程测自补检漏。"

过了一会儿，我听见细眼哥说："查到了。氮气跑到氧程去了。"

林霁有空儿的时候，我们周末会去诗和远方路，在逸龙湾海上图书馆自习。那片海滩人多，碧海蓝天，水洁沙白，沙子也细腻，很多人在那里冲浪，小孩堆沙子城堡玩，还有大妈大婶跳少数民族风情的广场舞。

我妈还拜托过林霁给我讲评卷子。近距离看他，多了些真实感，他的皮肤没有远看那么白皙光滑，但比本地人还是要细腻一些，眼里还是清清淡淡的，什么都没有似的，整张脸庞……清秀，我脑海里所能想到的形容词，就是清秀吧。

他的嗓音也很清澈："已知……可得什么？"

"……"

"黎漾？可得什么？"

"……可得，可得，我是笨蛋。"我呜咽一声，趴在桌子上，"我看我还是和美食相濡以沫吧，林霁哥。"

测验做完了，林霁过来找我。我今天穿了身学生装，格子裙，长发披肩，几绺很疏散的空气刘海，显得元气满满。那两个男生围着我"学妹""学妹"地叫，林霁笑得一脸融洽。

这学期每星期三我们都有早八的课，所以那天一起从家里去学校。有一次，我们走到一个十字路口，恰巧遇到他同班同学。他站在同学中背着双肩书包，笑得有一丝灿烂，很和气，和同学很聊得来的样子。也是，他这温柔没脾气的人，应该很善于维持人际关系吧？

就这样，黎清住了小半个月的医院，办理了出院，单位让他回家休息两天再复职。

这是我连续给他当御用厨师的不知道第多少天。

9点钟，老师在群里通知上网课，我下午两点睡醒了跟风回复"收到"，怎么会有我这样的傻瓜？

某位在家养病也按生物钟早起的人士正在餐桌前看书："你可真是铁打的身体，磁铁打的床。"

"你懂什么，小小的我有大大的梦。"

黎清连一个眼神也不分我："你做梦的方式，就是去和周公聊理想？"

我咬咬腮帮子："哥，听说过一句话不？日子很狗，但我不敢骂它，怕它疯狂咬我。"

"漾漾，别指桑骂槐，我听得懂。"

我在料理台前捯饬着："面里放多少蒜泥？"

"一瓣吧。"他现在整个人看起来比半月前有精气神多了。

"给。"我把蒜捣成泥，浇在方便面上端给他。

"黎、漾。"他吃了一口，咬牙切齿，"你这放了多少蒜，你要辣死我是不是。我胃还没好彻底呢。"

我眨眨眼，"不是你说的一半吗？"

"我说，一瓣儿，"他看了看还剩下的一半，头晕目眩，"一瓣儿啊。"

"哦，抱歉啊。"

过了一会儿，他小声狐疑道："你成心的吧？照顾我照顾烦了？"

"哎，你看我新做的指甲怎么样？"我转移话题，"我们学校附近刚开的一家。"

他瞥过来一眼，点评道："她明明可以抢你的钱，却送了你一对美甲。"

"不错，你嘴巴的毒力已经恢复了九成了。"我颇有成就感，"多亏我养得好，每一天伙食都好丰盛。"

他翻了个白眼："你说方便面？那是锅做的，哪要你动手。"

"……"我多少有点儿尴尬，"你看出来了？也就最近两天而已嘛。"

他哂道："你忘记了？妈以前也爱把自己做的菜伪装成快餐，说今天让你们吃快餐，其实就是她自己做的。"

想起那些童年回忆，我心头一暖，"哈哈"笑了出来。

他也淡淡笑着说："休息完这阵，待在家里的时间又不多了。"

我的笑容一下子凝固在嘴角，好像还真习惯了这半个月来和他的朝夕相处，就像又回到了他上大学前的时光。

"该忙了。过阵子，有个特别任务，你哥来执行。"他忽然伸手掐了下我的脸颊，"可以期待一下。"

"黎漾同学，我们终究会去往那片星空。
那些科幻，将再也不是科幻。"

现在是9月底，院里仙人掌果子成熟了，不远处的椰子树一年四季都在产出椰子。想想看，黎清上大学后就很少有这样天天在家的时候了，工作后更是忙得不见人影，这次病假倒成了他待在家里最长的一段时间。

　　"零花钱不够，就说。"他忽然说，"平时懒得下厨就点外卖吃。"

　　黎清中考那阵子，爸妈天天给他点外卖加餐，但从不点我的那一份。我觉得我没人喜欢，再结合我哥以前说我是捡的来看，我信了，导致我在无意翻到亲子鉴定前的很长一段时间里不敢和爸妈说话，也不敢发脾气，生怕把我送走。

　　没头没尾地，我有感而发："你应该庆幸你有个这么懂事的妹妹。"

　　他瞟我一眼："那你呢，有个学霸哥有什么感受？"

　　我认真作答："首先对父母放心，说明他们教育没问题；但是吧，可能对老大要求严，感觉一般都是老大优秀。其实，也没什么特别感受，只要父母不谈成绩，一切好说。"

"不谈成绩，你就有其他拿得出手的东西？"他质疑道。

"也是。"不对，我恼羞成怒了，"我也没有那么烂吧？"没他智商高，我认，但比厨艺，我不能输。

黎清问了句："你不努力和我有关吗？"

"学不到你那样，因为你无法超越，我就泄劲了，你可以理解为自暴自弃。"我说着摇摇头，"压根儿比不过，没必要逼死自己。"

俗话说，没有对比就没有伤害。我偶然考到一个好成绩吧，想想黎清当时都没那么激动，瞬间觉得自讨没趣，尤其是看穿爸妈有点失落的神色后。唉，想想也是挺过意不去，人家上一个孩子学习那么好，到了我这……

这过阵子，就又过了一个月。这个月里，我几乎没在家里见过黎清，就连还在读研的林霁也格外忙碌。10 月 16 号那天，他抽空儿来陪我给他过了个生日。

我精心挑了件蓝色小吊带，用海蓝色丝巾扎了个低马尾。我亲手做了一个海盐椰子蝶豆花千层蛋糕，制作面糊，摊千层皮，组装，装饰。

蛋糕是渐变的，清淡的莫兰迪色系，上半层隶属于浅蓝色的天空，下半层是深蓝色的汪洋，我给它取名叫"星辰大海都是你"。我用黑巧酱在表面挤了两句话：

星辰大海皆可得，
目光所至终是你

吹蜡烛后，我问："林霁哥，你有没有什么很想实现的目标啊？哎，等等，算了，愿望说出来就不灵了。"

我们现在坐在文南老街上，这里位于中心城区，来往的人很多。老街口有座亭子"文昌阁"，经常举办木偶戏、黎锦编织比赛，此刻，很多上年纪的人正聚在那儿打麻将、下棋。海南只是日头毒，其实挺凉快，海洋性气候嘛，热得快，散得也快，加上海风大，空气湿润，老人都很喜欢海南的气候。

老街两侧是欧亚风杂糅的骑楼群，由华侨捐资建成，据说 100 年前侨商返乡在这里开办商号。

入夜后的老街是迷人而柔和的，尤其是在这样温暖宜人的夜晚。

"挣钱，买花，见你。"

他发丝很柔顺，轻轻朝两侧分开，只露出额头中间。他低首垂眼，露出一截修长的脖颈，眉毛根根分明，手撑在脸上，食指和中指搭在鼻骨两侧，思考着。他的手指很细长，指甲剪得整齐而圆润。

我愣了愣，小声说道："啊？这……这不难实现呀……我是说梦想。"

林霁摇摇头："没有很明确的梦想。好像人一定是有梦想的，小时候，我也很好奇，我的梦想是什么呢？我的梦想可能是有个梦想吧。"

他穿着一件雾山紫的毛衣，像晚霞薄雾笼罩环绕的山色，一种夹着灰色丝絮的淡紫色。野色笼寒雾，山光敛暮烟。高贵安静之中透着理性平和，整个人温柔清冷。

我忽然想起，学校表彰栏里贴着每学期获奖学金学生的照片，还有三行简介，他喜好一栏是空着的。

"我很早就被发掘了天赋，大人都说我是未来的低温技术人才，我不反感，但没有欲望，这应该不是我热爱的事情。"他嗓音恬淡地说着，"我内心知道不是，但别人问起，我依然回答这个。"

老街空中横着电线，墙上是密密麻麻的圆形凹陷，还有贴满的广告彩页。裁缝小店、衣服批发店门前也卖水果，每天都是全面大清仓，二三十元一件，音响和喇叭 12 小时无休工作。手机维修工只需要一个板凳，身旁的泡沫板写着业务范围："爆屏修复、手机配件、进水抢修、刷机解锁、专业贴膜"。

中西合璧的窗棂之上，一大团簇杜鹃花簇从房檐坠下来，像是承接不住这样的重量。

我微微提高嗓门说："我也从小没有梦想，别人问我，我就跟风，学我哥，说我想当宇航员。结果，我妈说：'人家那叫梦想，你这是梦，不一样。'我爸说，我是喜之郎广告看多了。"

也对，这种梦想是专属于"黎清"们的。对我来说，止步于梦，还不配想，要是我真以此为志向，才是真的要贻笑大方。

"你只是不相信，也不敢相信，自己配得上这样的志向。你只是习惯了比你哥弱。"他双手交握枕于脸侧，就这样一瞬不瞬地注视着我。毛衣低调典雅的灰紫色，衬得他有股低饱和下的厌世感，淡淡地撩人，偏他嘴角浅浅的笑意又中和了这股疏远。

我摇摇头："没事，当弱者挺好的呀，可以被强者保护。"

后来，我想通了，不重要。对我来说，值得开心的情绪就两样：想吃，想爱。食欲和爱人的欲望都是可贵的。人生何所求？快乐与自由。

他笑了笑，沉默片刻，说："我的梦想，想保护你。保护你就要变成强者。所以我的梦想是变强大。"

这个角度光落在他脸上，和刘海下的阴影刚好形成一个反差，他整个人沐浴光影，邻家哥哥的模样。

我们回去的时候下起了小雨，有人撑着个大伞卖水果捞，和一种装在玻璃罐里的青绿色果实。二轮摩托停放处有"墙体脱落，行人车辆注意安全"的字样。

地上有落花落叶，躺在"高压电缆"的地面警告标和排水盖旁边。我踩着青石板上的流光溢彩，像踩着一片片鲍鱼的壳。

"给你，生日礼物。"我从小挎包里掏出一个小物件，说。

我准备的生日礼物是椰雕，我用坚硬的椰子壳雕刻而成的手工艺品，是一只嘴里叼着只梨子的绵羊。

他歪头看来，眼里有丝丝惊喜。

"收下了。"他说着，捏捏梨柄，戳戳小羊鼓起的脸颊。

骑楼上层是居民楼，底层是各色店铺，店铺前有廊柱可以遮阳挡雨。我想起有一次，我的伞被柱子卡住了，同行的林霁无奈地帮我取出。

这种离谱事挺常见的，要说离谱，还得是我们的初见。

我妈是发射场家属委员会的。一次发射任务前，工作人员通知让把做好的"成功包""爱心粽"送到发射一线，我给我妈跑腿，恰好林霁也在。人群中，我看他和我同龄，就找他问路，真不是因为他好看。

那一幕，我记得特别清晰。他穿一件白色高领棉质长袖衫、浅咖色毛呢裤，坐在发射场的草地上，手撑在后面，歪头朝我看来，下巴微仰，唇略略张着，眼里似笑非笑。刘海分出些叉，半露出温和的眉毛，少年唇红齿白，慵懒又青春、温淡又洒脱的感觉，很奇怪。

后来，我才知道，这个男生是我的新邻居。再次见到他，是在当晚两家人的饭局上，他换了件红红绿绿的花衬衫，衣服上的图案绘出海岛风情。

在大人的介绍下，我们互相认识了。他一手插兜，一手朝我伸来，头随性歪着，刘海被风撩上去，神情淡淡，但嘴唇有微小的上扬弧度。

当时，我正在涂防晒霜，看着面前这只修长白皙的手，大方地给他手上挤了一坨。他那句到嘴边的"你好，妹妹，我叫林霁"转瞬变成一抹没忍住的笑。

可能照顾到我一小姑娘的面子，他又立马笑着解围，说自己刚来海南那几天没经验，没见识过紫外线的厉害，直到裸露在外的胳膊泛疼，才反应过来是晒伤了。

拿我哥后来听闻此事的话来说，不能理解，但听说是黎漾干的，又变得可以理解了。

生日过后，我见到林霁的次数也屈指可数。有次，我给他打电话，他的嗓音里都掩不住疲惫。后来，我才知道，10月底，也就是第二天，我国将开展首次载人登月任务。

"各位观众朋友们好，现在我所在的地点是海南文昌淇水湾观测点，没错，我国载人登月工程的发射工作也将在文昌进行。现在，火箭已经箭在弦上，据说将于明天凌晨一点间发射……"

每当发射日来临，各大电视台、网络主播都会提前来观测点找机位。周边酒店翻倍涨价，一晚五六千都有。更有甚者，推出航天主题亲子房，打造沉浸式体验。我们家大排档生意爆火，当晚也不例外。

我一下课就骑着小电驴往淇水湾赶，临近发射，这周围都会提前封路。不少人先把车开到停车场占位，步行回酒店吃饭、买零食，晚点儿再走回来，在车上坐着休息，等发射。

这不，一走神儿，我的小电驴堪堪擦过一辆刚停稳的大奔。两秒后，车主人开门下车。看清长相后，我吐槽："我怎么一遇到你就出交通事故啊？"

这人正是我哥的迷弟，在学校算是个风云人物，因此，我也听说过一些关于他的传闻。此人名叫楚颂，楚氏集团二少爷、少董事，从小痴迷于研究外太空，2027 年 9 月，进入中国科学院大学修习天文学专业，参加交换生项目来到离火箭升空最近的地方——海南航空航天大学。据说，他年纪轻轻，已经有不少研究了，在北京有"最年轻的天文学家"的称号，来文昌也算是人才引进计划的一环了。

他弯腰看了眼车被小电驴蹭掉一层漆的地方，皱眉，开出个天价，又说如果我愿意介绍他和黎清认识，可以考虑免赔。

"你狮子大开口啊。"

"旧车了，所以才这个价。"他声音低沉道。

"什么意思？嫌讹少了？"我一阵眼冒金星，"看在校友一场的分儿上，打个 5 折，成交。支付宝多少？我转。"

"你哥的事，真不考虑一下？"他见我不接腔，也不强求，点头说，"多退少补，补漆的收据回头给你。"

我边打字边骑上小电驴："好，我备注着。"

他敲一敲我的头盔："你好好开车吧。就你这个车技，一言难尽。"

"喂，凭什么这么说？"

"凭事实这么说。"

　　停车场停着一排整齐的共享单车。在这种毒日头下步行，不中暑都是对太阳公公的不敬，文昌随处可见单车和摩的。

　　全市所有水果车今天都开来这里了，顺带出售帐篷、椅子、彩串、鲜花，花边堆着西瓜，不少情侣来看发射的。沙滩上建好了临时的航天科普服务点。许多游客和警察聊着天，咨询最佳观测位置。

　　"三点水"海鲜大排档。

　　老黎说，我们家这一代小辈是三点水字辈，大排档又坐落于淇水湾，做的又是渔业，就给取了这么个名。

　　客人大多在海鲜市场购买新鲜海鲜，再拿来我们这里加工，支付一定加工费；不过，老黎自己也打捞，所以我们家也给镇上的酒楼供货。

　　我到的时候附近酒楼的人来取货，我妈嗓门洪亮："1 斤东星斑350，已经是批发价了！你们拿去售价五六百，赚不少了！龙虾……龙虾220 拿去。"

　　我去后面园子里摘了点儿菜，放到厨房，然后把新鲜椰子在门口堆成一座小山，还有菠萝、波罗蜜、榴梿、木瓜、蛋黄果……五光十色的水果摆了一地。有游客来挑挑拣拣："这个是什么？"

　　"红毛丹。"我瞅了眼，"右手那个是冰镇莲雾。"

　　女人点点头："你们这里东西实惠，一个椰子才6块，比海口三亚便宜多了。来一个吧。"

　　我们家的椰子都是从郑明珠家的椰子林进的货，个头大，皮色青绿，水分充足，味道清淡。她家祖上是农民，有一大片椰子林。我用刀在果蒂处劈开一个洞，插入一根吸管，递给她。

她牵着个小孩，估计是带孩子来看发射，小孩一个劲拉着她要走，说那些椰子会从树上掉下来。

我蹲下来，对小孩眨眨眼："传说椰子能用椰壳上的眼睛辨别善恶，只会砸在坏人身上，"其实，自然掉落的椰子已经干枯了，重量挺轻的，"不过，大风天还是不要在树下行走哟。"

她乖乖点了点头。我又问女人："蔬菜要不要看一下？有地瓜、木薯、灯笼辣椒、无籽西瓜……还有航天西瓜。"小孩果然好奇，问这是什么，我说："种在航天育苗场里的，带到过天上的种子。"

"来一个吧。"女人说。

"好嘞。"

不仅航天西瓜，还有它的"兄弟姐妹"红皮南瓜、航茄、航椒、太空黑钻、太空绿钻、太空架豆、太空驱蚊草……这些都是"空间诱变育种技术"的成果。宇航员用返回式卫星、空间站把生物种子带到宇宙空间实验，在微重力、宇宙射线、高真空共同作用下，使生物产生遗传性变异，再返回地面培育新品种。

海面的星光赶走了日落。

晚上 11 点，人们吃饱喝足，有的在饭店里侃天侃地，有的租了个吊床在树上小憩，有的在草坪上看起了大电影。我们忙了一整晚，可算能吃上口饭了。

我给自己做了一碗陵水酸粉。极细的米粉，加入牛肉干、鱼干、炸沙虫，淋上带醋的卤汁……还缺一点儿黄灯笼椒。我转身去厨房里找辣椒，背后响起一阵不和谐的"哧溜哧溜"的声音。

回头，只见一个男人正低头吃着我的酸粉。

吃着……我的酸粉！

"楚……颂……"

他闻言抬头，似乎还在品味，半晌撇嘴轻啧："不好吃。"

"……"

他拿起餐巾纸，将嘴边残余的汤汁擦净。男人穿衣用度简约、严谨、考究，抛开偷酸粉吃的行为不说，整体举止绅士得体，体现着良好的贵族涵养。

"这位是？"我妈一脸疑问地看着我俩。

"阿姨好，我是黎漾的同学。"楚颂礼貌地回道，"我叫楚颂，天文系一年级的。"

"哦哦，既然是黎漾的同学，那一起吃个晚饭吧。"

楚颂笑得很客气："阿姨，会不会不方便？不用麻烦的。"

我侧头看他："那你不还是吃饱了？"

他倒是真挚，看了眼面前的空碗，抿唇："还好。"

果然，他又去跟我妈打听起黎清的行踪。我说出了心中疑惑："我不信就凭你的名气和作为，还没有办法联系上我哥了？你就是吃饱了撑的。"

"其实，确实是……"

"看吧，我就知道你是吃饱了撑的。"

"……确实是联系不上。"他正色道，"我有个很重要的项目，觉得黎神会感兴趣，但上次采访还没怎么介绍，他就被人急匆匆叫走了。"

"那你可真是找错人了。"我撇撇嘴，"他家人，跟你一样和他不熟。"

这时候，他手机来电铃声响了起来："想把你写成一首歌，想养一只猫，想要回到每个场景，拨慢每只表。我们在小孩和大人的转角，盖一座城堡，我们好好，好到疯掉，像找回失散多年双胞……"

大概是什么很重要的事，他接听后说了两句就走到外面去了。我还在寻思，他这手机铃声和本人气质不太相符啊。

星辰入海。晚上 12 点，我妈开了个椰子递给我："补补糖分和电解质，提提神。"

"唔，好。"我边喝椰子汁，边手忙脚乱地给林霁发消息；不过，他回得很慢，估计这会儿特别忙。

楚颂指了指我手中的椰子："我来这里两个月，天天喝这个。你们喝不腻吗？"

"恰恰相反。本地人特别喜欢喝，甚至供不应求。"我抬头，得意地告诉他，"在文昌人心中，椰子水就是'天水'，是世上最干净、健康、天然的补水饮料。"

他点点头，接过我妈递来的椰子："难怪苏轼有句诗：椰树之上采琼浆，捧来一碗白玉香。"

"渴了喝椰子水，饿了吃椰子肉，没钱了就拿椰子换钱，要不怎么说椰子浑身都是宝呢。"我妈如数家珍，"椰子加工的东西可多了，化妆油就要用椰子油做基底，还可以用椰子水输液呢。"

"学到了。"楚颂眼中难得淌出笑意。

大排档的背景乐是一首摇滚，节奏明亮轻快，我特意为今晚点播了一首很应景的歌，A Sky Full of Stars，砂纸打磨过的嗓音唱出对星空最真挚热切的爱意与向往。

Cause you're a sky cause you're a sky full of stars
因你是相缀其间的璀璨星光
I'm gonna give you my heart
我愿为你倾付真心
Cause you're a sky cause you're a sky full of stars
因你是相缀其间的璀璨星光
Cause you light up the path
你的光芒照亮漫漫前路
I don't care go on and tear me apart
我毫不在意 即便粉身碎骨

I don't care if you do

我也依然义无反顾

Cause you're a sky cause you're a sky full of stars

因你是相缀其间的璀璨星光

I wanna die in your arms

我愿安心长眠于你的怀抱

Cause you get lighter the more it gets dark

夜越是黑 你越发绚烂

I'm gonna give you my heart

我愿为你倾付真心

I don't care go on and tear me apart

我毫不在意 即便粉身碎骨

I don't care if you do

我也依然义无反顾

Cause in a sky cause in a sky full of stars

因你是相缀其间的璀璨星光

I think I see you

我想我已窥见你的容颜

I think I see you

我想我已窥见你的容颜

Cause you're a sky cause you're a sky full of stars

因你是相缀其间的璀璨星光

　　长发被风吹散，额前的一点儿碎发也无影无踪，我裹着毛茸茸的毯子，手里捧着椰子，眯起眼看星空。

　　这深邃而迷人的星空啊，引无数英雄竞折腰。

　　在动听的旋律和令人躁动的乐器击打声里，楚颂忽然举起椰子，说：

"敬星空。"

我好像也被今夜的这旋律感染了。我也举起椰子，在夜空之下和他的轻轻碰杯。

"敬星空。"我说。

他站起身："差不多到点了。"

我看了眼时间，正巧看见林霁给我发的信息，大概是说他要去忙了，有什么晚点儿再说。我赶紧站起来抱着椰子往外小跑。楚颂也跟着跑了出来。

我妈在后头扯着嗓子喊："慢点儿！你这丫头，不是从来不看的吗？"

"这次不一样！"我头也不回。

对于本地居民而言，火箭发射并不稀奇，每隔一阵子就有个晚上夜空骤然亮一下。我以前也不会特意去看，毕竟，在大排档也能听到人群的欢呼声，感受到亮如白昼的那一下；但这次不一样，这次，林霁全程参与。

虽是大半夜，整片沙滩却灯火通明，栈道上每几步路就有一盏地灯，照亮人们的路。

这个点，好位置大多被占完了，但我熟悉地形，很快就找到了看发射的隐藏宝位，领着楚颂钻进了人群中。隔着漆黑的海面遥遥看去，两座高塔穿入星空，被 4 个避雷塔保护得很好，那就是发射塔架了，101 塔，201 塔。

距离发射还有一小时，位于底部的第一联回转平台已经打开。

很多年轻人坐在一起打扑克，他们把看演唱会的应援棒插在沙子里，围成一圈小灯柱，好让视野清晰。海边拉着警戒线、竖着禁飞的告示牌，严禁一切飞行活动。不远处，有安保人员在接受媒体采访。

我转头打量这个因出色的家世、长相、学识引一众少女梦寐，又因理智、刻板、无趣的性格令少女们望而却步的男生，不禁好奇问他："听说你在北京也有所作为了，怎么忽然来我们小地方啊？"

要说楚颂和文昌的渊源，那可能是 2020 年 7 月 23 日，我国首辆火星车"祝融号"在文昌航天发射场发射升空。而 2022 年 9 月，作为中国科学院地质与地球物理研究所火星研究团队的学习人员，楚颂随团队利用"祝融号"火星车获取的雷达数据，揭示了"祝融号"着陆区表面以下 0 至 80 米深度的浅表精细结构和物性特征。

他似乎微怔了一下，然后回答："因为……所有的奇迹和梦想，都可以从这里放飞。"

"别跟我说这些。"我扯扯嘴角，"中国科学院大学，你当考着玩玩的？可一点儿不比海航差。"

"快了。"他说。

"什么快了？"我莫名其妙。

"一次又一次起飞，中国人在太空走得越来越远，就意味着我的梦想越来越近。"

又来了，又是那种少年老成的稳重深沉。他说这话的时候不苟言笑，我又感觉到他身上那股不符合年纪的成熟沉着。

我反问了一句："你的梦想？"

"我的梦想很近，抬头就能看到，也很远，需要跋涉到达。"他的目光聚焦在遥远的一个点，好像是发射场的方向，又似乎更远。

"黎漾同学，我们终究会去往那片星空。"黑夜里，他低磁的声音传来，"那些科幻，将再也不是科幻。"

我想起一个说法，据说，当被问到人从哪里来、到哪里去时，政治系同学会说："从群众中来，到群众中去。"哲学系同学会回答："从来处来，到去处去。"而天文系同学的答案只有两个字："宇宙。"

虽然是简短的两个字，此刻，我却在他的神情中看到了这两个字蕴含的力量。

是敬畏，是指引，是召唤。

若有似无间，我听他喃喃了句什么，好像是："姐姐……"

说不上来为什么，我总觉得他身上有秘密。

"你看过 2022 年的一篇报道吗？"我说道，"俄罗斯航天局局长宣称他相信外星生命的存在，它们可能比人类更聪明，技术更先进。甚至，外星生命可能正在研究人类文明，只是没被人类发现。"

他的神情变得有些严肃："是，他看过他们国家一些退役试飞员的报告，他们在首波试飞时目睹了无法解释的现象。美国航天局也收到过类似信息。"

我敲敲手中的椰子壳："所以，不要去找人家嘚瑟，科幻电影成真可不一定是好事。"

"外星人一定存在的，我们也是外星人。"他眉头松开些，说，"那也许是给地球人敲响的警钟，银河系之外，不是我们想的那样，也许是地球人初次睁眼看世界。"

他说着，转头看向我："这世界很大，大到你应该出去看看，奔赴山海，而不是囿于孤岛。"

这时候，人群的议论声越来越大。距离窗口时间越来越近，人们都从板凳上站了起来，还有的人打开了发射现场的直播。

"听说这次用的是新型航天器！说不定以后我们也有机会到太空旅游呢。"

"等月球互联网建好了，航天工程师到月球科研站出差，还能随手发个朋友圈。"

"以后航天器的 4S 店都能开到太空去呢，在轨更换设备、在轨维护都不成问题。"

我听林雾说了，新火箭采用液氢、液氧和高能煤油推进剂。与现役火箭煤油相比，高能煤油密度大、比冲高，是以工业化工原料为基础，通过脱水缩合反应、分子内成环反应、脱氮反应和产品精馏提纯等工艺得到的一种高能合成碳氢燃料。

我听懂的不多却也知道，新火箭的成功研制将是一个里程碑，意味着中国航天水平又达到了前所未有的高度。

"航天发展，火箭先行。"楚颂说道，"运载火箭技术水平标志着一个国家进入空间的能力和潜力。火箭所能到达的高度决定了一个国家在航天领域所能到达的高度。火箭能力有多大，航天的舞台就有多大。"

我不禁问："你知道首飞成功率有多少吗？"

他看我一眼："一部世界航天首飞史，半部失败史。"

我喉咙一紧："50%？"

"这不好说，但风险大是肯定的。成熟火箭都有失利时，何况全新的火箭。"他说，"首飞箭的产品设计，谁也不能打包票。首飞就是第一次考核，发射场是考场，每台设备都是考官，操作手就是送孩子上考场的家长们。"

听了这话，我坐立难安起来，忽然间明白为什么我哥常说"胜算更属于永远处于备战状态的人"。这次任务系着多严重的成败，我心里有数，而这背后又拴着多大的危险，我甚至不敢有数……

让这次发射属于成功的那50%吧，拜托了。让胜算更属于永远处于备战状态的黎清吧，拜托了。

有人激动地喊了句："倒计时了！"

不约而同地，原本乱哄哄的人群安静了些许，似乎都在屏息以待这即将到来的神圣一刻，等待为火箭的出世与远行行注目礼。

在一点一滴流淌的时间里，我听见手机直播里传来倒数声。

"5、4、3、2、1……"

"点火！"

与此同时，就在海面彼端，在那高塔所在之地——

伴随着指挥员的口令，发控台上，黎清按下点火按钮。

火箭拔地而起。

"三点水"大排档。

有人在躺椅上观赏星夜，有人喝着扎啤，吃着麻辣小龙虾。

前方，一条火龙怒吼着腾空。

在这巨大的轰响中，一切注意力都被凝聚了，一切欢声笑语都被定格了。

只见远方，新型火箭横空出世，喷着火苗，轰鸣着离开发射塔，载着中国人的登月心愿，向着一个登峰造极的目标，起飞了。

这一瞬间，发射场附近亮如白昼，分不清是深夜还是日出前夕。

这一瞬间，热浪冲击到了淇水湾每一个抬头仰望的人。

海面之上，那一团光撕开夜空，穿云破月，绝尘而去。

这是中国大地、人类大地上最伟大的奇迹。

心中有什么在澎湃，我转头对楚颂大声说道："你知道吗？我哥干的！"

忽然，人群中有孩子兴奋地叫道："在那里！"

云层之中，火箭现出身形。日月之行，若出其中；星汉灿烂，若出其里。

人们和它挥手，再一次道别。他们说："再见，再见！"它短暂地亮相，又快速地离我们而去，替我们向尘世之外一瞥。

我想起今晚林霁的语音消息，他说："月球上的重力只有地球的六分之一，人类在月球上留下的痕迹，可以在那片荒芜寂静之地留存1万年。也就是说，1万年后的人们，仍然能从月球上感受到今天中国的到访。"

航天浪漫刻在骨子里。我想想不放心："你说未来的人们都那么先进了，还能领会这种浪漫吗？"

"当然能。中国人的浪漫中国人最懂。"

"也对，这可是属于5000年大国的浪漫。"

"前人栽树，后人乘凉。他们会仰望群星闪耀，说祖先们毕生探索，只为中国，真了不起。"

　　光荣与梦想薪火相传，到那时，我们的后人又会创造出什么举世成就呢？毕竟，当先人们畅想飞天神话时，何曾想到后人以勇气与毅力真的做到了呢。

　　钱学森同志说，在相当长的时间内，人类的宇宙航行活动将局限在太阳系内。万年痴想，今朝终于圆梦。如今，嫦娥奔月的神话正在变成现实，两弹一星的事业后继有人。可上九天揽月，可下五洋捉鳖，谈笑凯歌还。

　　就在那向天而行的飞船之内，坐着两名我们的同胞，何止是从地面到太空，这是越过生命的极限。2003 年 10 月 15 日，中国首飞太空航天员杨利伟乘由长征二号 F 火箭运载的神舟五号飞船进入太空，他并不知道能否平安归来。虽千万人，吾往矣。

　　如今是 2027 年 10 月 31 日，长征十号运载火箭再一次延续奇迹。

第

⑥

章

"虽不能至，心向往之。"

2027年10月31日凌晨，1点05分，中国文昌航天发射中心指控大厅。

"点火。"01指挥员下达口令，黎清沉着而又坚定地按下了点火按钮。

几秒后，长征十号运载火箭从发射塔架腾空而起，直刺云霄。

随着"船箭分离"的消息宣布，大厅里响起热烈的掌声。飞船被送入预计的轨道，各岗位人员相互拥抱庆祝。

林组长笑着拍拍黎清的肩膀，说："控制系统发控台操作手，黎清，圆满完成你的载人登月任务。干得不错！"

黎清也笑了："谢谢导师！"

"嘀嘀"两声，手机上进来两条短信，来自黎清。

发件人：黎博士

10月31日 1:15

——发射看了吗？
——我负责按下火箭的点火按钮。

我直接电话拨了回去，语气难掩兴奋："这就是你说的特别任务？"

他那边淡淡笑着"嗯"了一声，我忽然又想到什么："你前段时间压力大到把自己干趴下，是因为这个？"

"是。"

"就为了按这一下？"我不死心。

"就为了按这一下。"他现在心情是真的很好，嗓音里都是笑意。

"你什么时候接到这个任务的？"我问。

他回忆了一下："几个月前。"

几个月前，系统指挥员找到他，让他负责此次载人登月任务的发控台岗位。他表面还算波澜不惊，内心却不如脸上的淡定。

我听林霁介绍过，发射场内部给操作点火按钮的发控台岗位起了个外号，叫"金手指"，于是调皮地说："恭喜你解锁金手指梦，离达成你的 01 梦又近了一步啊。"

他沉静两秒，语调平淡："多谢。"

我知道发控台是核心设备，是火箭升空前的最后一项远程操作。这个岗位的操作手需要全面考核，不仅基础要扎实，要对设备原理很熟悉，还要有很强的心理素质和应急能力。

"你……"我开口却不知该怎么措辞，摸摸鼻子，"最近多补补觉吧。前段时间那么辛苦。"

"还好。"

从这句"还好"里，我眼前却浮现出又是无数个不眠夜，他钻研图纸、请教前辈、撰写笔记的身影，还有发控台上的几十个按钮和数百个参数，和它们的每一个作用、每一道含义。

我一时哑然："你说得倒是轻松。"

他简简单单说了6个字："付出终有回报。"

嗯，付出终有回报，这确实是对黎清一直以来最贴切的概括。他值得。

发射虽然结束了，观测点的人们却久久不愿离去。有人泪眼汪汪地对着夜空发呆，有人在拍照留念，还有些年轻人仍聚在帐篷里打牌，玩真心话大冒险。

我推着小电驴往回走，遇到好几个眼熟的邻居。我逢人就说："我哥按的按钮，让火箭点火的人是黎清！"

一路上是源源不断的车流和维持交通的交警。有史以来第一次在龙楼镇见到这么多活的车，难怪每次发射都要投放上万的警力。

这一刻，我忽然心生感谢。感谢我们的政府，宁愿花费大量人力、财力、物力来保障安全和秩序，也要让市民可以在场观测，共同见证这一激动人心的时刻，亲身感受国家的伟大。这是正确的决策。

过几天是为庆祝载人登月任务圆满胜利的庆功文艺晚会。

发射场经常会举办一些娱乐活动来减压，端午节，在文昌河举办龙舟赛，中秋节举办排球赛，还有不定期的篮球比赛、拔河比赛。我作为航天人家属，蹭吃、蹭玩、蹭演唱会是常有的事。

今晚，发射场请到了歌手、音乐制作人张莲开场表演。张莲一袭象牙白袍，风神隽秀，有几分清冷仙气，颈间一串黑白相间的珍珠，精心做了发型，唇红齿白，面容俊朗清隽，优美如画。

他带来了《飞天》《坚持》《画卷》三首连唱。

小桥伴流水 春风吹雁来
垂柳亦蓬茸 嗅得杏花开
萦绕在 千里外
是我的心心念念

盼得那月儿圆

……

壮丽映满眼里

梦似骏马扬蹄

我放歌穿越星际

自成一派的旋律

游天地展开双翼

千万里日新月异

风光醉 好诗意

纵横于磅礴大气

山河日月永存，华夏江山无恙，大国已经崛起，中国航天终将屹立于世界之巅。因为，中国航天人是善于创造奇迹的。

一曲星梦七十载，一路走来一路歌。

在清越的歌声中，航天人眼前闪过一个个共话星辰的日常镜头，那是他们心中最美的回忆。

使命仍在召唤。星辰大海，永不止步，他们已经立下了新的路标。

中国，向着浩瀚苍穹，向着宇宙的呼唤，继续远航。

11 月的第一个周日，林霁约我看日出，这天是立冬。

5 点半，他在我家门口等我。天还很黑，我打开门，门框上挂着的灯泡亮起来。少年穿着一件浅卡其底衬衫，黑金色的刺绣在上面蜿蜒出麒麟的纹路，安静地站在暗夜般的清晨里。

他向我走近，走到拢着我的这束光里，眉眼安宁："早。"

他骑着小电驴，载着我，一路上象征电动车的荧光点点，都是做生意的人，车上驮着个小篮筐。凌晨的风声从耳边呼啸而过，已经有一些酒家开门，龙楼镇的宁静中透着勃勃生机。

他忽然轻轻开口，清唱着："我爱你，我敢去，未知的任何命运……"清澈、细腻的声线，在东方未晞的路上有丝丝空灵的感觉。他的嗓音本身就清透，仿佛有穿透力一般，穿过早晨的风，吹到我心里，我的心跳得好快好快。他目视前方骑着电动车，气息依然稳定。

　　上次他说的好地方，原来是佛光寺。临近寺庙的路不好走，坑坑洼洼，我听见他的声音不大："抓紧一点儿。"

　　我在几声鸟鸣中拉住他腰后的衣料，在后座开心地蹬了蹬腿。听说我们接收喜欢一个人的信号，除了听觉、视觉，还有触觉和嗅觉，喜欢的人身上的触感和味道是不一样的。我轻轻嗅了一下，感觉是柔软干净的青草味道。

　　远远地，我看见停了两辆车。三四个人背着包站在海边，许是同来看日出的游人，还有一只黑色的小狗。每年十一月到次年四月，海南碧海蓝天、水清沙幼，旅客蜂拥而至，食宿价格水涨船高。

　　我跟他们打招呼，其中一个老伯用北京口音回道："今天够呛，这时候按理说天该红了。"另一个年轻人说："不不，日出要到 6 点 40 呢，还早。"

　　老伯摇摇头："用不了，往常 6 点的时候云都是红的。这几天没雨，雨天后日出才漂亮呢。"

　　远处的云烟环绕着高山。那只小狗兴奋地围着主人蹦来蹦去。

　　他们几个听说我们是本地人，欣喜地让我们推荐景点，我热情地说："这时候是雨林的旱季，可以去木兰湾漫步、露营，在星空下入眠，在日出中醒来。如果在山里，露营要到平坦的高处去，远离水源和可能有落石的地方。美食的话，我知道淇水湾那边有一家三点水海鲜大排档，好吃不贵……"

　　他们连声感谢。小狗站立着，扒拉我的裤腿。我看向身边的林霁，他想什么想得入神，半晌笑了笑："露营，是不错，改天我们也去。"

　　在我们的聊天声和海浪声里，天渐渐亮了起来。佛光寺坐西向东，寺前的红旗随风飘动，100 多级台阶甬道通往佛像。传闻那是由一位泰国华侨出资，仿泰国芭堤雅山顶释迦牟尼像建造的。年岁已久，台阶地面裂开了一些很大的缝隙，两侧地上摆了很多废弃的灯笼。

还差最后几级台阶，他转身朝我伸手，右手虎口处一道疤痕映入我眼帘。我拿起来看了看，问他："这是怎么受的伤啊？"

他也看了眼，眉眼淡淡地说："有次测试任务，我和同事进舱内检查状态，手抓箭壁时不小心被保险丝划破了。"

三高的环境下，不锈钢管子都可能被锈穿。我紧张道："打破伤风了吗？"

"打了。"

我有些着急："你又不是正式员工，怎么轮得到你冲在前面？"

"不管主份、备份，都视为本分。我有这样的实践机会，不是挺好的吗？"他不以为意地笑笑，解释道，"最近流感严重，系统内人手紧缺，精力好的人要完成几倍的工作量。"

他说，"金手指"是发射场重中之重的岗位，一般不用再负责其他岗位，但情况特殊，原本定岗在发控台、正加紧筹备载人登月任务的黎清，主动申请顶替不能归队的岗位人员，兼任控制系统箭上二级岗位操作手，参与长征九号火箭分系统的匹配测试。任务并行，他那段时间，几乎每天都在两个岗位之间来回跑，终于把自己累到胃出血。

我不禁咋舌："你们忙得过来吗？"

"所以我们很厉害的啊！"他几乎秒接，又轻挑眉梢，"万人一杆枪，上百个岗位统一步调，几十个系统协同配合，牵一发而动全身。"

身后，巨大的佛像面朝大海，神圣的背景音乐回荡在耳畔。身前，我们将小澳湾畔尽收眼底，海岸线上礁石形状各异，原生态自然景观总是令人震撼。

我指着海面，提高音量问林霁："那是南海吗？"

他也大声回应我："是！"

我双手比作喇叭，对南海喊道："天要亮了，一起看朝阳吧！"

我们最后也没看到日出的那一刻，但是我的心里正在上演一轮日出，阳光普照了进来，暖融融的。

老伯带着小狗骑上他的小电驴。

林霁带着我骑上他的小电驴。

回去的路上，天已经大亮，我回头看见几只母鸡在车后追我们，大喊大叫着指挥："林霁，开快点儿，甩掉它们！"

很快，它们就没影了。

我们去新兴街吃早餐，昌连抱罗粉去晚了就没有了。这是一家三代开的，小推车里面放着各种料，路边卖一地水果。隔壁星光电器已经开门，招牌亮着明黄色的光。

老爷爷腿和眼睛不好，但是很细心，为自家生意操碎了心。我们刚坐下，他就一瘸一拐地送来了辣椒酱。过一会儿，我吃得嘴巴油乎乎的，他又一声不吭拿来了餐巾纸。

我们点了两碗抱罗粉，林霁要了汤的，我点了腌的。米粉粗壮，用牛骨熬制的汤头鲜甜，就着豆浆油条下肚。

邻桌的人在看《海南日报》，大字标题写着：对长征十号运载火箭首次飞行任务圆满成功的贺电。

手机进了条短信，来自我哥："你和林霁的朋友圈，什么情况？"

什么什么情况？我一头雾水地点开朋友圈。10分钟前，我随手发了张面朝大海的照片，是站在最高阶上俯拍的，配了句文艺的话：

海的那头 还是海吗

爱吃梨的小羊
10分钟前

附近，林霁跟了条朋友圈，同样的大海，同样的视角，不同的是多了一个女孩的背影……

在海边看 看海的人

邻居哥哥
5 分钟前

11 月的第二个周末，在上海工作的堂姐黎泊回文昌看望大伯伯母，顺带我们两家人聚一下。大伯伯母家住在市中心，我们也就逢年过节走动一下。我堂姐 1998 年生人，今年 29 岁，她一直是个倔强独立、现实理智的人，冷酷而富有野心。

晚饭定在我们家大排档。

我故意磨蹭了会儿才来，到的时候菜都上齐了。黎清见我手里捧着杯奶茶，远远地问："给我点的什么？"

"招牌芋圆奶茶，去芋圆，去奶茶，送你一个招牌。"我趿拉着凉拖鞋，拉开椅子坐下，中间隔着堂姐，把喝剩下的印有店名标识的空奶茶杯丢给他，他也不恼，仿佛习惯了。

糟粕醋火锅里，海菜已经煮蔫了。我夹了一把娃娃菜，被菜里吸收的汤汁辣着了，想去够那瓶榨椰子汁，偏偏最后一口被黎清倒去喝了。他云淡风轻地看来一眼，我边往嘴里扇风边怒瞪他。

黎泊用长辈般的语气说："兄妹俩感情真好。"

"他俩就那样，不对付，也不是一天两天了。"我妈似是嫌弃地说。

吃了一会儿，大伯举起椰子汁，说："恭喜清仔啊，顺利通过上岗考核，以优异的成绩拿到了发控台的资格证。"

黎泊也笑着说："是啊，恭喜堂弟。"

"中国航天能以中国速度保持前行，一次次开启新的征程，离不开你们这帮年轻的文昌航天人啊。"伯父感慨道，"宇宙开拓者，你们都是历史的创造者。"

黎清和伯父轻轻碰杯，笑容清淡："有幸见证。"他用餐巾擦掉嘴边的汁渍，朝黎泊点头致意。

众人的话题又转移到黎泊的工作上去，无非是升职加薪那一档子事。我们家大排档的位置背对日落，晚霞落进身后的椰子林里。好像终于有人想起我的存在来，黎泊主动问我最近怎么样，大学读的什么专业。我嚼着碗里的椰奶鸡，回答道："食品设计。"

黎泊大学上的是上海财经大学法语专业，毕业后在陆家嘴一家跨国公司做翻译。

伯父伯母一直的愿望就是她读书长进、出外工作，把她从小当儿子培养。据我所知，伯父年轻时原本受到了海南一家医院的高薪聘请，但他选择去香港大学当教授，就算待遇相比之下差了点儿，也不想让子女留在家乡不思进取。直到退休后，他才回乡养老。

纵然文昌家长教育观念高，奈何教育水平整体落后。职业也是子承父母，长此以往，只能糊口，不能发展。

"这个专业，我还没听说过呢。"黎泊那张高傲优雅的脸上出现了一丝惊讶，又关心道，"毕业以后，一般做什么工作？"

我礼貌地回道："一般改行。"

我妈马上瞪了过来："怎么说话呢。"

伯母又关心起我今年多大了，老黎回答："过完年，虚岁20了。"

我翻了个白眼："是是是，按您的算法，直接说我奔三得了。"

"谈朋友了没有啊？"

我摇摇头："不急，我哥一把年纪了也单着呢，我急什么？"

"这姑娘家和男孩子不同啊，好好的姑娘，到了适婚年纪不嫁，过后可得贬值了。"伯母说着激动起来，"其他方面都优秀，在年龄上打了折，你说这不冤哪？"

"没关系，反正我从小到大没人追，我想过，可能是太能吃，养不起。"我一本正经地胡说八道。

倒是黎泊接过她妈的话，神情不太好："妈，我自己有分寸，您别操闲心。"

"这怎么是闲心？我看你爸那个老同事的儿子就很不错，人也在上海发展，房子、车子都有了，人约你好几次了，下周见一面吧？"伯母絮絮叨叨，"啊？说话，别气你妈，行不行？"

气氛一时有些僵。我偷瞄黎泊的脸色。她倒没什么表情，半晌，微笑一下，语气顺从道："行，怎么不行。"

老黎清清嗓子，寒暄起来："这个季节昼夜温差大，晚间比夏季凉一些，小泊要注意别着凉。"

"堂姐那边已经开始穿羽绒服了吧？"我接话道，"现在走在海南的街道上，可以看见一年四季的人们，所以说，人类的冷热并不相通。"

只见伯母又有张嘴的架势，我赶忙举手："那个，伯母，我想问一下。"

"你想问什么？"

"我想问，你口渴了吗？"

一顿饭下来，长辈们一直关切地问这问那，大多围绕着她在上海的生活。她好像什么问题都能回答得游刃有余，还附带有意无意地扯上我。

黎泊烫了波浪卷，涂着大红唇，今晚一袭黑色风衣。她天生就长了张攻气十足的脸，冷艳的外表配上那一身成熟干练的气派，妥妥的"御姐"。

我不爱打扮自己，头发披着，头发丝有些干枯，没有打理，戴着个符合年纪的兔子发箍，鼻梁上架着副看起来显得学术的眼镜。

其实，看看大伯和伯母耀武扬威的神情，我大概也能理解父母对我的恨铁不成钢，毕竟，我方方面面都被比下去。一个黎清，一个黎泊，就像两团长期笼罩在我头上的乌云，传说中"别人家的孩子"。

"这个鸡屎藤用来煲汤很好的，小泊，你尝尝。"我妈热切地说，"还有这道焖肉腿子，我给它慢慢炖到烂，很好吃的，你看黎漾刚才都吃了一筷子。"

看，也就只有这种时候会提到我了。

"对啊，"我点头同意，"喏，我吐的还在这里呢。"

"这丫头，甭理她。"

"堂姐好像很爱吃这道菜？"黎清忽然问道，示意自己面前的玉米参羹。

"嗯，山芋和稻米放在一起煮，浓稠鲜美。"黎泊笑得漂亮，边说边站起来缓缓给自己盛了一勺，"我看书上写，是苏轼和儿子这对失意父子发明的粥。"

黎清贴心地起身："我们俩换个位置吧。"

黎泊点头说好。她心想，这不是个转盘吗，这道菜在哪里重要吗？

黎清在我身边坐下，许久，忽然俯身问我："有个活儿，接不接？"

我一脸疑惑地看着他。

他展开说："来给发射场送下午茶、夜宵的工作任务，12月开始，每天4点，你问问你们老板？"

我眼前一亮："接！不用问了，他肯定愿意。"

他勾唇："好，交给你了。具体细则，我晚点儿发你。"

晚饭结束后，我们从大排档出来。只见林霁在门口站着，怀里捧着个椰子，貌似站了有一会儿了。

他头发剪短些，露出耳朵尖，普普通通的圆领薄款白棉衣，很居家，闲闲地靠在栏杆上，低头，两手打着手机，浑身上下散发着不易察觉的笑意。他看向我，眉眼温淡："我来买个椰子。"

我眉开眼笑："你什么时候来的，怎么不告诉我？"

他摇摇手机："刚给你发消息。"

手机屏幕上果然多了条未读消息。我伸手准备接过椰子。

"你等等。"他弯下腰，"我自己开。"

黎泊看看我，又看看林霁，大概明白是怎么一回事，打趣道："小漾刚才还说没人喜欢，这是没把人家放在心上哪？"

林霁这才看向她，礼貌地点头问好。我看了眼还在和黎清寒暄的伯父伯母，故意大声问道："堂姐，那你和大学那个前男友呢？你到现在还不结婚，该不会是忘不掉他吧？"

她表情凝固了两秒，又笑了："我和他结婚有什么用？唯一的区别就是一个打工人变成两个打工人。"黎泊说着话锋一转，"黎漾，谢谢你啊。"

我嘴角抽抽："怎么了？"又要作什么妖？

"谢谢你的任性，让我看到了任性的代价。原本我还埋怨父母，但我现在，很感谢他们。"

我盯着她的眼睛，只是说："但愿你说的是实话。"

"当然。难不成应该像你一样，一无所有吗？"

我吃惊地反驳道："啊？可是我有哥哥，我哥很优秀，我沾很大光哎。"

黎清，有你真好，哪怕我自己一事无成，也有可以炫耀的资本。

往家走的时候，林霁陪我落在最后面，小声问我："晚饭不愉快吗？"

他多少也听过一些关于我堂姐的事。天秤座的人就像是一杆秤，凡事保持中庸态度，待人处事公正，林霁亦然，对于不公平的地方不会发脾气，但会冷漠以对。

我摇头晃脑地说："不与傻瓜论长短，遇到一个傻瓜，就把她捧成大傻瓜。"

他轻轻一笑："怎么这么说？怎么了？"

我想起就差把"拜金"两个字刻在脸上的那副面孔，把人生变成金钱、名声与攀比，这就是聪明人吗？我嘀咕："没怎么。所有人的目光都看向强者呗。"

"是吗？"他笑得温柔，说得随意，"可我的目光，看向你。"

我们走在很软的沙滩上。5 棵椰子树聚在一起，中间那一棵是笔直的，四周 4 棵向 4 个方向歪歪斜斜。不远处住着一户人家，门口亮着盏灯。我在心里小声说道：你来了，就像冬日的光落在我身上，我们都被温暖了。

"林霁哥，你说，为什么人总爱跟别人比较？输赢不都挺累的吗？"

他突然说："人一直在追求不属于自己的东西。"

树丛里好像有小动物窸窸窣窣，我下意识拽住他的袖子。他低头看了看，继续说道："少有人是含着金汤勺出生的，即便是那些看起来样样好的人，也许比其他人多一些机会，但身上也匹配了相同的重量，欲戴皇冠，必承其重。说不定他们也在反过来羡慕你呢？"

我点点头，似懂非懂，不放心道："还会有人羡慕我吗？"反正，比起让全世界知道我的存在，我更希望生活在自己的小世界里。

"我不能用我的标准评判你，也担心把我的想法强加诸你，但我想和你分享，我眼里的你。"他说，"在我看来，黎漾，你不必羡慕别人，也不必为真实的自己感到抱歉。能尽情做自己，就已经很了不起。也许，越是表面看起来高贵得像只黑天鹅，越是在水面下不为人知地蹬脚挣扎。"

少年看着我，神情认真，乌黑的头发融入他身后的夜色中，点点星辰和他黑白分明的瞳交相辉映。

我想问，林霁，那你呢？你也是黑天鹅吗？你是否也遵守、服从、被安排而不自知？

我想问又不敢问的是，林霁，那你会喜欢这个不上进的我吗？我更在意的是你的目光。

"阿漾，你自己感受不到，你有多特别。"他再次开口，轻轻摇了摇手中的椰子，"会有人从你的花店前路过，买你的花，为你驻足。"

这一刻，我才疏学浅的大脑里，也忽然浮现出安妮宝贝《蔷薇岛屿》里的一段话：

最好的爱情是两个人彼此做个伴。不要束缚，不要缠绕，不要占有，不要渴望从对方身上挖掘到意义，那是注定要落空的东西。而应该是，我们两个人，并排站在一起，看看这个落寞的人间。

有两个人独立的房间，各自在房间工作。一起找小餐馆吃晚饭。散步的时候能够有很多的话说。拥抱在一起的时候会觉得安全。

日子就这样继续平凡着。

今天下午，黎清难得回了趟家，我经过他房门口时，听到里头有争执的声音，大约是什么工作、懂事、考虑……

我不由停在门口，我妈苦口婆心的声音从屋里传来："黎清，你老大不小了，理智一点儿，你不为父母考虑，也得为你的终身大事想想。"

终身大事？又在被催婚啊？不得不说，我的心里多少涌起了一丝同情。

"你工作这么忙，成家后聚少离多，不是个事儿，谁家姑娘愿意跟你搭伙啊？"老黎开口了。他沉默了两秒，接着说，"前几天，你大伯也是这个意思，航天这行业太辛苦、风险太大。"

"正因如此。"黎清的嗓音听着清明，不疾不徐，"我赶上了一个好机遇，这不是每个人都能赶上的。"

"唉，我听说你们有的同事已经几个月没回家。"老黎摇摇头，叹息道，"你有没有想过，把自家的日子过得那么艰难……我和你妈无所谓，以后你把生活的重担压到女人的肩上吗？孩子想不想你这个爹？"

黎清的喉结滚了滚，声线倒是沉静："等我孩子懂事了，也会为他爸爸骄傲。"

我妈有点上火了，语调都升了几个调："说是舍小家为大家，你为的人们，他们在哪里，谁认得你？这份光荣属于你个人吗？为此背负上不称职的丈夫、父亲的称号，到头来你又能落到什么好？"

我看见黎清站在屋子中央，站得笔直。他的语速也变得快了些："氢弹之父于敏说过，一个人的名字早晚是要没有的。能把微薄的力量融进祖国的强盛之中，便足够了。再说，我不过做了部分工作，这部分工作本也是我该做的，有什么可名垂青史？"

时空交叠，我的眼前忽然浮现出大学时代的黎清，他也是这样，一个人站在教室听众席中，在公开课课堂上，公然反对教授的老成观点，掷地有声："天梯亦为人造，有何不可摘星辰？"气质出尘的少年，身姿挺拔如松，背从来很直。

"好，不说这个。你父母你也看到了，没钱的日子不好过。"我妈的声音开始透着些疲惫，"我们培养你这个清华生，不是为了让你过这种清贫日子。"

"你不是你妹。妈说过，你要是普通孩子，咱们家也不寄托你什么厚望。"黎清皱了下眉，我妈继续说道，"再热爱能怎么样呢，不如赚钱来得快，你不是没这个本事。你大伯、伯母也总跟我和你爸说，你大学读的这个计算机专业，工作好找，轻轻松松一份稳定收入。"

"父母也不是没放纵你这么些年去拼搏，你也别怨我们。"不知道为什么，老黎的声音仿佛一下子沧桑好多，又那么无声地压抑，"现实你自己也看到了，咱们家就是这个条件，找份稳妥的工作，找个好姑娘，正正经经过日子才是正道……"

黎清忽然笑了一下："您怎么总是觉得我不成熟呢。爸您经常对我说，平平淡淡才是真。可问题在于，假如才二十几岁的我，和已经有 50年人生阅历的您，是相同的处世态度，这正常吗？这合理吗？这不可怕吗？"

"梦想，谁都有梦想。"老黎拔高了音量，"以前我们可以当你意气风发，少年嘛，追梦嘛，但是梦也得有个头吧，做了这么久了，也该收收心好好过日子了。"

"您不觉得，您一直在灌输您的想法给我？"黎清苦笑道，"您懂得什么叫梦想吗？您有梦想吗？我如果继承您的思想，也只能和您一样，一辈子当个渔民，捕鱼为生。"

我心里一惊，果然听老黎骂了句"混账"，而后猛烈咳嗽起来。我妈一边给他顺气，一边叫黎清少说两句。

老黎好不容易平复下来，有些费劲地说道："你知道你爷爷为什么给我取'黎远洋'这个名字吗？他希望我长大成为一名远洋测量船中心的远望人。这也是我年少时的梦想。"

黎清点了两下头："您自己也特别有志气。说起来这事赖您，您把这股劲头遗传给了我，却又反过来约束和责备我。"

我看见黎清慢慢拢起了拳头："爸，妈，我也很疑惑，人为了什么而活着，或者说，人生的终极目标是什么，赚钱，还是追求？"

我也好奇答案，等了等，没等到下文。

下一秒，门被从里拉开，站在门口的我和黎清对视了两秒，率先开口："先声明我不是听墙角啊！"转念一想，这种行为确实属于听墙角，我又改口，"我就是路过，关心一下。"

他点了下头，想侧身而过，我拦住他的去路，心里惴惴不安："你之前有次说的投降，什么意思？"

他沉默了一下，说："改行，找份高薪酬的安稳工作，再给你找个嫂子。"

"你这是说气话吧。"我仔细盯着他的眼睛。

"一半。"他冷冷抛下两个字，说，"让开。"

我说不上来什么感受，一瞬间震惊、诧异、着急都有，总之我大喊道："不可以！黎清，你会后悔的。"

"后悔也没用。"他快速回答，又向我看来，"你看起来比我还要在乎。"

"我……"我也愣住了，好像这成了一种习惯，如果哪一天，看不到黎清坚守他梦想的倔样，我会不习惯。

夜晚，老黎他们睡下了，我沿着大院旁的下坡路走下去，大风从树林的空隙钻过，呜呜地响，我冷得紧了紧身上的睡衣。

在海边，我果然看到了失眠的黎清。看到他这样，我莫名也有种受挫感，心里像被裹住了一样雾茫茫的。

我环抱双臂，在他身边坐下，他扭头看我一眼，没搭理。我一时有些无措，不知道该怎么安慰，可能因为没有感同身受，我怕安慰错话。

良久，我沉吟着开口："黎清，你是说气话吧，今天中午。"

他说："不是。"

"不行，不行，不行！"我连说三遍，在他莫名其妙的眼神里，我坦白地说，"我没有办法接受。"

我习惯了黎清在房里画一沓沓设计图纸，习惯了他伏案埋头在一大堆文件里，如果这一切将不复上演，我觉得我的生活也被改变了。就像要和陪伴自己很久的人告别，这种感觉让我失落、震惊、恐怖、迷茫。

我看着他的眼睛："是气话吗？"

他沉默片刻，才说："是。"

我松下好大一口气，笑开了："这才对嘛。"

他想起什么般："他们说的话，提到你的，你也别……"夜晚的海风气势太大，和海浪合奏成一支交响乐，有些话被吹散进风里。

"这有什么，"我大声说，"他们说的是实话呀。我觉得我挺幸灾乐祸，还好我没有梦想，都没人管我。我还同情你嘞，挺惨一个人。"

他侧头看我，那眼神说不清是什么温度，疑惑、怀疑，又有些无语、冷酷，八成是觉得我脑子又不清醒了。他耷拉下眼皮："真的？"

我吐了口气，思考了一下，说："没有梦想，是世界上最快乐的事；但没有梦想的人，是世界上最可悲的人。"

这下他皱起眉，似乎在认真理解我的话。

我东拉西扯说了一大通："你看你，又累又痛苦又艰辛，和爸妈也天天争执，我猜他们看到老大对梦想这么强烈，就不敢让我有梦想了，故意没培养我；不过，真正的热爱，后天也培养不出来吧？想想也很可悲，尤其你身边有一个狂烈追梦的人，你每天都听到'热爱'两个字，可你无法感受。

"我很早就能感觉到我们不一样的点。我想让爸妈刮目相看，想在黎泊面前出口气，我才努力。当我看见你努力时脸上的笑容，其实有一点点羡慕。我没有梦想也会享受别的快乐，但我也羡慕你享受追梦的幸福，也不是单纯幸福，是那种心情起伏很大的感受……可能没体会过的人总觉得遗憾吧。"

他静静听我说完，神情复杂："漾漾，你说的这些，我也无法感受。"

"所以说，人类的悲喜并不相通，我们不一样。不管怎么说，谢谢我哥让我这个没有梦想的人，今天体验到了梦想受阻的感觉。"他欲言又止，我摆摆手，"不说了。给你听首歌。"

我打开手机，播放《夜空中最亮的星》。

"夜空中最亮的星，能否听清……"

歌声被吹得七零八落。

忽然，他指着远方一片星空，声音也提高了些："看到了吗？那里，就是我的梦想。"

"是什么？"我顺着他手指的方向看过去。

他没有立即回答，而是看着那片遥远的星空，似乎陷入了沉思。

半晌，他说："虽不能至，心向往之。"

我在心中慢慢默念了一遍，这 8 个字——虽不能至，心向往之。

"什么时候开始关心这个了？"他语气淡淡地问。

"其实，我都听林霁说了。"每一次发射成功的背后，是千锤百炼的经验。也许，每一幕他被掌声环绕的时刻背后，是千辛万苦的训练，是千遍万遍的推演。

"荣誉属于中国航天，更属于为中国航天事业奋斗的每一个你。"我看着他，微笑着说，"你是铸就中国梦的功臣。"

我眨眨眼，话语一转："不过，功臣可没那么好当，很辛苦对吧？"

"……"

顿了顿，我轻声开口："辛苦了，引路人。"

他看着我，不说话。

此刻，我在对视的目光里，看到他眼中若有似无的湿气。刚好这一刻，歌曲唱到高潮迭起的副歌。

我跟着左摇右摆地唱起来："每当我哥找不到存在的意义，每当我哥迷失在黑夜里，夜空中最亮的星，请指引我哥靠近你……"

他看我良久，忽然说："谢谢。"

我有些不好意思起来，笑得轻松："嗨，说什么谢。"

他又重复了一遍："谢谢。"

"从前，我一直是支持爸妈的。"我说，"我知道你对航天的情感，但没法和你共情。"

他好奇问道："所以，你当初听说我要入航天这行，甚至和爸妈闹矛盾，什么感受？"

"我觉得脑子有病，挑战什么高难度，一天到晚被骂来骂去，自己压力也大。"我如实说道，"我也害怕……明明你学习比我好，最后殊途同归，你还经历了那么多痛苦，竹篮打水一场空。"

他穿的是一件宽大的条纹衫，袖子很长，领口略显宽松。他皱眉，把长了许多的头发撩到后面去，迎着海风。

"我也无数次思考，人生应该冒险吗？我的答案是：攀爬金字塔很危险，很大概率摔得很惨，但成功的也只会是这些人。"

"不愧是黎清。"我说，"别人的话都是参考，不开心就不参考！只要自己不认，你就不算输，黎清，这次我是站在你这边的。"

"好，我知道了。"他点了点头，又叹了口气，"我前所未有地想成功，前所未有地面临失败那么近。时间真的太快了，虚晃一下就没了。我想，我还是要足够优秀才行，或者说，只要我足够优秀，没什么不行。"

"……够了。你够了。你已经够优秀了。"

我望向漫天夜色，想起林霁说，说不定他们也在羡慕我。或许吧，我还有自由烂漫的权利，年轻就是资本；可是，我在他们羡慕的时间里，又做了什么呢？

眼前的夜色忽然变得朦胧。我好像越来越疑惑，却又有什么东西，越来越清晰。

"小时候真傻，竟然盼望长大。"我呼出一口气，说，"说真的，我每次想起都不敢相信自己已经 18 岁了，却还是那个神经大条、轻微花痴的女孩，学不会掩饰自己的感情，性格直来直去，热情洋溢但也十分孩子气，3 分钟热度，缺乏耐心。我明明还没准备好，就成年了。"

"你不是一直都这样吗？"他说，"其实，这点我也很羡慕你，无知者无畏。不念过往，不畏将来，如此安好。"

"还能不能愉快地聊天了？"

"你说。"他轻笑道，"你是什么时候发现自己长大的？"

"我想想……是当有一天，我发现，小时候轻而易举的快乐，却已满足不了现在的我，哦，原来是我长大了。"以前吃一根冰激凌就能快乐上天，现在要两根了。

"你呢？哥。"

"以前没有过的经历，后来有了。以前没有过的体会，后来有了。这就是成长。"他说，"长大是没有痕迹的，也没有缝隙，太连贯了，像是水，自然而然。"

的确，成长是悄无声息又惊天动地的。哥哥，我们这被人说是一无所有又无比珍贵的年纪就叫作青春年华吗？

心心念念的长大，你还满意吗？

第 7 章

少年时驰骋的风，比黄金都珍贵。

2027年12月的第一天，也是我给发射场配送下午茶、夜宵的第一天。

负责和我对接的男生是茗仔，黎清住院那次，我在医院里和他见过。我把茶点按规定送到西面回廊的时候，他正在刷各类美食短视频。

他是个很阳光、爱笑的大男孩，热情地自我介绍道："你好，黎漾！我是炊事保障负责人，管发射场的日常伙食，还有航天发射的任务用餐。"

听到"任务用餐"几个字，我的心里顿感崇敬，把手在衣服上擦了擦，和他握手问好。

西面回廊很宽畅，我把打包的各种小食打开，紫薯球、印尼千层糕、椰汁西米布丁、原壳椰子冻，摆了满满一张大桌子。发射场的后勤保障人员也做了包子、饺子。

不时有工作人员来喝水休息，顺便吃个糕点，看到我都会点头微笑一下。我手脚有些拘谨，心里扑腾着激动的小浪花。虽然以前也来过好多次发射场，但这次我是来正经工作的，总有种"打入内部"的感觉……

茗仔叉了块布丁放进嘴里，开始给我培训道："唔，他们的作息本来就不规律，饮食上一定要尽量保证规律。还有，要根据用餐时间段来搭配食物种类。"

想起黎清前阵子胃出血，我连连点头，怕记不住，又拿出特意准备的工作记录本，一一记下来。

"比如说，夜宵不能吃得太油，下午茶品种丰富点儿，每样的量不用多。采购上面，要保证食材新鲜，饮食卫生是第一位的……"

有位女生扛着摄像机来用餐，把这一幕拍摄在了镜头里。茗仔说，她是发射场的宣传安全官，负责记录工作人员的劳动画面。

我准备走的时候，遇见韩朔迎面走来。我问好道："韩大哥好。"

他微怔了一下，很快笑开来，温和地说了声"好"，然后倒了一杯热咖啡，坐下慢慢喝着，问茗仔："最近又学了哪道爆款菜？"他说茗仔有事没事就爱刷这些，不断变换花样，尝试新的菜品菜式。

茗仔嘻嘻笑着说不能"菜透"，那样就没有惊喜了，反问道："最近的一日三餐感觉怎么样？最近有什么口味变化吗？"

韩朔认真回忆了一下，说，没什么变化，都很好。

"辛苦了。"喝完一杯咖啡，韩朔也就休息够了，起身温润道，"能吃到茗仔大厨和黎小姐的手艺，一天的疲惫都被治愈了。"

我和韩朔道别，茗仔嘿嘿一笑："让你们吃好喝好，不也是助力祖国的航天事业吗？"

韩朔走后，他低头快速写着什么。我问："你这也要记啊？"

"那当然，每位同事的最新口味追求，我都要及时在手账里做记录的好不？"他把手账展示给我看，只见里面每个人占一页，登记着年龄、家乡、口味、菜系、忌口……

"众口难调，大家来自五湖四海，啥口味都有。"他皱皱眉头，看似头疼，"我们这爱吃川菜的多。哎呀，不和你说啦，到点了，我要去各楼层送食物！晚上见！"

他忙着整理茶点，我笑着回道："晚上见！"

感觉……这份工作使人心情很好呢。

　　我给发射场配送食物已经连续一周。这天晚上，我一如往常地来送下午茶。

　　等待的空闲里，我拿出平板设计着我的新创意，是一款中式小糕点，山药豆沙糕。灵感来自今天的天气，我来的路上天有些阴，空气雾茫茫的。糕点表皮的淡蓝海洋风就像海边起的薄雾。

　　耳边是几位领导的交谈声，韩朔也在其中。我已经看出来了，每一次下午茶时间都会进行一次碰头会，大家也都把文件带到回廊的茶歇区来，趁机找部门领导签字。

　　我用智能笔在平板上写道：铁棍山药削皮，微波炉高火5分钟，加入10克熟糯米粉、10克牛奶，放入料理机中打成泥……在他们的对话里，我隐约听到"台风"两个字。

　　台风？不会吧，这都12月了，一般5到10月是雨季。结果，还没等下午茶时间结束，我就收到了《文昌发射场气象灾害预警信号发布单》。

　　预警级别：台风Ⅳ级蓝色预警信号
　　发布时间：12月7日17:30
　　今年第26号台风"舒拉尼"目前中心位于菲律宾马尼拉偏东方约400千米的菲律宾以东洋面上，中心附近最大风力有12级。预计"舒拉尼"将以每小时15至20千米的速度向西北方向移动，9日凌晨开始影响文昌场区。请有关部门注意。

　　一位领导问我："小黎，我看外头要下雨，你方便回吗？这两天能留下来执勤吗？发射场需要人手。"

　　我一口答应下来，反正黎清和林霁这两天都在发射场。茗仔对那位领导嘻嘻笑道："您化缘成功了。"

　　晚上，在指控中心会议大厅，第一次总检查工作情况汇报会召开，林组长布置了各个系统、部门的任务。散会时，他说："请各位不要轻视，要用万全之策应对万一可能。"

　　茗仔和几个后勤部的男生负责站岗、巡逻、扛沙袋，他们在走廊上有穿堂风过的地方都堆上了沙袋，还有电梯门口，用来堵水。给各楼层送食物的任务就落到我头上了。

　　我送到 8 层的气象室，韩朔正组织召开气象会商，和海口气象室讨论天气。

　　韩朔说："一个个发表意见，话筒打开。"

　　"考虑明早是否降水？"

　　"我报个零星小雨。"

　　"我报多云，不考虑降水。"

　　"夜间云量多，明早南下稍微。"

　　…………

　　晚上，我收到安全官发的防台教科片。所有人都在按部就班地工作着，我自然也不能闲着，准备着今晚的夜宵，是我前两天新设计的大理石慕斯拼图。

　　茗仔干了一下午活儿，这才刚歇下来，和我有一搭没一搭地聊着天。

　　"我以前在北方上学，可能水泥高楼形成包围圈了吧，台风天只要不出门，就没大多感觉。"他感慨道，"来了海南以后，第一次感受到台风离我这么近，我简直就身在台风之中。"

　　我拿出硅胶拼图模具，把蝶豆花水倒进去，好奇地问："你在哪里上的大学？你年龄也不大，一毕业就来了吧？话说起来，还没问过，你是怎么入的这行？"

"国防科技大学。其实，我来航天有一个很神奇的原因。"他眨眨眼，神秘兮兮地说，"张莲有一次来我们学校演唱，那是我第一次听现场，太震撼了！原来歌声是会讲故事的，在他的歌声里，我听见了宇宙中的回响，我看到火箭正托起太阳……我说不行，我一定要亲自去看火箭飞天，看它九天扶摇直上，太酷了！"

那时的茗仔一定没想到，再听《飞天》现场会是在火箭飞天的现场。

我把纯白色和纯蓝色交替倒在格子里，描绘出大理石的纹理，"欸，那你怎么不去酒泉发射中心，怎么选择了文昌呀？"

"因为《梦不落雨林》啊！"他的大眼睛放出亮光，又唱了起来，"Na ma na na ma na ma na……"

我不由笑了，问："那你来了以后觉得怎么样？"

茗仔回忆着："一下船就有很多椰子树，随处可见。道路宽敞，干净笔直，房屋方方正正的，屋顶平直……总之，和北方不一样，和我以为的南方也不太一样。"

我想起之前对林组长的采访。第一辈文昌航天人不也是吗？从寒冷荒凉的大戈壁滩，乍然来到四季如春的大国小镇，仿佛进入一个新世界。

聊天间，我的慕斯也做好了，嗯，清爽不腻，奶香浓郁。

第二天上午，台风二级预警发布。

今年第 26 号台风"舒拉尼"将于 8 日白天以强风或超强风级在琼海到三亚一带登陆，登陆后将穿过本岛陆地，8 日夜间进入北部湾海面……

整个场区氛围瞬间就紧张了不少。午饭过后，黎清把我领去他的宿舍，走之前，交代道："你没事就待在这里，别出来晃悠。"

以防万一，我进洗手间打了一盆水。全市都停电停水了，但发射场是一级供电供水，没有停。这是我学到的航天精神：宁可备而不用，决不用而无备。

不久后，林霁来给我送了两个充电宝，说以免一会儿电器短路，他现在要跟林组长去一趟铜鼓岭场区，光测设备圆顶是铜鼓岭最高的建筑，有受损风险。

我看了眼他的纯黑色高领线衣，不放心地问："你穿这么多够吗？要不要加件衣服？"

他说："不冷。"

我还是担忧道："台风天外出，真的没事吗？"

他只是笑笑说："安全的。"

事实证明，台风天外出，安全是说笑的。

下午，台风过境，宛如暗夜，风潇雨晦，电闪雷鸣。

狂风暴雨带着毁天灭地的力量吞噬一切，誓要将树木连根拔起，犹如一头失控的猛兽，横扫龙楼镇。在呜呜咆哮的风声中，窗外天黑昏暗，目之所及尽是被风暴肆虐的树木和仿佛摇摇欲坠的建筑。

我给林霁打了十几个电话，通通是无法接听。我干着急了半小时，决定出去找人问问，工作人员总能联系上他们吧？

黎清的宿舍在二楼。电梯停用了，我往步行梯方向走，才扶着墙挪了几步路，电梯口一阵强风扑来，差点儿直接把我送走，我连忙匍匐在地。

与此同时，林组长的车迎着狂风骤雨，向铜鼓岭场区进发。

"圆顶罩被吹开了！"刚下车，铜鼓岭人员就大喊道。

林组长眉头皱得很深："没时间请示了！"瓢泼大雨中，林霁已经和一名同事向 1210 的圆顶跑去。

林组长命令："其他所有人，回塔基内部待命！"他匆忙赶去 1502 给中心报告情况。

铜鼓岭的同事打开 1210 塔，用身体撑住大门。在这个时间里，林霁已经迅速绑上背包绳，他拿上工具，顶着风挤了出去。

大雨滂沱，在翻江倒海的气流中，他眼疾手快，一把抓住 1210 的避雷塔。

此时，一阵劲风来袭，要把他掀翻。他一个转身，堪堪躲过这股强风。

在疾风迅雷的时间里，他用最快的速度对圆顶罩进行了修复。他想说"完成"，但张开嘴根本说不了话，风一股一股往胃里灌。

下一秒，他飞了起来……

眨眼间，他已经降落在离大门 5 米远的地方！他呼出一大口气，心还怦怦乱跳着，好险……差一点儿，差一点儿就被卷进大风里了。

1502，林组长下达中心指令："首先确保人员安全！"

铜鼓岭的同事们接连打着报告。

"报告！ 1212 两根钢绳脱钩，设备晃动厉害。"

"报告！ 3115 天线罩不翼而飞。"

"报告！ 3115 天线结构正常，未见变形。"

正常，是航天人最爱听的。

一连两天狂风骤雨，今天，雨总算是停了。所有人悬着的心总算落地，林组长乐观道："这也算是经受住了来自台风的初次考核。"

龙楼镇一下子进入了"回南天"，到处湿漉漉的，抽湿机、吹风机全部启用。我正收拾东西准备"退房"，林霁细心地帮我把窗户关好："对流会进湿气。"

"哎呀，我一个本地人，还会不懂这个道理？"我大大咧咧地说，想起前天，又不放心地问，"那天，你们外出，真的没事吗？"

他嘴角一牵，语气温柔："你看我不是毫发无损吗？"

林霁穿着一件西子色风衣，清新自然的中国传统色，让人想到西湖水的颜色，想到水光潋滟、山色空蒙，风衣款式为这清冷感色调平添几分潇洒的英气，他淡而秀致的五官似乎将东方美发挥到极致。

他的眼睛总是柔和的、平易的、温和无害的，没有攻击性，没有我哥那样的锋芒。头发看起来也很柔顺。不过也是，他对什么都淡淡的，不像我哥，专注起来，眼里迸发出凝练的光。

傍晚时分，我在发射场见到了一个意外的人。

张莲。他穿着黑色背心、黑色休闲裤，头发被海风沾湿，几根银灰色的刘海搭在额前，略显凌乱。他正坐在一块大礁石上，一条腿随意屈起，双臂抱膝，眺望远方，背景是由绚紫到丽红色的渐变彩霞。

听说他是来送物资援助发射场抗台的。这会儿，他身边什么保镖、助理都没有。张莲真人长得像一张精修后的相片，不过比照片上的五官立体多了，更有成熟男士的味道。

我走过去，他礼貌地跟我打招呼，侧脸看去高低起伏、错落有致，眉目散布其间，偏又柔软。我微笑着说："听说您一练起舞来就没日没夜，太敬业了。"这和我那个工作狂哥哥很像。

他只是苦笑一下："这难道不是最基本的吗？难道不是吗？能让你这么感慨，一句话，娱乐行业有些工作，太轻松了。"

没想到他人十足地真诚，我更意外了。

他自顾自说道："我们这行，要么做到极致，要么哗众取宠……名利已经失衡很久了，无论是收入还是光环，方方面面。凭什么国家英雄无人问津、跳梁小丑大行其道？这是病态的。德不配位。"他说着又环视一圈发射场，看了看不远处几名正在检修设备的同志。

"您是个真性情的人。"我由衷说道，"在成熟之后还能斩获天真，是真诚所为。"

"不会吧？我性格很无趣，生活也是，很枯燥的。"

我想到黎清，他也总说自己是个没有浪漫天赋的人。这让我不由自主地生出些亲切来。

说起航天，人们会想起星辰大海，想起所有壮阔绚丽的词藻；然而，仰望星空的底气来自脚踏实地，与航天人朝夕相伴的是满天飞的数字代码。

纯粹的理性诞生极致的浪漫。航天人在星海中穿梭，求解宇宙谜底，建立天空之城，与"北斗""神舟""祝融"这么多神话传说与美好寓意撞个满怀。

"还是要归根于热爱吧。"张莲笑笑，"《后汉书》说，人生在勤，不索何获？尽心尽力才能尽善尽美，最真的渴望没人能阻挡。"

我想，做任何一行都需要吧，专注，专业。只有以精益求精的严谨精神认真钻研，才能对得起行业，就比如袁隆平终其一生躬耕田亩。心之所向，一苇以航。

"虽说'曲高'总被担心'和寡'，但事实是，好作品总会发光。"我会心一笑，说，"您是真正的音乐人，在有些人心中，是音乐神。"

"我既然有这个影响力，总得带来点儿什么吧？对一名歌手来说，就是紧握舞台一个梦，直到生命结束之前下台一鞠躬。一粒沙石经过打磨，才能结成珍珠。"他说着摇了摇头，"可当今的市场太浮躁了，真挚创作歌曲的人越来越少了。好作品不受待见，为了迎合这个畸形的市场，创作出现恶性循环。听众是直接受害人，看似是自主选择，其实是被喂工业食粮而不自知，这是被损害审美尊严的问题。"

其实，对海南的偏爱有他的私心在，他喜欢轮船，喜欢掌舵的感觉，他热爱大海宽阔的胸怀，也向往远方广远的目的地。每次来龙楼镇，他都会一个人去海边许愿，他说冬天的大海特别干净清澈。他很喜欢四个字——无远弗届。

尽管过去多年，他还是会记起一个有着小酒窝长睫毛的少年，听导演说"你回来点儿，危险"时喊道："可是，那就没有站在船头的感觉啦！"

是啊，少年时驰骋的风，比黄金都珍贵。

我让人去叫茗仔，却听说他一早起来做完饭，就去镇上采买食材了，毕竟，炊事保障就他一个负责人。正惋惜间，他正好回来了。

茗仔看着礁石上的人瞪大眼不敢置信，倒是张莲率先惊讶地说："哇，一个个都这么年轻。一个人提这么多东西，很辛苦吧？"

"我不怕辛苦，能在发射场工作是我的荣幸。"茗仔笑起来，像个天真腼腆的少年，"能见到你，也是我的荣幸。"

"别别，你们才是对国家有大贡献的人。"张莲摆摆手，正色道，"理想无价，祖国的荣耀最值得骄傲。"

茗仔想留他吃晚饭，但他明早还有行程，要赶晚上的飞机走。临走时，他对我们说："我很小就是航天迷，我以前的梦想就是做一位航天员。其实，多少人儿时都梦想过当航天员，但是越长大，我们弯腰低头把梦越做越小了。"

12 月 16 日凌晨，天问三号探测器计划发射。天问一号火星探测任务实现了火星到达和着陆巡视，天问二号小行星取样返回任务验证了从地外天体采样返回技术，天问三号的任务是从火星取样返回。

作为发射场后勤保障部门的"编外人员"，我被安排参与此次发射的安全疏散保卫工作。发射前三天，举办了一次疏散演练。前两天，我们陆续给居民发放了雨衣、手电筒，还要签订安全责任书。

散会后，茗仔对我叮嘱道："这次发射安排在半夜，我在夜宵食谱上添加了咖啡和奶茶的数量，给工作人员提提神。你备餐时留意下啊。"

我点头："好的，明白。"

"明天送餐时间提前，你交接给我后，就赶去疏散点，发射场那边，我来负责。"他难得严肃道，"我会根据任务的节点确定好时间，提前通知你们，务必保证按时准点送达。"

我站直了，回答："是。"

为此，我已经一连兴奋好几天了，还专门给居民研制了一款抗饥蛋糕：清凉的薄荷生巧千层，点缀上小樱桃，卖相极佳。入口即化，一口入夏，巧克力和薄荷就是最配的。

黎清听说，给我发信息质疑道："这次居民疏散工作，他们提前几个月投入谋划。没有金刚钻，别揽瓷器活，你确定可以？"

言外之意，怕我搞砸了，丢他的脸。我回复："对你妹有点儿信心，黎博士。"

15 号这天总算来了。

从下午开始，发射基地发出指令，群众陆续从家中离开，到达指定的疏散点。我负责的疏散点在春桃村，我去发射场送完夜宵就往这边赶，交通管制还没开始。其实，今天的夜宵不多，大部分由发射场后勤人员现做。

春桃村外停满了车子，以备不时之需，远处墨绿的椰树和眼前翠绿的稻田交相辉映。村委会门口红旗飘扬，门框上扯着"爱国爱家，相亲相爱，向上向善，共建共享"的横幅。广场上摆满了板凳，十几顶帐篷颜色纷呈。

此时，许多人坐在宣传栏下的小电驴上休息。宣传栏里贴满"提高森林防火意识""建设美丽宜居新农村"的标语，还有文昌的吉祥物，一个绿色的椰子头、一个白色的航天员。

郑明珠也来了，她爸爸是星光村委会书记。镇里的干部们组成前线指挥部，负责维持疏散点的秩序。她看到我，惊喜道："你来啦。"

我对郑明珠拍拍胸脯："我是场区派来的代表。"虽然只是个打酱油的小助理。

为了保障居民安全，政府出动了好多公安、武警、海警、消防人员。我虽然不是第一次见这种大场面，但参与其中，总归是前所未有的激动。

一位负责人说："这次防护圈以发射塔架为中心，共包括 10 条巡逻线、设置 10 个临时疏散点，分区分层分时，涵盖范围 3 公里、涉及群众 4000 人、投入警力 2000 人，定人定位负责，保障每个居民都有干部负责……大家听清楚了吗？"

我觉得自己身上落了一份很重的责任，和大家一起大声回答："听清楚了，我们一定做好各项工作，有序疏散。"

与此同时，文昌发射中心指控大厅。

发射程序按计划走着。

"210报告，回转平台打开好！"一道洪亮的声音在安静的室内响起，是调度指挥员。

"明白。"01指挥员的嗓音沉稳清晰。

一面大墙般的电视屏幕上，左边的画面里一大团火苗燃烧着，不断排出着氢气，液氢大流量已经加注完毕。屏幕最上方是很多个数字。

北京时间：18:03:48

倒计时：05:56:12

发射窗口：次日 00:00—02:40

场区温度：20.1℃

场区湿度：27%

场区风速：4m/s

时间差不多了，我拿出花名册开始点名，很顺利，人都到齐了，我和郑明珠对视一眼，轻轻呼出一口气。

老人和弱势群体单独坐在一个区，靠近医学观察点和临时医疗点。一个老奶奶牙都掉光了，乐呵呵地摆摆手："没事，没事，我们之前体检过啦，不会拖后腿哪。"

村里有许许多多个距离指示柱，都是市公安局设置的，用来划清安全距离。每根柱子前有一个哨岗，站着一位武警，每当有人靠近，他就会伸手拦住："您好，这是危险区，您不得进入。"

最近，发射场临近海域已经禁止捕鱼，老黎也来了春桃村。其实他一年到头不着家，真正观看发射的次数没几次。

郑明珠开始播放综艺节目，一位村干部喊道："觉得无聊的人可以来我这儿领取一副 VR 眼镜，打发一下等待的时间！"

我准备着疏散点的晚餐，一人一盒泰式炒粉，6 点半左右分发。

指控中心，墙上时钟指针停在 18：30。

"各号保持状态，暂不进入 -5 小时程序。"01 指挥员话音刚落，大厅内不由小小躁动起来，大家都知道这是什么意思。

"召开紧急会议。"

指挥长掷下这句沉重的话，首长席上的一排人纷纷从座位上站了起来，往大厅门口走，转眼，大厅里少了一大半人。

对面会议室里，指挥部成员们围坐在长桌两侧。

"发射塔架三助推火箭，疑似加注过程中液氧泄漏。"副指挥长率先开口。

在座的心都抖了抖，谁都清楚地记得，航天史上一次火箭掉落太平洋，是由于二级发动机漏气。火箭动力系统，无论是漏电、漏液还是漏气，都可能是致命性的。

有人咬牙说了句："怕什么来什么。"

有人猜想道："是不是发动机里有多余物，密封不良导致的燃料泄漏？"

"根据航天人'双五条'归零标准，开展故障排查。"指挥部副总师做出决定，"故障不归零，程序不继续。"

此时，300 多公里外的某测控系统主控机房内，黎清纹丝不动地坐着，眉头皱得很深，似乎在思考什么事。

其他人看向黎清，隐约有人感到不对："怎么了？"

黎清知道此时要稳住，于是，他保持冷静，嗓音依旧如往日般清冷：

"01 指挥员下达推迟点火口令。"

这一听，大家都不淡定了。一位岗位操作手紧张地问："出故障了？"

黎清看他一眼，抿唇："不知。程序停在倒计时 5 小时。"

"啊？这……"

他感到身上压着沉甸甸的担子，将后背坐得笔直。

这一次，他请缨担纲测控系统指挥员，负责统筹测控数据追踪判定，确保火箭飞行过程圆满。经过两年发射测试一线岗位的历练，他已经对测控系统的各种状态谙熟于心。

从任务策划到联试联调，每一个岗位、每一个节点、每一个状态，他都要全面掌握，确保在关键时刻应对自如；而现在，就是考验他的时刻。

再次开口，他尽量用最和缓的语气说："不管怎样，我们的状态、设备稳定，大家不用慌张。"

大家的心这才稍稍安定些，在岗位上静观其变。

春桃村。天色已暗，上空悬着的大照明灯亮起，人们边吃晚饭，边唠着家常，我在一边看着，不由感到一阵温馨。

"郑书记讲个故事呗！"忽然有人提议道。

郑叔叔摸摸后脑勺，不好意思地笑笑："哎哟，我平时不爱看书，这会儿也不记得啥好故事。"

"那就拣你记得的讲！"那人不依不饶，渐渐地大家都开始起哄："讲一个吧，书记，你经历多！""我们等着也没事干，听个故事热闹一下！"

郑叔叔沉默两秒，笑着开了口，"那……那我就讲一个真实的故事吧，这件事我印象深刻，现在还记得。"

他说，那是一个关于一位老人家和一座老房子的故事，发生在 18 年前了……

他说，当时征地的推土机开来了，这时，老人家突然冲上了前……

我忽然想起，这个故事，黎清和我讲过。那时，黎家老房子面临拆迁，当年的黎清 10 岁，在他的记忆中，奶奶的心愿是到老房子再住一晚。

征地办的人天亮时来。赶在天亮前，她爬起床，吞吞吐吐地说："我再……再好好看一看。"老黎扶着她，把屋子都再走一遍，走着走着，她忽然停下脚步，老黎问："妈，怎么了？"

她似乎竖起耳朵在仔细听着什么，半晌，她苍老的嗓音里带着疑惑，也带着笑意："就是这个位置，当年，你爸是不是就是在这和我拜的天地？"

老黎答不上来。黎清也答不上来。大家都不知怎么回答，沉默着。

她却好像听到了酒宴乐队的奏乐，听到席间有人猜拳行令，听到媒婆喜气洋洋的声音："一帆风顺、双喜临门、三星拱照、四季平安、五谷丰登……十全十美……"

过会儿，她走到一扇门前，又笑眯眯地回头："这个屋子，清仔，侬就是在这个屋子出生的。"她的手已经很粗糙了，就和破旧的墙体一样，她抚摸过老房子的每一面墙，说不清这是谁的岁月。

外面轰隆隆地，是一辆辆大型推土机开来了。

所有人就位，这时，奶奶突然冲上前，伸手阻止了推土机的前进。

老黎他们也没想到会出这茬子，忙上前把人往回拉，拉不动，人可倔。郑叔叔心里暗道不好。奶奶说："我还有最后一个要求。"

郑叔叔小声说："这是件大事，市里的领导参与，文昌电视台的人也在现场报道。"言外之意，别让领导下不来台。

奶奶笑得很慈祥，眼眶一圈都是红的，用沙哑的嗓音问："我还有最后一个要求，您能不能答应我呀？"郑叔叔为难地看向他人求助，工程指挥部的人发话："您说。"

"我想请各位领导，和我们全家人在我家老房子前拍个相片。"

所有人的心都放下了。郑叔叔松一口气。大家纷纷站过去，"咔嚓"一声，所有人都笑得很灿烂，尤其是奶奶。

拍完照，郑叔叔笑着打趣道："您交代的任务完成啦。"

奶奶也在笑，笑出了泪花子："郑主任，谢谢您。"

推土机要继续工作了。黎清说，那时天蒙蒙亮，在微薄的晨曦里，他们回头看去，知道这是最后的告别。

…………

"老房子门前长了两棵椰子树，是当年老爷爷送给老奶奶的两棵椰子苗长大了，还是订婚椰，寓意'椰影双双'。后来，征地办送去两棵庆祝乔迁的椰子苗，叫作华造椰，现在也长大了。"

故事讲完，没有人说话。

"我知道，这可能是人家世代拥有的房子，是忍痛割舍。"郑叔叔现在回忆起来，还有点儿想热泪盈眶的冲动，他说："但这就是中国百姓的力量，不计牺牲，舍得奉献，顾全大局，深明大义。"

24 个村庄，1960 户人家，9000 多人，要在祖辈生息之地和国家国防大业间抉择，在家园情怀和爱国主义间平衡。

这一刻，我的心忽然有一丝隐隐的痛，也许是对那个和我未曾谋面的老房子的逝去，迟来的心痛。又或许，是为更多个老房子，更多个为祖国大业牺牲老房子的人家。

郑叔叔说："征地工作差不多结束后，市领导问我还有什么要补充交代的，我当时对他说：大火箭飞天的那一刻，不要忘记这里的百姓，不要忘记为了这样的时刻，背井离乡的那些人。"

不知道谁在现场放起了《祖国不会忘记》，手机的音量不大，却足以传递到每一个人的耳中。

在茫茫的人海里 我是哪一个
在奔腾的浪花里 我是哪一朵
在征服宇宙的大军里
那默默奉献的就是我
在辉煌事业的长河里

那永远奔腾的就是我

不需要你歌颂我

不渴望你报答我

我把光辉融进

融进祖国的星座

山知道我 江河知道我

祖国不会忘记 不会忘记我

山知道我 江河知道我

祖国不会忘记 不会忘记我

发射第一现场，几名排故人员对火箭进行着外观检查。一个人提议："我进舱看看箭体里的温度有没有被影响！"

对讲机里不断喊着："排故的人安全第一，安全第一！"

不久后，那个人出来，冷得牙齿打战："一个排气孔没问题，另一个氢排管子有漏。"

测控系统主控机房内，各岗位上的人员已经七嘴八舌地讨论起来。

"到底怎么回事？"

"今天还发吗？"

"怎么一点儿指示也没有啊？"

黎清觉得心里前所未有地慌乱，他深呼吸一口气，徐徐开口："无论火箭现在是什么状态，我们的任务就是原地待命，等待火箭点火起飞！"

"……"大家闭嘴不语。

"01 没有下达新的指令，上一条指令就是铁令。"

"……"

"明白。"

"明白。"
"明白。"

　　春桃村。郑叔叔的故事讲完了，大伙又将目光投到了其他干部的身上。有个年轻小伙喊道："小潘，你也讲一个吧！"于是，大家不管三七二十一，跟着起哄让小潘讲。

　　小潘挥拳佯装要揍人："好啊，你！故意的吧？"看来两人是"损友"关系。

　　小潘在发射场负责保卫工作，自封为"护箭使者"，他不仅要管设备设施、场区安全，还要管群众保卫工作。因为海南话说得好，领导有事，让他去兼职个翻译。

　　这人挺实在的，我刚才听村民和他聊天，打听工作上的事，他咂咂嘴："我当初以为钱发得多才来的，谁想到经费都少得可怜，还要自己垫钱。"话虽如此，他的语气倒很快活。

　　郑明珠悄悄告诉我："每次发射任务来临，他会找好酒店预订十几间房，等房价翻几倍时再转卖给游客。"啧啧，他还挺有生意头脑的，这算盘打得我在淇水湾都听见了。

　　"咳咳，那我就顺着郑书记的话题，讲个我家的故事吧！"小潘也不推脱，大大方方道，"我家也住星光村，和在座的都是邻居。我们家，当年拆迁钉子户，我老爹，顽固分子，臭名昭著的一号人物！"

　　"哈哈哈哈哈！"他这话把在场的人都逗笑了。

　　"那会儿，邻居们都搬到移民安置区了，我爸不干，上椰子林里自个儿搭了个木屋，下雨天滴雨，大风天漏风，好家伙！"

　　村民们又是捧腹大笑。

　　"发射场的人时不时来看看我们，台风来了，让我们上地源小学避难去。"当时，地源小学已经搬到龙楼镇上了，原来的校舍就成了发射场人们的家。

小潘绘声绘色地讲着："我老爹也表态了，几个村子之间有悬殊，不公平的事，他说什么也不依——他不是在乎兜里的钞票，他是地球的和平和正义！"

的确，星光村靠海吃海，以渔业为主，然而，地少，补偿款就少，渔民心里自然有落差。

不少村民已经笑得前仰后合。郑叔叔也笑着说："这里，我打个岔啊，他爸的故事，我是有印象的，他不光自己'钉'，还呼朋引伴地'钉'……"

郑叔叔的眼前仿佛又再现了昨日的画面。那时候村里好多面墙上扯着大横幅，上面用红字写着——"强拆零容忍"。

一天下午，他们正要画红线，不知从哪儿冒出一群表情凶悍的村民，一个个举着铁锹、铁铲、锄头，誓要和他们斗争到底。随着一个挑着大粪的人喊了声"冲啊"，现场顿时乱成了一锅粥……

此人就是小潘他老爹。

一团混乱中，郑叔叔转身踩上了中间的大桌子，不管不顾地扯着嗓子大喊道："农民兄弟们，听我说一句——城镇化，这是大势所趋！我们早晚要迎来新的生活方式，如今政府给了我们镇上的新房屋和新生活的成本，等于什么？等于给了我们走在前头的机会呀！等到龙楼发展起来啦，我们后悔都来不及啊！好，我们一时守住了农村的老房子，却错失了发展的先机，难道我们星光人的后代，要世世代代在这片土地上啃老吗……"

人群算是稍微冷静了些，有人反驳道："发展？发展什么？文昌不发展工业，几乎没有大工厂，农业条件也不好。守住块地，至少还能满足温饱！"

"兄弟，你说得都对！所以说，机会这不就来了吗？航天事业能给文昌带来知名度呀，你想想，一次火箭发射能吸引来多少游客，旅游业不就有光景了吗？再来，政府建了个航天经贸市场，先签协议的人家，先认购铺面。"和老百姓交涉，大理想要讲，同时也要关怀他们的切实需要。

有人提高嗓门问："怎么个经营模式？"

郑叔叔知道他们担心什么："自主经营，政府以指导为主。"

"我们不会做买卖的，亏本怎么办？"

"有一个大旅游企业牵头，不用担心做不起来。"

这下没人闹了，大家似乎都在思考着。

"而且，上面一再强调，征地也要尊重我们的风俗习惯，理解我们的思想感情。"郑叔叔趁热打铁地说，"想必大家也看到了，施工作业都尽量少用大型机械。"

"……"

"要我说呀……"

"您甭说了！这笔账，我理得清。"一个男人打断郑叔叔的话，放下了手中的铁锹，"星光村接下来的发展，就指望自贸港和发射场。家乡好了，国家好了，利在子子孙孙。"

"对了，对了，这就是目光放长远了，格局打开了！"郑叔叔又振奋又欣慰，"科技才是硬实力！这才是我们星光人的使命！"

…………

"就是您那番话，把我那顽固的爹感动了。"小潘在一旁说道。

"后来呢？"一个女孩问。

"后来，我老爹到发射场工地上打杂去了，他虽然轴，做事不马虎的，净干些粗活儿。"小潘说，"发射场建完了，施工方一家公司看中他了，又把他叫到别的活儿上去了，工作就算这么来了。"

"到发射场打杂？"那个女孩有些惊讶，"人家不怕你老爹捣乱啊？"

"我老爹当时也这么问的，原话。"小潘点点头，接着说，"那个人回答，我们相信你。"

后来啊，发射场开始建了，那些村民又跨越了红线禁区，他们悄悄地回来，在自家地上摘几颗椰子果，再悄悄地离开。

其实，"航天"二字对他们来说太遥远，加上一系列保密原则，他们对发射任务并不了解。看到长征五号腾空而起的那一刻，他们才意识到原来这是一件多么宏伟的事，而这件事，他们也参与其中。

开荒造田、和贫穷作斗争已成为过去。不知不觉间，星光村人们的命运已经被改变了。

指控大厅7层的机房里，林霁和几个人围着一台电脑，查看排气管子的漏气情况。他神色认真，乌黑的发柔顺地贴在额头上，遮住一点点眉毛。

"合练中倒是也出现过，不用过于担心。"林霁嗓音淡然，"温度没问题，和箱底隔离，影响不大。"

发射场会议室里，大家各执己见，争论得不可开交。

半小时过去了。

去现场排查的人员回来了，其中一人简明扼要道："经过检查，一、二、四助推情况良好，三爆表了。"

火箭总师表态："根据现场观察来看，它对任务不会造成危害；而且，我担心窗口被延误。"

一位专家犹豫着："窗口时间倒是有余量，要不要还是保险起见？"

"没错，程序往下走，推进剂加进去了，就不可逆了。"另一位专家附和道。

有人摇摇头："我认为其他处理意义不大，还有进多余物风险，不要节外生枝。"

"我赞同系工说的，我也认为没有试验必要，程序可以往下走。"航天八院说道，"大家归个零吧，要不要继续？"

大家纷纷抬腕看表，然后各个院长轮流表态，"我同意。"

"我没意见。"

"没意见。"

"同意。"

…………

测控系统主控机房内，一道熟悉的声音响起："发射窗口变更，请注意听 01 指挥。"

黎清的心稍稍安定了一些。大家都集中起注意力。

此时，与会人员已经回到指控大厅，发射窗口俨然变窄了不少。01 指挥员下达口令："重置点火时间为次日 1：00，进 -5 小时程序，窗口时间是充足的，大家按秩序稳步推进。"

程序又走了起来。专家和工作人员纷纷各回各岗，继续自己的工作，仿佛一个运作有条不紊的工厂复工了。

计划部处长吩咐着："通知西昌，程序推迟 1 小时。"

"收到。"

"给各个国家部委和军委各部发电文通知。"

"收到。"

…………

同一时间，发射场门口，一个受邀来看发射的中年男人闹着要走，被保障人员拦下。男人声称是参加海南岛国际电影节的贵客，顺带来看个发射。

他急了："我赶飞机！"

茗仔否定得坚决："赶火箭都不行。"

"是你们的问题造成发射延迟，凭什么让我承担这个责任？"

"我们没让您负责，只希望您能配合我们的工作。就像您坐飞机也会遇上晚点，还请谅解。"

"赶不上飞机就是我的损失。"男人气急败坏道，"你知道我要去参加什么典礼吗？海南岛国际电影节！然后，我还要马不停蹄赶去金鸡百花电影节！"

"不行。您出去了，外围群众就会跟着乱。"茗仔还是摇头，"您如果不听劝阻，我们也只有向上级报告了。"

"上级，我就是上级！"男人暴跳如雷，"谁敢阻拦我，我把他开了！"

"那您回去把单位开了吧！"茗仔忍住想吐槽的冲动，说，"但是现在，我这关真不能放行，请您理解。"

第

（8）

章

"宇宙无穷，吾辈有梦，
穿越逆境，抵达繁星。"

2027 年 12 月 16 日 00：00。

春桃村。转眼，12 点已至，原定的发射窗口到来了。

有村民问："怎么还不见它飞？"

"不会推迟发射了吧？那是不是遇上什么意外了？"一位大婶说完之后，又"呸呸"两声，"瞧我这乌鸦嘴。"

我完全不知道发射现场的状况，心慌意乱，问茗仔，他没回消息。这种情况下，我更不敢去打扰黎清和林霁。

"发射窗口是说火箭发射比较合适的一个时间范围，在这个时间段里允许发射，是有宽度的。"说话的人嗓门洪亮、中气十足，是一位老爷爷。他头发花白，但精神饱满，看不出年纪。

我认识他，他几乎每天都会去"当归"一个人坐着看报纸，有时会向我要来一支铅笔，在报纸上涂写着什么。一次，我问他在干啥，他一本正经地回答："我在打奖嘞。"打奖，就是计算明天开奖的彩票数字。

后来，我还是无意从黎清那儿得知，他是航天人的老前辈，是发射测控事业的老将。他在发射场工作的时候，领导照顾他上岁数了，把他的妻子接来他身边，生活上有个照应。现在，他已经退休了，但仍然心系航天，大家都敬重地喊他"翁院士"。

一次，茶楼里转播发射成功的新闻画面。电视屏幕上，年轻的航天人们欢呼庆祝着。电视屏幕前，这位时年 80 岁为航天立下汗马功劳的老兵，默默注视着这幅情景，眼眶不知何时湿润了。

岁月不居，时节如流。光阴亦如火箭，在一代代航天人手中交接，把谁的年轻容貌换成斑白两鬓，又将谁的沧桑面容改为一张张青春的面孔。

…………

一位妇女面露忧愁："可千万别终止任务，等 1 个月后重新发射，又得折腾一回。"

翁院士干脆道："不会轻易终止的，燃料泄回不好搞，比加注危险多了。和低温燃料打交道，本身风险就不低。"

听他说到"加注""危险""低温燃料"这些词，我的心突突突跳了三次，林霁就在低温加注系统实习。

"那图啥呀？"一个男生好奇地问。

"图环保，图它是清洁能源，而且取之不尽，能用更少的燃料，打更重的卫星。"翁院士回答起来思维清晰，说他是耄耋之年，你是不信的。

听了他的话，大家都不再那么躁动了。我在心里默默祈祷，拜托一切顺利，一定要成功呀。

"一定会成功的。"7 层工作间里，林霁轻声说道。
10 分钟前。
董苓嗓音清冷："增压下预冷启动循环泵，为发动机创造预冷条件。"
林霁回复："好。"

董苓继续："关闭一级氢箱排气活门。"

林霁回复："收到。"

…………

5分钟后，林霁眉头微蹙，一字一句地汇报："报告，箭上增压泄压后预冷效果不佳。循环泵启动失败。"

有人低声抱怨了句："唉！这种小概率事件又让我们碰上了，又是非设计状态！"

董苓当机立断："按预案决定，组织氢增压排放预冷。"

"最后的尝试，"林霁捏起拳头，掌心里已经是一层薄汗，轻轻说了句，"一定会成功的。"

不久后，增压预冷成功，液态氢通过氢排放管路进入燃烧池。指控大厅的大屏幕墙上，燃烧池的大火熊熊燃烧着，宛若一大片淡蓝色的海洋。

春桃村。次日1点半。

村民们已经开始坐不住了。

"我记得听谁说，预计点火时间就是一点三十几分呀。"

"这都到了点火时间了呀。"

"干部同志，我们撤不撤离？"

小潘的手机又响铃了。等他接完，我问："又是谁的电话？"

"还是海上疏散点打来的。"小潘摊手，"问我们撤不撤？"

"我们也想问。"我无奈道。

"我看十有八九是终止发射了，这会儿忙着收拾烂摊子，顾不上通知咱们。"一个牙尖嘴利的姑娘说道，"同志，还关着我们哪？放我们回家吧！"

"不行，要真是终止发射了，我们今晚都得待在疏散点。"翁院士严肃道。

"那可不行!"一个女人尖声嚷道,"说好了 1 点半放行的。"

她这一带头,村民们纷纷闹起了情绪。

"就是呀,我家里有电器开着呢,早点没说要在外面过夜呀。"

"羽绒服也没带,这大冬天的,在外面过一宿,不得冻死哪!"

"干部同志,这个你们赶紧和上级汇报,协调处理一下,不能不顾我们百姓呀?"

"人民的利益高于一切!"

"大家安静一下!"我大声喊道,"我想和大家分享的是,我的哥哥和邻居一家,现在正在发射一线忙碌,甚至承担着翁院士所说的那些风险。我不知道现在该做些什么来帮他们,我所能做的,就是维护好在座各位的秩序。"

"虽然大家只是个临时的小据点,但我们也是一个集体,一个团队。"郑明珠也接着说道,"突发情况是谁也没预料到的,但这不正是考验我们的时候吗?"她的嗓音比以往任何一次在公众场合发言都大,都洪亮。

村民们的情绪明显平静了很多,大家纷纷不再吵闹了,一个男生突然站了起来,颇有些不管不顾道:"那是他们的工作!轮不到我操心,我不管!"

小潘带着几个警察赶紧围过去,这时候任何一个行为都可能煽动起大家的情绪,就怕他这一起立,又不知会有多少人跟着!但安保人员也为难,真要用强的毕竟不好。

"液氢的爆点低,一个细节不到位都有引爆可能。一旦发生爆炸,附近两公里都是危险范围。想回的人可以回,谁也不拦着。"翁院士这话说得铿锵有力。

一时之间,春桃村的广场陷入安静,无人言语。

这时,一位大娘爽朗的声音打破了沉默:"嗨,不是说了一晚上征地的故事吗?要我说,大家放宽了心,国家又不会不管我们,怕什么!"

还是没人说话,大家像在分辨这话有几分可靠性,毕竟爆炸太可怕,这时候谁的心里不是绷着一根弦，牵挂着自己两公里内的家。

"理解是相互的。正是干部们的真心实意，才换来了大家伙的真切理解。"说这话的是老黎，"同样，都知道龙楼镇发展经济，靠什么？靠航天。要靠航天为发展核心创造经济效益，怎么靠？连龙楼镇的人民都不理解，怎么靠呢？"

说实话，老黎站出来说话，我是没想到的，他本身就不是个爱发言的人，而且他说的这番话……我想，要是被黎清听到了，他应该也很诧异，同时会有一丝欣慰吧。

老黎继续说道："诸位父老乡亲，钱学森同志说过：'我作为一名中国的科技工作者，活着的目的就是为人民服务。如果人民最后对我一生所做的工作表示满意的话，那才是最高的奖赏。'如果人民不知道、不支持、不理解，那他们的所作所为还有什么意义？祖国又怎会记住？"

"我听我儿子说，要是底部的燃料没泄彻底，得有人去打开排放。"老黎的声音闷闷的，有些低落下去，"我知道，那很危险……我都知道，一直知道。"

林霁手上那道疤忽然浮现在我眼前，我的心很乱，轻轻甩甩头。余光里，我看见小潘在挤眉弄眼的，转头一看，哦，他貌似在和他那位"损友"使着什么眼色。

下一秒，"损友"一拍大腿，站了起来："不仅仅是理解，说起来，这是家乡的荣誉啊！我们应该感到光荣！我的家乡能被国家相中，派人千里迢迢来建设咱们龙楼，打造成第4个航天发射基地，这是想都不敢想的事情！"

"说得是，于情于理，我们都该体谅！说到底，航天人员更辛苦呢！我们帮不上啥大忙，但也不能掉了链子，是不是？"

"支持！有国才有家，国安家才安。"

人群就是这样，任何一个群体中，总有善解人意和无理取闹的人。这时候，无论是谁站出来说上一句，都会点燃越来越多人，却会引发两种截然不同的情景和结果。

这时，一个脆生生的童声响起："我们小学的草坪上有大大的地球仪和火箭，还有望远镜，墙上画了很多星星。"

一个小男孩说："我在公园坐过宇宙飞船变的滑滑梯！"

我尽量使声音听上去平缓，说道："为了这短短几十秒，大家等了几个小时，辛苦了，但中国航天，等的是几十年。大家放心，我们有准备充足的热咖啡和饼干、蛋糕。小潘哥，有劳你们给大家发御寒的东西。"

凌晨两点半，指控大厅内，一排排工作人员目光紧锁前方。他们面前偌大的屏幕墙上，正直播着 1 号阵地的全镜头——

发射场塔架上，在漫天的绚烂火光中，火箭托举着天问三号探测器一飞冲天、直奔寰宇。

发射场门口。

"飞了！飞了！哇啊啊啊啊！"茗仔"哇哇"大叫起来，他喜极而泣，"航天人们今晚吃……吃得很多……我就知道，一定行……"

中年男人急匆匆要走。保障人员将其再度拦下："抱歉，现在还不能放行，我还没有收到撤出通知。"

男人语气很不好："不是已经点完火了吗？"

茗仔抹着眼泪，解释道："对，现在要保证抢险人员的道路通畅。"

"我看着火箭平安上天的，抢险，还要抢什么险？"男人气得直跺脚，"我看你就是成心的，想害我下一趟航班也赶不上。"

茗仔一吸溜鼻涕，回答起来有理有据、云淡风轻："塔架上还有诸多不稳定因素，尚待安全确认。我可以放您出去，但一旦有什么闪失，您来负这个责吗？"

测控系统主控机房内，黎清正密切留意着屏幕上的数据反馈。

"各号注意，我是北京。"他的声音顺着无线电波传到系统各个点位，"探测器组合体分离正常。"

话音落地，他蓦然松了一口气，感觉胸中一块大石头的重量消失了。他后知后觉挺直的脊背早已汗湿。

今天，在航天任务中，他第一次以系统指挥员的身份独立完成一道大口令。

他知道，现在，他指挥着测控系统，圆满完成了天问三号探测器的发射跟踪测量任务。

春桃村。火箭点火升空的那一刻，所有人站了起来，紧接着，他们大叫着在原地跳了起来。我听见人群中有人说：

"值了！"

"这个夜没白熬！熬多晚都值！"

来不及等发射中心宣布结果，村民们已经欢呼着"成功了"在一起蹦着、笑着，是谁刚才为发射延迟闹了情绪？不记得了，反正这时候大家只有高兴，只顾得上庆祝！

火箭已经飞出去好久了，翁院士还注视着它上天的地方。他感觉眼前仿佛有什么光斑在闪，一揉，什么都没有。很多年了，他的眼睛异常干涩，红热的眼眶流不出一滴泪花。

这时，我的手机铃声响了起来。我一看来电，激动地接起。在嘈杂的人群中，我大声说道："喂，林霁！"

那边回答得很快："嗯，你那边怎么样？"

"很好，我这边很好，一切顺利。"我语无伦次道。

他的声音好像含笑："嗯，我也是。"

我心里放下一大半，还是确认："没出什么意外吧？"

"都正常。"

"那就好，那就好。"我连声说，难以抑制地兴奋道，"林霁！我看见火箭上天啦！我们……我们所有人都看见啦！你们真了不起！"

他似乎笑了笑，说："想听听，发射中心现场的欢呼声吗？"

说着，他把手机听筒转向了指控大厅，就这么环绕一周。

我的周围被喧闹的春桃村村民们包围着，在这淳朴而浓厚的热烈里，在指控大厅的庆贺声里，我捂住嘴，笑里不知怎么就有了点儿泪意。

挂了电话，我看看时间，距离火箭发射已经过去 10 分钟，可以指挥人们有秩序地返村了。

…………

我拨通茗仔的电话，缓了缓心情，说："报告，龙楼镇一组疏散完毕，一切正常！"

"干杯！"

陵水县新村港的港湾里漂浮着大型渔排，我坐上一艘穿梭船，驶进水道。这是一个漂浮的村庄。有一条船是派出所，负责海上救援。

陈叔叔的家是这个建筑群的一部分，由竹筏建成，竹筏上面是用钢架和铁皮支的棚，下面是养殖海鱼的网箱。和星光村的渔民不同，这里的渔民筑堤拦水，用土塭养殖鱼虾。

陈叔叔是老黎的渔友，在出海生涯中结下了深厚的革命友谊。新村港的住户正逐步搬家上岸，出于对老家的眷恋，还在这里养殖海产。

今天是 12 月 22 日，冬至，万里晴空，内陆已进入寒冬，海岛却温暖如春。我们在陈叔叔家打边炉。年末天气凉快，大家伙围炉而食，几乎成了传统。黎清不管多忙，这天也一定会抽出时间和我们团聚，今天林霁一家也在。

饭桌就是船只的甲板，摆了芋头南瓜煲、米酒生蚝、菠萝炒饭、八宝粿、甜豆仁汤、黑贵豆、每顿必吃的地瓜叶……满满一桌子美食。光是一道文昌鸡，桌上就有 4 种做法，椰子鸡是海南对火锅的诠释，还有白切、爆炒、煲汤，我最爱吃白切的，用姜葱末调味，原汁原味。冬至这天要吃姜。

桌上这几只鸡，都出生长大在郑明珠家。它们被散养在椰子林里，3个月走地，四五十天催肥，肉质又嫩又滑。饲料是椰子榨油后的渣渣，还有草虫、榕树种子，可健康了。其实，广东的椰子鸡、猪肚鸡、海南鸡饭都是文昌鸡，包括沙姜、小金橘、酱油都从文昌配套发货，可惜，文昌只是产地，没有做成自己的品牌。

苓阿姨去冰箱前张罗饮料，挨个问大家想喝什么，问到林霁这里。

"听大家意见。"他微微一笑，"我都可以，没什么太想喝的。"

他今天穿的是中长款灰色针织开衫，脖颈修长白皙，刘海往两边分着，头发又长了。他的下巴总是微抬，显得挺拔的鼻尖更秀气。此刻，他眼闭着，薄唇轻抿，不太想说话的样子。我知道他是太疲惫了。

他给我盛了一碗米酒生蚝。林霁刚到文昌那阵子有点儿不适应，我带他进行美食疗愈时，就亲自给他煮了一碗米酒生蚝。是什么能让苏轼从一名思念故乡的流亡者化身海南的忠实粉丝？就是它了。

我喝了一口，调查道："他们的米酒更浓一些，你觉得好喝吗？"

"还不错。"他说，又补充道："你喜欢就好。"

我吃得很满足："满肚子的食物，心灵才不会空虚。"

我妈说："满肚子的歪理。"

我看看右手边的黎清。他低头吃面，眼睫毛挺长，鼻子高挺，短短的刘海，耳边、鬓边修剪干净，显得清爽利落，有些乖顺的样子。椅背上挂着他的夹克衫，他里面就穿了件白色短袖，领口别着他的眼镜。文昌没有冬天，只要一件薄毛衣、夹克衫就能过了。

我从鸡汤里夹了个藕片，举到黎清面前问："欸，像不像猪鼻孔？"他默默看了两秒，又看看我的脸，在认真比对着什么。

我气坏了，委屈地向左手边的人告状："林霁，你看看他们。"

他温柔地安抚："阿姨和黎清哥太过分了。"语气里却难掩笑意。

陈叔叔叹口气，说："清仔28岁，年纪轻轻，就按点火按钮了，这次又担纲举足轻重的测控系统指挥员，后生可畏，前途无量啊。"

"我也是逐渐从懵懵懂懂到心中有数。"黎清温言回答，"每道口令都是一道清晰的程序，对应着现场的一组操作，说白了就是，清楚什么时候干什么事。"

陈叔叔说："不过，话说回来，以后科技更加发达了，火箭是不是可以自动进入点火程序啊，按按钮、01 指挥员这些，到时都可以实现自动化了吧？"

黎清说，长征五号首飞时，突然有人报告"控制主控计算机报错"，当时距离点火不到 1 分钟，120 指挥员下令："01，中止发射。"这被称为中国航天史上最牛的口令，没有之一。120 指挥员接着又发令："01，稍等。"

"在秒与秒之间稍等，只有手动操作可以做到。如果进入自动化点火程序，这样的突发情况根本无法应对。"黎清说道，"一切需要精密谨慎的事情，真正可以依赖的，一定不是机器。"

陈叔叔听罢点点头，慈爱地看我一眼，由衷感叹："漾漾，你哥真优秀。"

黎清说道："这次黎漾也参与了发射疏散工作。"

陈叔叔再次由衷感叹："你妈真优秀，多会培养孩子啊。"

我忽然想起小学时班主任在群里发表扬，我看后喜滋滋的，老黎把名字一个个看完后皱眉问："表扬你了？"我说，表扬了呀，我就在那个"等等同学"里面啊。

苓阿姨接过话题，微笑着看了一眼林霁："我听说黎漾工作能力很强，不比后勤部那几名男生弱。"

我眨眨眼，俏皮地说："休言女子非英物，您是我的榜样。"

苓阿姨一直在发射场一线岗位上，还成立了国家重点航天低温实验室。她毕业后就进了航天集团下属的十五所，参与设计过 300 立方米液氢贮存罐，2008 年北京奥运会开幕式和闭幕式，总设计也出自他们设计单位。2002 年，文昌发射场论证小组在设计所成立之日，便是芩阿姨参与之时，当时林组长正在机关参与发射场论证和科研报告。

她笑着说："好！中华儿女多奇志，不爱红妆爱武装。"

黎清也笑着说道："说起来，我要感谢林组长给我的重压。"

"年轻人没有压力不行。"林组长高声说，"干航天没什么特别要求，就是要求特别能吃苦、特别能战斗、特别能攻关、特别能奉献。"

发射场格外重视对年轻骨干的培养，林组长平时专把硬骨头交给黎清，对他说："你试试自己潜力有多大。"

黎清点头："做不到这 4 点，对不起航天这项事业。"

我想起什么，气愤地说："黎清，你那天还说，01 梦实现不了，就准备改行。"

我妈瞪过来一眼："没大没小，叫哥哥。"

"她有事亲哥，无事黎清。"黎清轻描淡写道，"那种话也能听？01 梦又不是航天梦的全部，我的航天梦写在这一路的点点滴滴里。"

"那你当初还……"吓唬人。我差点儿以为，你的梦想真要就此破灭了；可那是你的梦想啊，我眼看着你多么努力过来的。

这时，陈叔叔寻思着开口说道："老黎，我上回和你说的，我老邻居现在专种冬季瓜菜，西瓜、茄子、辣椒什么的，源源不断运往大陆，反季节卖，挣不少钱。"

新村港的渔民上岸后都转了行，陈叔叔只会捕鱼这一项营生，也依然过着水上生活。

老黎没接话，夹起自己捞的金枪鱼，嘴里说道："给鱼换个面儿。"黎家家规，给鱼翻身不许说"翻"字。

陈叔叔问："槟榔，一株能卖两三百，我们村村主任现在干这个。怎么样，要不要搞？"白胡椒、橡胶、香蕉这些收入越来越低，农民不怎么爱种了，抢手的是番薯，靠海的沙土种出来更甜一些，能卖四五块钱一斤，比大米贵，但还是槟榔更赚。

老黎笑笑，摇摇头。

"这年头，捕鱼行情不好，油涨价太快。"陈叔叔抬头灌了一大口鸡汤，"设备好的船把我们这里的鱼都捞走了。我现在也就往南海走，拿补贴。"

老黎还是没说话。

"舍不得海？你呀，就是对大海执念太深。"

老黎慢慢开口道："我瞅着搞海钓俱乐部不错，游客生意好做，一星期交上来 1 万多，船上配备医护人员就行，长期的玩十天半个月，短期的当天回来。"

老黎伸手要去夹菜，胳膊不小心把碗撞翻了，碗好巧不巧倒扣在桌上。他脸一黑，神情凝重："这不是个好兆头。"

黎家家规，切忌将碗倒扣，碗倒扣预示着船翻沉。

我看着扣在桌上的碗，心也"咯噔"一跳，说："你最近要出海吗？不要去了，缓几天吧，现在冬风不是一般大。"

老黎点点头："好。"

"迷信。"黎清淡声评价。

我拉拉林雾的袖子，问出了一直想问的疑惑："听说液氢容易泄漏，那会很可怕，你不害怕吗？"我听茗仔说，加注人有个封号叫"尖刀上的舞者"。

"起初也怕，后来不怕了。"他认真地说，"克服恐惧的最佳办法，就是认识它。分子小就易渗透，这是自然规律，很正常。"

"可还是很危险啊，危险是客观存在的。"

"抢险的时候没人想过危险。"

他想起长征十号首飞测试任务中，是他去抢的险。发射塔架上，火箭钢板滚烫无比，他要把火箭的舱门打开。

发动机没关机，程序还在走，马上会点着二级发动机——只有手动断电，截断运行中的程序。

这是生死时速。

他没想过危险，只想着如何抢时间。

舱门变形，打不开。

快，快，快。

高温透过手套源源不断地传来，时间一分一秒过去，舱门还是打不开。他快速从工具包里找出锥子，用锥子撬！

开了。

整个塔架上，红棕色的浓烟迅速漫开，那是燃料箱在泄漏。

危险解除。

他忽然感到一阵后怕。刚才，每分每秒，火箭都可能随时爆炸。

…………

"我们年轻的时候，谁没有过抢险的经历？7层塔架，不在话下。"林组长说着有些"廉颇老矣"的哀婉来，又忽而笑起来，"万一没踩稳掉下去，那天晚上就不用吃食堂了，已经'领盒饭'了。"

一顿饭接近尾声，老黎找林组长碰杯："黎清这孩子让你费心了。"

林组长瞪大眼："当领导能不费心？不费心，还叫领导？"

老黎笑了。

我妈崇拜道："我听清仔说，小林这次任务也表现出色，你这当爹的也费不少心吧。"

林组长："当爹能不费心？不费心，还叫爹？"

苓阿姨："哎哎，不是你的功劳别领。"

众人都笑起来。

团圆饭结束，我们各回各家。回到屋里，我接到了一通稀罕的来电。

来电人：黎泊。

她在电话里哭得很伤心，可以说歇斯底里。我从来都没见过她这么狼狈的一面。在我的印象中，她的每一面都精致完美到无懈可击，就连每天口红色号的搭配都不会出现一丝失误。

我静静听她哭了良久，才开口问道："发生什么事了，让你忽然这么绝望？"

她已经稍微平复下来，只是轻轻笑了一下："与其说什么时候才真正地绝望，不如说什么时候才能看见希望。"

我一下不知道该说什么好，等她继续往下说。

"知道为什么我们总活得这么疲惫吗？因为是生活安排我们。"她自言自语似的说道，"我们就像浮萍一样，被生活的浪涛推着向前，漂泊无主，起起伏伏。那些为数不多的幸福清闲的人，可以自由安排自己的生活。"

她口中那些幸福清闲的人，说的是她的老板、万恶的资本家吧？

怎么办？我忽然好想给她点播一首《你不是真正的快乐》。

"为什么明明你比我差劲，你样样都不如我，却可以过得比我好？"她哭道，一字一句，尽是怨气与不服气。

这时候还不忘跟我比啊，我对她来说就那么重要吗？汗。

"因为我接受所有事实，但只做自己。"我说，"我活在当下，因为现在就是最好的，每一分每一秒都是幸福的，我都在过我向往的生活。"

"其实，你并不满意自己的人生，表面顺从父母，内心抵抗厌烦。你喜欢拉踩我，其实，你羡慕我，你羡慕我有着自由的人生。"我一口气说道。

她似乎有些没想到："你看出来了？"

我撇撇嘴："我挣不到大钱，但我能分辨出快乐和不快乐吧。"

她沉默了。就在我以为她会挂电话的时候，她却说："是，我羡慕你，我还羡慕你有将你护于羽翼之下的哥哥，羡慕你有敢于反抗的性格。"

羡慕我有我哥，这是我没想到的。和表姐这个独生女一比，两个孩子的优势居然体现出来了。

她一句话却让我大跌眼镜："黎漾，你简直是人生赢家。"

"我是人生赢家？堂姐，你别讽刺我了，你才是女强人好吧，走路带风的那种。"开什么玩笑，这可是黎泊，"我只是从不强迫自己做太多不愿意的事罢了，时间很宝贵，总得留一部分给快乐。"

听筒里不再有回话，我语重心长地说："在最容易快乐的年纪里不快乐，多亏啊。难道就真的抱着遗憾一直到老了？对吧？"

你值得真正的快乐，黎泊。

好半天，她只是说了一个字："嗯。"

"还有，堂姐，你应该停止完美主义。"我说。

人生最重要的一件事，是认识到很多事的"不重要"，于是学会"不强求"。这6个字或许是我们穷极一生追寻的幸福之秘诀。

"堂姐，让别人看你活，活给自己看。"

2027年12月23日，中国登月航天员携带样品乘坐飞船，顺利返回地球。

所有人心中悬着的那块石头，终于落地了。

指控大厅，整块大屏幕"飘红"。各个系统互帮对方合影留念，黎清被测控系统同事们拉到"中国首次载人登月任务圆满成功"一行红色大字前，他少见地笑得眉眼弯弯。

我正和郑明珠坐在露天广场喝老爸茶，大屏幕对发射中心现场进行着实时转播。

男主播的声音娓娓传来："不负光辉岁月，荣征星辰大海！今夜，航天英雄摘星归来，中国人在太空上不断刷新着中国高度！此刻，我正身处文昌发射中心指控大厅，让我们听听参与此次任务的发射场工作者是怎么说的。"

广场的大屏幕上，下一秒出现了一张熟悉的脸，下方是一条悬浮框：

控制系统发控台操作手 黎清

他笑容明亮，嗓音温和："萤烛末光，增辉日月。我很荣幸见证这一段历史。"

"银河璀璨，你们一路向前，有什么想对中国航天事业说的吗？"

他认真想了一想，说："宇宙无穷，吾辈有梦，穿越逆境，抵达繁星。"

画面切回了男主播，他声音铿锵："中国航天人，见证一个时代的梦想，我们期待这支队伍继续朝太空进军，谱写壮丽飞天画卷，再续航天新篇章！"

同一时间，无论是温暖如春的文昌发射场，还是细雪飘飞的北京航天飞行控制中心，还有分布在大江南北的航天测控站，中国航天人位于不同的地理坐标，共享今晚的月光和兴奋。

太多个日夜的艰辛与担忧，最后都定格在一张张幸福的笑脸上。痛苦反身拥抱住了他们。

我福至心灵，不自觉念了出来："功成不必在我，功成必定有我。"

郑明珠大力点点头："对，功成必定有我！"

我脑海中浮现一周前的许多画面，想起在春桃村配合天问三号任务疏散的人群，想起茗仔和后勤保障同事辛苦备餐和执勤的样子，想起每次火箭腾飞后在马路上指挥交通的警察同志……太多人、太多人在为着同一件事吊着一颗心了。

在龙楼镇，哪怕是一个不爱看新闻联播的人，哪怕是一位说话已经口齿不清的老爷爷，都能叫得出长征十号、天问三号这些名号。镇上的每一个居民，都把文昌发射场看作自己的发射场。

12 月 31 日的晚上，我和郑明珠出现在清澜大桥。

我们俩商量了一个非常大胆的跨年企划，叫"飞跃清澜大桥"。

清澜大桥建在市中心和龙楼镇之间，桥下就是码头。从镇上到市中心去一趟，坐车单程也要 30 分钟，路边有大片稻田，水牛辛勤耕着地，路上随处可见标语："河畅、水清、岸绿、景美、人和。"

大桥两边的路灯挂满中国结。晚上，没什么亮着的路灯。

"这是一个乖乖女该干的事吗？"我给郑明珠戴好头盔，敲了敲，问，"你妈知道了，不会揍你吧？"

她笑着摇摇头："不会的。"

"也不会揍我吧？"

"当然不会啦。"

"我妈知道肯定会揍我。"我吐吐舌头，给自己系着头盔的绳子，"我现在是在带坏你。"

她在我身后"咯咯"笑着。我把手放在把手上，头也不回地问："坐好了吗？"

"嗯！"

"祝 2028 年前路有光，星辰明朗，出发！"

油门把手一拧到底，小电驴在大桥上飞驰起来。

我兴奋地尖叫："哟呼！"

"啊……"郑明珠大喊着，喊声穿梭在整座大桥。

我放声歌唱着痛仰乐队的《无法离地的飞行》："这凌晨，灯塔大雾，三级风，4 点 4 分，你说有点儿冷，但不觉得困，因为，我和你，又能有多少旅程。我说，哈啊啊啊啊啊，啊啊啊啊啊啊啊……"

跑调的歌声混入呼啸而过的风声，在引擎的轰鸣里和声，听不清歌词，甚至听不出唱腔。

"梨子！你说什么啊！"

"我说，好爽啊……"我的声音漂移在子夜的风里："新的一年，好运风……驰……电……掣……"

新年的钟声敲响。

我和郑明珠坐在桥边，大口喘着气，呼出的热气化作轻烟。

打开手机未读信息，我的视线掠过一众跨年祝福，落在最上方黎清的对话框，那里静静躺着 4 个字。

发件人：哥哥
1 月 1 日 0:10

爸失踪了。

第
⑨
章

总有人活在心里，告别在生活里。

搜救船乘着东北季风一路南下。

有人最后一次看到老黎时，他独自在海钓。

我、黎清、林霁和捕鱼大队出海寻找他的下落。

我的耳边仿佛还在回荡那不成调的歌声……

你说，哈啊啊啊啊啊，啊啊啊啊啊啊啊，我知道你都没听清，风划过有你体温的衣领，我知道你都能听清，未知啊请晚些降临，如果可以请晚些……

如果不是那天我不让老黎出海，老黎就不会改期，那么他现在应该出海捕鱼去了，就不会一个人海钓，就不会出事了。

楚颂说，在迷失方向和信号的情况下，可以利用一套大小不一的木板，通过测量夜空中星星在地平线上的高度，来推算渔船所在的纬度。这是一种基于天文学的牵星术，水手们应该都会的。

然而，杳无音信，老黎一点点儿踪迹和线索都没有给我们留下。

船舶晃动得厉害。

我做了一个梦，不知是谁的。

"'远望 6 号'船设备情况如何，是否具备出航条件？"一通电话划破了港口的午夜，叫醒了正在码头休整的船只，"因为任务时间冲突，原本由'远望 5 号'船执行的测控任务，转交由在港补给的 6 号船执行。"

男人回答："收到，6 号船随时处于任务状态，保证高质量完成任务。"他是中国卫星海上测控部"远望 6 号"船船长黎远洋。

应急出航，24 小时快速收拢人员，全船进入待命模式，各系统协调补给保障、确定设备状态……船行一路，船队战狂风、斗猛浪，准确预判台风"维尔蒂"动向，调整航行计划、进行合理规避。

测量船上双人间、洗澡房、健身室、理发室生活设施一应俱全，船上还可以打篮球、看电影，无土栽培技术也得到了应用，除了冷藏、冷冻，还专门配备了氮气库对蔬菜进行保鲜。

黎远洋不禁回忆起早年打鱼的生活。那个时候遇到大雨，一些男人就在后甲板露天洗澡，苦不堪言。在许多个午夜梦回、半睡半醒之间，他仿佛又听见水手说："他说风雨中这点痛算什么，擦干泪不要怕，至少我们还有梦。"

火箭升空飞行 10 分钟后，"远望 6 号"船在任务海域发现并捕获目标，船载航天测控设备接收到飞船遥测信号，对飞船开展测量工作，有效确定运行轨道，向北京航天飞控中心发送数据。

一声汽笛嘹亮，"远望 6 号"船拖着长长的航迹，踏上返航之路。这是黎远洋作为船长执行的最后一次测控任务，"远望 6 号"船全战全胜的成绩为他的船长生涯画上圆满句号。

船掉头返航的那一刻，黎远洋不由回想起多年前的一天，年轻的他在决定投身海上测控事业时说道："远涉重洋，追星揽箭，将祖国的飞天梦想和时代荣光镌刻在星辰大海，我黎远洋甘愿加入远望事业，从此把人生坐标锚定在大洋上，无论是风浪险情，还是风雨漂泊，都不动摇这颗守望家国、追梦星辰的心。"

……

一无所获。

老黎究竟去了哪里，出了什么事？这几天并没有恶劣天气，会是天气原因，还是其他原因呢……

船在岸边靠岸。回到家中，我在主卧床底翻出老黎最宝贵的物品箱，在里面发现了一些没见过的东西。

一份黎清高中时代的物理试卷，96分，纸张有些泛黄，还有两个他小时候买的喜之郎果冻。

一本很古老的航海指南《更路簿》，收录了数百条航行路线，包括岛屿和暗礁的名称和位置、海上紧急情况的解决方案、洋流和气候信息以及其他航海知识。

我的百日脚丫泥印留念。

中国探月首飞成功纪念图册，里面夹了几张航天主题邮票。

爷爷的日记本……说不定日记里面会有线索呢？我翻开爷爷的日记本，爷爷生前是驻京某特种工程技术安装总队的一员。只见苍劲有力的字迹写道：

2009年2月4日

我成了文昌发射场指挥部成立后进驻的第一批人，也是不可思议，这可都是些顶厉害的老将。我是不是凡尔赛得有点儿明显了？

家乡要建发射场，我可不得第一个报名？大半辈子为国防事业跑遍祖国大江南北，如今有机会为家乡添砖加瓦，这是泼天的福气来到我头上了。偷偷说一句，而且离家近。想当初我们一边看奥运开幕式，一边讨论新发射场的方案。大年初六，别人过年，我们搬家，挖掘机、装载机、推土机统统出动，我们向着还画在纸上的发射场出发了。

新的战场正等着我们去开辟。

2009 年 3 月 9 日

发射场建设分两大模块，发射塔架、卫星火箭测试厂房、指控中心这些是工业设施，还有生活配套设施。我认为可以先做食堂项目，现在这里啥后勤保障也没有。龙楼镇的交通脆弱是个问题，本地找不到生产建筑材料的，得从内地运过来，台风一来，所有交通就停运了。

对了，家在北方的同事今天和我抱怨说，这里还是原始热带吗，到处都是荆棘、湿地、水塘，树林里还有长满刺的野菠萝，笑死我了，反正我很舒坦，哈哈。

今天，听远洋媳妇说，我的小孙女快来老黎家"报到"啦。

....

2009 年 9 月 14 日

今天，发射场挖第一锹土的时候，我也在场。修路、通电、通水、挖桩、供电、消防、发射工位，都交给我们做。我们的领导表态了："所有险重任务，都交给总队。"哦，前两天，我在地方工程队里看见远洋了，他在给好几个工人做思想工作，那几个人动不动就要拿钱走人。远洋最大的梦想就是当远望人，但，他说不想成为第二个我，一个没有家庭责任感的男人，唉。

今天开了一天的协调会，甲方要求质量和进度，乙方拖进度、不保质保量，有一说一，发射场工程是按最低价竞标的，施工方几乎没利润。项目切割得比较零碎，也是个麻烦。

2009 年 10 月 24 日

昨晚下了场暴雨，今早发射场成了泥场了。大家在高温高湿的天气里，和水泥、扎钢筋、挖桩基，开风扇也没用，吹出来的都是火焰山的风。最惊险的是，雨点太大了，把路面砸出许多小坑来。昨晚，暴雨，堵车，我们有材料也堵路上了。我和同事负责浇混凝土，只能尽量拖时间，心里祷告快点儿来，浇筑不能停。记住：下次浇筑前，和交警提前协调好。

另外，地源小学有家长写了一封告状信，说我们进驻后打扰学校上课了，还说我们是"社会人士"，影响不好，穿短裤有辱斯文。我们以后必须穿长裤出现在校园里，这才是体面人，行。我孙儿黎清正在地源小学念五年级，我问了清仔，他说："别听大人乱说，同学们和总队的叔叔们早就交了好朋友。"

2010 年 1 月 3 日

我当上两个发射塔架的施工监理了，就是岛上湿气重，我关节痛的老毛病又犯了，腰椎间盘突出好像也加重了。我们有个同志毕业于东南大学，工程设计专业的，羡慕啊，想当年，我这个初中生毕业的，不懂看施工图纸，只好拿着图纸去看实物，现场教学。

我察觉出清仔对火箭很感兴趣，我有意引导他，被黎远洋发现了。他跟我大干了一架，说以后绝对不会让清仔干航天的，有天赋的人多了去了，让我别教唆他儿子；但我还是见缝插针告诉清仔：爷爷支持你追"星"！

············

2013 年 1 月 6 日

今天我没留神，一脚踩进了沼泽里，沼泽吃人的速度太快了，差点儿就没命了，还好救援队来得及时。家乡的植物长得特别茂密，同事到现在还会迷路，这 4 年里，有人遇见过毒蛇，有人被蜈蚣咬过。

我眼睛这几天有些胀痛，感觉是紫外线害的，晚上，施工场地的电弧光和射灯也怪晃人眼的。滴眼药水再看看吧。

2013 年 6 月 19 日

好一阵子没写日记了，是因为最近我眼睛酸痛加重了，一直流泪，不太妙。

2013 年 8 月 7 日

今天，同事拖我去了医院。检查结果说，我视网膜脱落了。医生说：耽误治疗了。黎远洋说我这是活该。

得，靠感光继续工作吧。

2014 年 3 月 28 日

发射塔架的施工快进入尾声了。没有任何人员伤亡事故，这是最大的骄傲！

我下午去医院复查了视力：裸眼 0.04。

前两天，我的小孙女过生日，许完愿，不让大家吹蜡烛，理由是：爷爷怕黑。

说起来，我所有梦想都成真了，没有什么遗憾的。唯一的遗憾……当年跑去大西北建设，出门时儿子才不大点儿，等我完工回来，婴儿已经变成小小少年了。本以为能看着孙子、孙女长大的。漾漾今年 5 岁了，我想看看她，可我看不清，一团模糊呀，看不清。

我多想看到他们长大以后是什么样子。或许，远洋是对的，我活该，这些是我应得的。

2015 年 10 月 3 日

趁着完全失明前，我让远洋带我去北京天安门，看了一次升旗仪式。

2016 年 7 月 8 日

我的眼睛已经彻底看不见了。

老天保佑，我的清仔将来可不能吃我这些苦。

2016 年 11 月 3 日

我用耳朵听见了火箭发射。

我知道，那就是它。

它是我心中那个火球，是冉冉升起的一轮太阳，把我的世界照得一片光明。

漾漾说，爷爷的眼睛在夜里像两颗宝石。儿媳妇问我是不是恢复了一些视力，我知道，这是不可能的，我的视力已经再也不可能恢复了，我说这光不是来自我的眼睛。

或许我被留在了永远的黑暗中，但我清楚，祖国一项最崇高的事业将一片光明。

日记到后面，间隔的日期越来越长，字迹越来越歪斜，到最后几乎需要一个字一个字辨认才能看懂。

泪水落在纸面，氤氲了黑色笔迹。看完爷爷的日记，我已经泣不成声。有太多太多我不清楚的事情了，关于爷爷，关于老黎。

半个月过去了，还是没有任何进展。报了警，警方也没有突破，老黎就这样无声无息，去拥抱属于他的大海了。

老黎刚失踪一天，星光村发动了全体村民展开全镇搜寻，大家都不敢相信老黎的不辞而别。失踪一周后，邻居们已经放弃了希望，突如其来的噩耗变成习以为常的事实，陈叔叔和老黎几个感情深的伙伴还在想各种渠道打听。

慢慢地，朋友们也不再寻找，大家都要回归自己的生活。一起出海的日子飘散如烟，曾经的伙伴离开了，但生活还要继续。四海之内皆兄弟，四海之内皆孤岛。

老黎就这样在龙楼镇谢幕了，是烂尾；但也有人说，老黎向海而生，这一生都在海上度过，一辈子的梦想也是踏浪牧星、驰骋于海天之间，最后消失在大海，也算长眠于梦想。

我最后一次出海寻找而归，透过大雾看着平静的海面，耳机里放着《山雀》："山崖复远望，仓皇、无告、不回的河流，平原不可见，晦暗、无声、未知的存亡……"

总有人活在心里，告别在生活里。

岛上的日子轻逸，像一场离地的飞行；而"飞行"是多么浪漫又多么危险的一个词，因为不落地。

我在这半个月里，经常会想起跨年夜那晚，想起摩托飞驰时耳边的呼呼风声，就跟海面上的风浪声很像，也像钟声敲响时上空放的礼炮。那是一场绽放在新年零点的华丽落幕，也是引燃危机的爆竹，拉上了乌托邦的最终章，至此，逝者如烟，往事随风。

引擎轰鸣时，我许下的新年愿望是：世界和平，家人平安，而我自在如风，去往更大更远的世界，做个永远御风飞翔的小孩。

没想到，一曲终了，风向突变，油门拧猛了，我把小电驴一口气开出了乌托邦。

原来，这才是岛外的世界。

我一直生活在一座飘浮着的岛屿里。又或许，生活从老黎失踪的那一天起才失真了，我现在才进入了一场梦。

妈说，老黎离开家门前说过一嘴，虽然不能出海，也要去准备点儿海货过年，好好给黎清一年来的成绩庆贺一番。

而收到老黎失踪消息的时候，黎清正在买酒，想着过年好好跟老黎喝一杯，大不了就把催婚的事答应下来，把相亲提上日程，也好心无旁骛地搞航天。

多么像情理之中、意料之外。

人生就是一场大型连环圈套。

老黎曾说，有他在，这个家就不会倒。现在他不在了，很多人和事就像多米诺骨牌一样，接连倒下。环环相扣，这是一个圈套，命运设下的圈套。

黎清这半个月都没有去发射场。最近每天到了黄昏时间，他就会坐在星光村的海边出神。我沿着大院旁的下坡路走下去，果然在熟悉的位置找到他。

我坐在他身边，只想安静地给彼此一个陪伴，他却主动开了口。

"我愧对这个家。"他低着头，头发有些乱，下巴长出了些青色胡楂，嗓音沙哑，鼻音浓重，"我会用接下来的时间，尽力弥补我的亏欠。"

"你是说以前老黎每次生病，你却不能来陪护吗？"我摇摇头，"哥，爸从来没有怪过你啊，你已经做得够好了，他都知道的。"

他也摇了摇头，忽然笑着说："其实，人的一生很悲哀，即使亲人，也在一起待不了多少年。我很快就会飞出去了，然后在外面搭自己的巢。我们可能很少见面了，比现在还少。"

我不知道他要说什么。

"原来没成家这几年，是我最能够经常待在家里的时光，至少还生活在一个屋檐下。我以前从来没有专门花时间陪过父母。"他说着忽然有了哭腔，然后沉默了一会儿，接着说，"我最近真的感觉到钱太重要了，钱能保证衣食和医疗无忧，钱可以让人不用为现实而忧虑，这些都只是基础。"

我没有说话，静静听着。

"有了钱，父母就可以有大把的时间去享乐、去过好日子，我可以带他们逛逛商场、喝喝下午茶，去世界各地旅行。从今以后，这些就是我努力奋斗的意义，就是要赚大钱，带家人享受生活。"他说了很长的一段话，"要是我能早点儿赚很多钱，就能为老黎分担，他打鱼那么辛苦，伤身体，压力又大……"

我的眼眶早已红了，黎清说着，眼眶也红了。

这些天，他就像一名迷茫的大学毕业生，忽然感觉自己是个没有价值的人，原来一切都不是理所应当。

亲戚朋友们那些"孩子长大了，要接上力来了"的话，以前听听就过，因为总觉得离自己很遥远。如今，家里没有经济来源了，他成了唯一的顶梁柱，这些话就像紧箍咒，让他意识到这是被他选择性忽略很久的责任。

那天晚上，黎清和妈妈谈了很久的话。我不知道他们说了什么，只是在风把门吹开的那一间隙里，听见妈妈含泪的声音："你要承担起这个家，长兄为父。"

黎清的声音很轻，轻得像也变成了沙沙的风，他说："你会为我是你儿子骄傲吗？"

他的眼睛红红的。我从来没有见过这么脆弱的他。

黎清开门出来，看见站在门口的我，平静地说："我可能要找份工作了。"

我在他面前哭得好无助。

他看着我良久才问："你哭什么？"

我泣不成句："这么多年，你在追梦，我也真情实感，看个电影人都会哭呢，电影里的主角才和我认识多久啊？可是我也知道，现实没有人跟你玩电影一套。我就是……很难过，很难过。"

"我确实做了一个很长的梦，至今仍没能实现，再也不能够实现。"他轻轻地扬起唇角，"以前，爸妈和我说，人人小时候都有梦，我还不信，我总觉得自己就是不一样的。"

"你现在呢，就长大了吗？"我无措又困惑。我知道"长大"这个词对我们来说，意味着什么。

"长大是一瞬间的。"他只是摸摸我的脑袋，像一种安抚，"我是家里唯一的男人，我没有继续做梦的权利了。妈也说了，现在还不算晚，我才28岁，还年轻，我要是再自欺欺人，再缓个3年，我也没有这个体力和智商了，工作都做不了了，那时才真的没路了。"

我慢慢平复了心情，说道："黎清，平凡不是唯一的答案，我害怕等你这段时间过去后，回首发现选了一条不正确的路，你会终身意难平的，无法释怀。"

他却低笑出声："现在想想我有什么资格在这里岁月静好地搞科研。赚不来钱的话，我怎么好意思用父母的钱在这里追梦，父母跟着我受苦受累，陪我做梦。"他说着摇摇头，"做梦也真的要就此结束了。我扪心自问，就不能给这个家赚来钱？我在这里白吃白喝白住，他们提供场所给我，然后让我来实现自己的梦想。我不配。"

他把他的梦想说得一文不值。

"我有那么多愿望，一步步退而求其次。想当01指挥员，想能一直干航天，想家人都在身边。忽然间，那些追梦的诉求与遗憾变得可笑。"

人们在追求幸运的时刻，总是忘记避免不幸。

我的心揪成一团，说不出的遗憾："哪怕实现一次，也好啊。明明就差一点儿了，就差一点儿……你离01梦就差一步之遥了，对吗？"

话一出口，我自己都有了答案。"一步之遥"和"遥不可及"本来就差一点儿啊。现实离理想总是差那么一点儿的。

"少年不识愁滋味，庸庸碌碌，一事无成，偏白驹过隙，忽然而已。"他只是笑笑，好像在笑自己，"我就是太高傲了，刚愎自用。什么都是。以前在坚守和妥协之间感到的压迫，如今想来也甚是矫情，无病呻吟，就像一只高贵的白天鹅，不肯在父母面前低头，为赋新词强说愁。"

"不是的。"我矢口否认，"你以前不是这样的。"我认识的那个黎清，不是你现在这样，也不是你说的这样。

"拣尽寒枝不肯栖吗？人生际遇难测，哪怕落魄低谷时，也不失了自己的骄傲和倔强，如果那样的人真的存在，我真的很佩服他。"他的眼神变得有点儿凉薄，是一种掺杂着世俗的冷漠，"漾漾，18 岁到 25 岁时满怀希望，29 岁以后满眼失望，人生到了某个关节点之后，很难再对什么抱有期待了，没办法的。"

这一刻，我发现，现实的引力太沉重了。

地心引力的作用不仅是让牛顿发现万有引力定律，它还能让梦想像苹果一样坠地。黎清一直在做的，就是让火箭脱离地心引力，可是他自己并不能脱离。

他去递辞呈的那一天，林组长也在。其实，他在黎清被招进来以前，就和黎清有过一面之缘，当年是他去面试的黎清。

他曾经特别欣赏他，欣赏他对梦想的坚定，欣赏他谈吐间的自信沉着，和他身上散发出的那股子傲气。

说不失望是不可能的。

黎清只是颔首："我没您那么幸运，可以不脱傲骨，依然成功。"

我在发射场门口等他。

我等了很久，直到有个人影从里面出来，背后是很慢很慢的夕阳，他从夕阳里走出来，但夕阳太大了，他怎么走好像都要走到夕阳里去。

"交了？"

"交了。"

我笑了："挺好的啊，你这个工作狂，终于能歇歇了，接下来的时间……多陪陪妈妈吧。"

"好。"

若说还有什么没放下，我认认真真问道："这些年，你觉得快乐吗？

我怕你把最美的年华奉献给无言的事业，没有属于自己的人生段落，回看会很遗憾。"

他只回了两个字："快乐。"

"那就好。"这一刻，我由衷地开心。

"到了做了结的时刻。"他忽然一笑，笑里有洒脱和万般不舍。他回头朝发射场看了看，一轮太阳正在落下。这是我生命最美的年华，他想。

我们并肩往回走，这一路上都是夕阳，今天的落日好长，长得像一条河。

作为旁观者的我，亲眼见证他的梦想，好像把所有事情和他一同经历了一遍。我喃喃自语，像问自己："觉得可惜吗？"

他思考了一下，回答："历史要把许许多多人都装进来，不大可能。总有人要提前退场。"

"黎清，你的航天史在我们家里永远不会退场的。"我说着一发不可收，"妈以前总跟老黎讲她看的航天新闻，比如……比如，空间实验室搭载的宽波段成像光谱仪，能观测海水中叶绿素的浓度，估计出这片海域的初级生产力，然后指导渔民出海作业，对不对？"

黎清沉默片刻，他想起昨天晚上，妈妈终于说道："你的人生有这样的经历，爸爸妈妈为你骄傲。"提及"爸爸"两个字，她又忍不住说出了眼泪，"但是，以后……"

"妈，我知道的。"他说，"无论什么时候，我的第一个身份都是为人子女，是您和黎远洋的儿子。"

但他已经忘记很久了。

妈妈又说："其实，你爸一直没说，你以中国航天为荣，我们家以你为荣。你爸爸他偷偷和我说：我能为儿子做的，就是培养他成为大学生，其他帮不到儿子什么了，剩下的路要靠黎清自己去拼本事，他要真有这毅力和精神……"

后面的话，黎清已经有点儿没听清。

他不知道，原来父亲也是一直支持他的吗？他只是喃喃："为什么不早点儿……"为什么，早点儿的日子里只有争吵呢？为什么，早点儿的那个他非要和父亲顶撞呢？

快走到星光村了。我咧开嘴说："哥，你读书比我厉害多了，以后肯定比我有出息，到时候才能带我和妈过好日子啊。"

可是，我心里比谁都清楚，我怀念的是那个为了 01 梦意气风发的天才少年。

理想破碎的无奈最终成为文南老街骑楼下一道彷徨的身影。

现实的泥泞绊住了他的脚步，他围着贴满招聘广告的柱子，一圈又一圈，加入城镇上随波逐流的人潮。

发射场还没有批准他的辞职报告，而是给了他离职冷静期，让他回去再好好考虑，但在此期间不阻止他找下家。

他在网上也投递了不少求职意愿。

航天，出现在了他工作简历的履历一栏，他曾经珍贵无比的热爱，成了他现在的敲门砖。"曾任职于文昌发射中心"几个字诉说着他的一技之长，是证明他工作能力与经验的有力证据；而出现在姓名一栏的黎清，是龙楼镇上一个想要赚钱养家的人。

他一个个认真看了那些企业的介绍，想想也觉得不是不能接受。吃午饭时，他没头没尾说了句："人有时也能接受平凡。"

他以前总害怕自己没才华，够不上自己的 01 梦，可某些时刻，他又欣慰自己没才华。其实，想一想，老黎的人生中也有那么多希望与机遇，后来也尽在阴差阳错间消失了吧。

我还是担心："这可能是一时的感觉，哥，我不想你一时接受了、妥协了，将来后悔一辈子。"

我上午帮他整理书桌。在最近那一沓招聘传单之下是一层又一层的图纸，是火箭上、地面上的系统设计图纸。当时，他为了刻苦钻研系统知识，把这些图纸全部画了一遍又一遍。

"嗯。"他点下头，说，"我现在是担心，要兼顾高薪和离家近，就得筛掉不少优选。现在就业环境不好，人才市场竞争激烈，用人单位不是非我不可……"

他说着捏了捏眉心，在衡量着什么。

有一瞬间，我真的很想反驳回去："这些是你该分析的事吗？"我也这么反驳了。

听闻此话，他怔了一下："那我该分析的事是什么？"

"总之，不是这些。"

他说："没有妄自菲薄。我现在就是一名待业人员，没有年龄优势，没有自主选择权。"

我以为我永远不会在黎清的脸上看到这种表情。我以为像我这样的普通人才会无所适从，找不到自己的闪光点；可现在，曾经那个骄傲不可一世的少年只剩满脸迷惘与疲惫。

其实，黎清找了一圈工作下来，收到的面试通知不在少数。清华大学精仪系、计算机专业双学位、本硕博连读、文昌发射中心工作经历，这样的简历可以说是闪着金光了。

我昨天听他拒绝了一家颇有名气的游戏公司，好像是想模拟航天测控的一种数据处理技术，用来做游戏开发。他婉拒说："抱歉，航天不是工具。"

刚才又有一家影视公司打来电话，说有一部航天题材的短剧正在筹拍。对方开的价格很高，黎清只要授权当一下技术顾问就行，此外什么也不用干。

"不需要采访吗？剧本也不用审核？"

对方说得豪爽："不用！哎呀，都有您授权了，谁还敢质疑啊。"

黎清疑惑："你能确定没有专业错误吗？"

"这个您放心，涉及航天的只是些皮毛、小儿科，编剧直接问'度娘'就行了，表面上离谱不到哪儿去。"

黎清更疑惑了："只是皮毛？那看什么？"

"嗨，这您就不了解了，哪有人是奔着了解航天看的呀。咱们这部剧主打一个披着航天的外衣谈恋爱，观众爱看的是这种……"

"是你们爱拍这种吧？"

对方不明所以，黎清就把电话挂了。他不想有任何动机不纯的事物染指他心中最宝贵的存在。

今天是黎清来文南老街的第三天。老爸茶楼斜对面有一张石凳，他坐在那儿，坐得不是很直，看起来疲惫又无解。人生航向改变，如今他每天俯仰在城市之间，失去灵魂地飘荡。

茶楼里正播着那首《无法离地的飞行》："面无表情，说不清，无法离地的飞行……"伴随着呜呜，迷茫又虚幻。

什么时候他开始微微驼背了？在我从小到大的印象中，他 1 米 81 的身材从来是挺拔的。

忽然，男人埋头，似有眼泪从鼻尖滴落，他咬住牙：黎清，不要妥协。

手机"嘀"的一声，他收到条信息。

发件人：黎漾
1 月 19 日 16:14

黎清坚强。

他的手握紧屏幕。

接着，又是一条：

我敢肯定，这还不是定局，你人生中最成功的时刻，还在前方等着他低声说："什么时候来？熬不住了。"

按灭屏幕，他看见自己憔悴的脸庞。

下了几天的雨，骑楼和檐花都倒映在青石板的水面上。石凳几米外有小孩在吹泡泡，泡影在阴霾天看着似真似幻，泡泡能飘到很高，但最终一个个破裂。

今天，黎清找到工作了，我们都为他高兴。

但我知道他热爱什么。我明明知道。

就在我以为一切要尘埃落定时，国家航天局通知我们去认领一段信号，希望我们能从中找出父亲下落的蛛丝马迹。被同时通知的人还有楚颂。

一段来自外太空的神秘无线电信号，犹如天外来客，成了打破和扭转所有事情的关键。

第
⑩
章

"有召必回。"

一名自称是业余无限电通讯员的池先生，声称收听到了来自宇宙中的电波，随着声源远离地球，信号变得越来越弱。他第一时间报告了国家航天局。

　　这是一段奇怪的电波。

　　经过国家航天局的技术处理，仔细听是一段旋律。多年前也是这幅场景，众人守在收音机前屏息凝神地收听一段在 20.009MHz 频率上的无线电波，那是宇宙第一次听见中国的声音。

　　"老黎，是老黎！"我大哭了出来。他说过，他是听着这首歌出生的，他对这首歌有特殊的情感——

　　"有一种旋律叫《东方红》，你爷爷出生那年，1949 年 10 月 1 日，毛主席站在天安门城楼上，向全世界宣告：'中华人民共和国中央人民政府成立了！'奏响的背景音乐就是这首歌。你老爸我出生那年，1970 年 4 月 24 日，中国第一颗人造卫星'东方红一号'发射成功，《东方红》

的乐曲在太空中奏响。那一年，大街小巷都在放这首歌。"

"一定是他，一定是他用这种方法在给我们传递信号！只会是他，否则太巧了……"我坚定地说。

有科学家提出疑问："会不会是外星文明给地球发出的交流信号？"

楚颂否定道："不会。如果是外星文明，那么出于和地球人类相同的目的，他们不仅会用无线电波联系，而且会派遣飞行器出征。仅仅以一段电波来验证外星文明的存在和试探，不具有基本的说服力。"

黎清尽可能冷静地问道："还能解析更多相关信息吗？"

航天局的人遗憾地摇摇头，说："我们也非常好奇；可惜，这段信号距离地球非常遥远，以人类现有的技术手段还没有办法进一步破解，只能确定它是从未来传回的，我们甚至怀疑接收到这段信号时，已经时隔发送有几十年。"

黎清比我反应更快，讶异地问："时空穿越？意思是，我父亲可能去了未来？"

"对，或者星际漂流。"

黎清眉头皱起，陷入了思考。我问那个人："星际漂流是什么意思？"

"星际漂流是指人在太空中迷失方向，或遇到了不可预知的问题，无法返回地球或前往目的地，从而被迫在太空中漂流的状态。这种情况极其危险，因为他会面临氧气、食物和饮用水匮乏这些生存问题。"他说着顿了顿，"但你父亲属于这种情况的概率非常低，因为他没有独自飞向太空的动机和能力，更不要说在几十年后发射一段信号回来，他根本坚持不到那个时候。"

我们准备从航天局离开时，黎清被一个熟人叫住了，那个人听说黎清从发射场辞职的消息，想再劝一劝他。

这个时候，楚颂低声和我说："今晚有空儿吗？我有事想和你谈。"

正有此意。

他又补充道："先别让黎神知道。"

晚上，我按照约定时间到了南洋美丽汇。这里明明看似没有人，可是四处打理得井井有条，不免有些空灵与诡异，摇摇车的儿歌回荡在空旷的广场。

我在鸡蛋花树下站了一会儿，拨通楚颂的手机。然后，我又听见了他的手机铃声："还以为驯服想念能陪伴我，像一只家猫，它就窝在沙发一角，却不肯睡着。你和我曾有满满的羽毛，跳着名为青春的舞蹈，不知道未来，不知道烦恼，不知那些日子，会是那么少……"

铃声还在响，楚颂从进口超市出来，手里捧着几包东南亚风味零食。

我们找了个长椅坐下来。楚颂递给我一包虾片，眉头皱得很深："我听说黎神给发射场打了辞职报告？"他看起来特别难过和生气。

我点点头："对。"

我知道他在难过和生气什么。因为黎清今早出门上班，走错方向了，发射场是星光村出门右转，但他以后要去的是左边。那个时候，我也难过和生气。

"那他现在在哪儿？"

"在镇上一家高新技术企业的研发岗位。"

文昌在很多人眼里是一块试验田，土地流转全国第一，是很多东西的起头，因为这里试错成本低。但实际上，数据类科技公司苦于没有土壤，一直做不起来，这些年才逐渐有了土壤。

楚颂忽然说："要摆脱地球的引力，就需要给航天器一个切向速度，产生离心力，用离心力去抵消地心引力。"

"你想说什么？"我疑惑道。

"我的意思是，天才的精力和天赋应该花在推动人类事业的进步上面。"他笃定地说，"向天，离心。向天而行，才是他最大的离心力。"

我没有接话，只说："说正事吧。"

他安静两秒，看着我说："信号，我也收到过。"

我呆住两秒，问："什么？"

他说，他有个大 8 岁的姐姐，名叫楚歌……

2020 年 8 月 16 日，11 岁的楚颂和姐姐在游乐园体验时空梭娱乐设施，姐姐却意外失踪。1 个月后，一条疑似来自未来的信息让他断定与姐姐的失踪有很大关系。

楚颂行事一向稳健谨慎，他说的话可信度八九不离十。

"这么说，未来真的存在？不对，未来现在就存在？未来和现在同时存在？"我激动得语无伦次，"可是，我们现在看不到未来人，难道……人类在还没发明时空梭前就灭亡了？"

楚颂一脸无语地看着我："笨。"

"不对，灭亡了就不该有未来人了。"我反应过来，纠结地说着，"可是，为什么我们现在看不到未来人呢？"

"说不定是我们早就被未来人发现了，所以才一直没有发现未来人。"

虽然我理解不了，但我大为震撼。

"假如未来人存在，那么其科技水平必高于人类。所以很有可能，未来人在遵守这样一种原则：不干预正在演化的文明进程，把自己隐匿起来。就是说，未来人在监视我们现在的人，自己不参与进来。"楚颂耐心地解释了一遍。

"照你这么说，说不准未来人就潜伏在我身边？"

"怎么没可能？他们就是绝对的光之行者，来去瞬时，潜入无声。"

"世界上，有绝对的光吗？"

"绝对的光？"楚颂愣了下，眸色加深道，"黑格尔说：绝对的光明，如同绝对的黑暗。"

楚颂说要带我去见一个人。准确来说，当年收到他姐姐信息的人不是他，而是这个人。

这个人名叫穆沉，不到 28 岁，长相温润如玉，完全符合女生对童话里梦幻王子的一切幻想。穆沉出身贵族，是穆氏二少爷，患有先天性心脏病。

他是楚颂的准姐夫。他和楚歌、楚颂三个人从小一起长大。

2027 年 8 月，一则疑似来自未来的信息，似乎与失踪的恋人有关。为寻找可能穿越的青梅竹马，他和楚颂有了星际穿越的设想，并一直在为此筹备。

穆沉说，这个月，他会加入穆氏创办的民间航天组织"牧歌"，发起"星空召唤"行动，今年 5 月，"牧歌"会发射一艘飞船"Universe"，漂向宇宙尽头。

"宇宙尽头？你知道她穿越去了哪一年吗？"

"80 年后。"会所包间，沙发上的男人神色平静地说道，"她是 2020 年走丢的，那么大概是 22 世纪初。"

"你是怎么知道的？"我不免困惑，"为什么我就不知道呢。"

"她的信息。"

"我方便问问是什么内容吗？"

他点点头，拿起一张白纸写道：

我在月光所在之处。

月光所在之处？

80 年后？

这两者之间有什么明显的联系，我想不出来。

"她爱浪漫，喜欢童话。她很爱用这种小伎俩说话。以前也是这样。"穆沉声调缓缓地解释道，"比如，她约我明天 8 点见面，一起过纪念日，她不会直说，她会打 8 个字，让我来猜。"

他的眉眼有些消融，好似处于冰与水之间。

"还有，月光。"他说，"《月光》是她喜欢听的一首歌，我 18

岁生日那天，她唱了这首歌给我听。"

我不禁想，他确实长得像一道"白月光"。那个唱《月光》的女孩，终究变成了他心里的一道白月光。

"这句歌词有 8 个字，是这首歌的第 8 句，这不是巧合。"

"什么？"

"在我追不上的距离……"他轻声哼唱出温柔的调子，羽睫在灯影下吟唱着深情，我几乎能看到他睫毛下隐匿的轻风，他问我，又近乎喃喃自语，"我追不上的距离，只有时间，无法超越和抵达的时间，对吗？"

我看出来了，穆沉多少有点儿痴情男主那个味道，他的判断会不会受恋爱脑影响，我不好说。我看向站在茶几旁的楚颂，问："毕竟楚歌没有明说，这些推断都只是猜测，万一真的就是巧合呢。"

"她肯定有难言之隐。"楚颂沉吟，"也许是未来人不让她明说，只能加密传送。我相信穆沉哥的直觉。总之不管怎么说，有一线希望就要试，无论付出多大代价。"

我感觉一道清凉的目光投来，像春寒料峭时露水落在我脸上，一阵清冷。

我迎向目光主人："好吧，去未来的方法，有了吗？"

他没回答我，转头对楚颂说："小颂，叫胡总师上楼吧。"

一个黑色衬衣、黑色长裤的男人走了进来，中分的刘海露出洁白的额头，剑眉飞扬中透着凌厉，看似柔和的眼眸实则锐利，黑色大衣上 4 个银质扣子反射着银光。

自从有穿越星际寻找楚歌的打算后，楚氏和穆氏就发动力量在世界范围内搜寻设计师人选。他们在世界级科技与工程名人录里找到了一位天才航天工程师。虽然年纪尚轻，他已经是在国际上有极高声望的科学家，毕业于西安交通大学飞行器设计与工程专业，荣获过现代理工学界最高荣誉"小罗克韦尔奖"。

穆沉介绍道："这位是'Universe'飞船总设计师，胡锡锐，胡总师。"

"您好。"男人礼貌地朝我问好。

"您好，我叫黎漾。"我问，"'Universe'计划在文昌发射场发射吗？"

楚颂点头："当然，接近赤道的线速度，同型号火箭运载能力一下就增加了10%。艰巨任务交给文昌，毋庸置疑，毕竟它是大火箭的量身定制。"

"目的地是80年后？"

"我们也不敢肯定目的地在哪儿，但方向一定是遥远的未来。"胡总师在我对面的单人沙发坐下，说，"我们管它叫作——无限之日。"

"你们想和国家进行商业合作？"想起发射场不久前发布的招商书，我问，"需要商业发射服务？"

"不止。"楚颂说，"觅音计划。"

"觅音计划？"

"2030年前后，我国将实施'觅音计划'，探测太阳系外人类宜居行星。'星空召唤'行动将成为这个计划的一部分。"楚颂展开说道，"包括'觅音计划'在内，我国还有一批规划论证的项目，都没有立项，只是允许航天科学家们畅想或规划，给国家决策提供依据。"

"我们现在正处于大宇航时代的前夜，也叫大航海时代2.0。等技术奇点过后，航天科技大爆炸，我国未来深空探测项目就是行星际穿越，"胡总师慢条斯理地说道，"不走出母星的文明是没有未来的，这是国家对外空资源进一步开发的必然需求。"

我根据掌握的航天知识，问道："要飞那么远，飞船的动力是什么？核动力？"

楚颂摇摇头，说："核动力推进技术还不成熟，现在应用的是核裂变而不是核聚变，在核能利用和核安全问题上有很大困难，会造成严重的核辐射污染，对航天员的防护风险也很高。"

胡总师慢慢从沙发上站起来，问我："大航海时代的风帆战略舰，知道借的是什么力吗？"

我当然地回答："海风、海浪。"

"海浪？你说的海浪利用在航天中，应该是曲速引擎，弯曲飞船前后的空间，让空间像波浪推动船只一样，推动飞船前进。但这很难成立。"

"那就是风。"

"Provide ships or sails adapted to the heavenly breezes, and there will be some who will brave even that void."

我静静地看着他。他解释道："若有船或帆驾驭天堂之风，必将有勇士遨游这片虚空。这句话出自开普勒，400 年前，他猜测彗星尾部受到某种太阳风的吹拂，于是设想利用这种风来推进带帆的飞行器，原理如同海风吹动帆船。"

楚颂接着说道："后来，牛顿的光微粒说引进了光压的概念，但不久，光波的概念开始普及，光压失去了生存的空间。直到 1899 年，列别捷夫的实验宣布了光波动说的完结，成为光量子学说的基础。"

我有点儿头大，追问："等等，光的本质究竟是什么，微粒，还是波？和光压又有什么关系？"

"既是微粒，也是电磁波，即波粒二象性。"楚颂对我浅笑道，"根据爱因斯坦在 20 世纪的研究，具备波粒二象性的光子虽然没有静态质量，但有动量，可以对其他物体施加压力，这种压力被称为光压。"

"所以，你们设计的飞船是一种光压飞船？"我看向胡总师，他已经走到一旁的台球桌旁。

"光帆飞船，依靠光照作为动力驱动的飞船，简单的构造就可以从光里集结巨大的能量。"胡总师回头看我，面无表情挑眸说道，"人类很早就会制造帆，利用自然界中风这个免费动力，来弥补划桨的不足。同样，只要自然光照耀，光帆飞船就能继续前进。如果说大航海时代，人们驾驭风直到世界尽头，那么即将到来的大宇航时代，人们驭光而行。"

我惊讶地问："超越光速外太空旅行吗？"

他摇摇头，脱去大衣外套，挂在角落的架子上，解开领口的扣子："和曲率驱动一样，我们现在还不可能超光速飞行，除非穿越，也就是您父亲和穆先生未婚妻遇到的情况。因此，我推测这很大可能是未来人的做法，只有他们具备了这种手段。超越光速只有等以后，借助核聚变反应堆创造出超光核心飞船。"

说话间，他拿起一支球杆，俯身，眼神专注地瞄准："就像这枚桌球一样……"手臂稳稳地挥杆，一声清脆的撞击声，母球飞快滚向目标球，准确无误地撞开。他直起身，说道："我把这枚桌球打出去，给目标球以相应的作用力，这是一种动量传递。同样，当恒星光子撞上光帆光滑的平面，飞船就可以获得光子的动量。"

我提出心中的疑问："听您的说法，光的压力很强大，可是，海南的太阳这么大，为什么我没有任何感觉？"

"因为它非常微弱，1平方公里面积上的光压才9牛顿，人当然没有感觉。"他右手持长杆，左手随意拿起一枚桌球，转动手腕看着，像握着一颗苹果，"然而，宇宙中万物处于失重状态，又没有空气阻力，无论这个推力有多小，飞船都可以一直加速，而且按照牛顿定律，它会越飞越快。"

听着是有道理。这是什么航天黑科技？

"你可以理解为一种新型的无工质发动机。一直以来，化学燃料占据航天器的主要重量和体积，航天器想要飞得远就必须携带更多燃料，而光帆飞船不需要携带燃料。"胡总师说着，身体前倾，第二杆下去，被瞄准的白球导弹般疾射而出，重重撞在目标球上，"摆脱了燃料依赖，它可以实现超长寿命、无限续航，甚至比核动力航天器的理论使用年限还要久得多。"

我听懂了。现有航天器的主要速度来源于火箭的动力，然而在后期缺乏高机动性。由于化学燃料的火箭发动机不够强大，无法直接获得达到或超过第三宇宙速度的最终速度，而且，逃逸宇宙所需要的速度，远远超过了现有化学推进的性能极限，即便加上 2 级、3 级火箭持续加速，也无法让航天器飞出太阳系。

光帆飞船还是由火箭送上天，此时液态燃料相当于初始能源，依靠喷气式反冲运动推进，给予飞船一个初速度。进入真空环境后，飞船外壳释放出表面光滑、平整、漂亮的太阳帆，就像降落伞打开那样。在那以后，飞船最大限度地从恒星光子中获得加速度，这个速度足够它以高速飞出太阳系了。

飞船进入预定航线后的巡航速度，还有飞行姿态、航向等，都可以通过导航系统、光帆结构来控制和改变。另外，为避免人的身体吃不消这么快的速度，航天员必须长期处于冬眠状态，而星际穿越本身也需要储存生命、跨越时间的冬眠手段。

"等等，飞船可以减速吗？"我问。

他笑了下："假定这枚黑球是不动的，我们让这枚白球以速度 v 撞向黑球……"修长的手指下，绿茵的球桌上，"砰"的一声，黑白两色球相撞，"好，现在，当这枚黑球质量非常大，大到和一颗行星、恒星那样大，碰撞后，黑球仍然是静止的，而白球会发生反弹，反弹时的速度还是 v。"

我点点头："然后呢？"

"放到宇宙中，大质量的天体会通过引力场捕获小质量的飞行器，实现对飞行器的加速或减速。飞行器借助引力的动量，像是被弹弓弹射出去，这种助推叫做'引力弹弓效应'。"他讲话间神情认真，左眼微眯起，"就和桌球碰撞的过程类似。只不过飞行器并没有与大天体发生碰撞，而是通过万有引力实现能量的交换，与之迎面相撞是加速，从背后追赶上它是减速。当然，飞行器也要有足够的力量抵抗引力场，不冲破洛希极限。"

他再一次准备发球，皱眉深思熟虑着什么，仿佛真的沉浸在一个人的桌球中，角度、力度、旋转，被精密计算之后，尽在他的掌握之中。

"光帆飞船的构建并不复杂，难在资金投入和寻找意向航天员们。如今楚氏和穆氏解决了成本难题，我的团队从帆面支撑论证开始已经 15 年，全面开展研制已经 10 年，十年磨一剑。"

瞄准、出杆、击球、进洞，一气呵成。他站起身，放回球杆，走向沙发。

"我相信技术成熟度已经足够，光帆的原理也已经在实验室进行过多次验证。"胡总师说着，递给我一份厚厚的资料，"这是具体技术方案，您可以带回家给您兄长，他会完全了解。光帆飞船是目前技术和经济上的首选恒星际方案。"

我随便翻看了几页，大概是在介绍光帆的选材：石墨烯具有高强度、低密度、超轻薄、耐高温、耐腐蚀、高导电性、光学性能良好的特性，已经在超轻型飞机上得到了良好应用。石墨烯制备工艺日益纯熟，且生产原料石墨在我国储能丰富、价格低廉。

我合上方案书，敲了敲手指，意识到他们的目的，抬头问道："可以，然后需要我哥做什么？"

"令兄在航天青年领军界有相当话语权，比起更有资历的前辈来说，他应当更有勇气和魄力。"胡总师脸上略沾斯文客气的笑意，"我们希望他署名给 CNSA[①] 写一封信，我们也会在信中联名。"

"我会帮你把这个转交给他，取决于他看了方案后的想法，我哥很有主见，没人能左右他，楚颂应该清楚。只不过……"我说着停顿了下，看向沙发上交谈的两人，"为什么要瞒着我哥见我？"

楚颂抬头看我，思考两秒，说："你哥比你理智。"

意思是我没脑子？"哦，我现在是一时冲动？"

穆沉开口说道："因为，我们还有一个请求，是需要你答应的。"

"不希望我哥知道的请求？"

---

① CNSA，中国国家航天局。

穆沉点点头。

"我可以答应你,也可以帮你说服我哥。"听他说完请求,我几乎爽快地答应了,我早已经想好交换筹码,"条件是,让我哥当01指挥员。"

说什么我也要看他圆一次梦。

"成交。这个我们可以说了算。"穆沉说道,"至于和穆氏集团对接的相关事宜,请联系我的大哥穆深。飞船的制造进度和飞船上一切结构并设备问题,包括质量的把控和技术的固化,都是大哥手下在监督跟进胡总师团队。"

穆沉递给我一张名片,上面是一张深邃的男人面孔,眉宇间透露出森严,五官和他有三分相似,但气质俨然不同。

国防科委并国防工办:

秉持着"始终反对外空武器化、战场化和外空军备竞赛"的宗旨,为达成"维护一个和平、清洁的外层空间"的愿景,中国航天人一直以来为探索外层空间、提升自由进出太空能力、有效治理太空能力、成为人类文明发展的开拓者矢志不渝地努力着。

一个进步创新的国家航天事业,离不开优秀商业航天公司的贡献。我认为,自主设计、研制的民营飞船,技术问题会有,但首先是提升规模问题。商业飞船时代的大门向中国人敞开,"星空召唤"行动将是民间飞船与官方行动的一次有益对接。官民对接、军民融合,走中国特色的商业航天之路,是全球新太空时代下中国航天的必然道路,打造一批具有国际视野和社会责任感的优秀企业家与人才队伍,是中国航天持续走在世界前列的必然要求。

…………

特此报告,请审定。

黎 清

1 月 25 日，除夕。

我和林霁在院子里呵着冷气，他穿着一件黑色风衣，围着厚实的围巾，陪我放烟花。谁知道，烟花有不少受潮了，我们等了半天，结果燃不起来。

客厅传出电视机里春节联欢晚会的声音。

不远的地方，好像有串门的小孩们在用海南话唱节令歌："正月景，家家户户点年灯，拜年放炮新春乐，吃酒猜拳热腾腾……"

第二天，大年初一。黎清的手机一早就蹲着一条新消息。

发件人：黎漾
1 月 26 日 8:05

谢谢哥哥的红包，虽然还没收到，可能是忘发了，但是提前谢谢了，总不可能真的不发吧，肯定不可能不发的，毕竟我是你的好妹妹，是吧？

黎清无奈，捏捏额角，回道：

要红包就要红包，正常一点儿。

不一会儿，对面又回复了：

如果你觉得一个大红包就能收买我，或者让我闭嘴的话，大可以试试，我会让你知道什么叫心想事成。

黎清失笑，点开电子红包，包了一个大的发给对面厚脸皮的小姑娘。

收到黎清大红包的我正喜滋滋。林霁上午送来一对金鱼和海棠的摆件，说是寓意"金玉满堂"，我妈可开心了，留他吃午饭。

看到满桌大鱼大虾，我随口感叹："午饭这么丰盛。"

我妈说："热一热，晚上吃。"

啊，果然，中午吃得有多好，晚上吃得就有多差。

我撇撇嘴："新年第一顿晚饭就这么敷衍，这科学吗？"

黎清挑眉："你跟我谈科学？"

"晚饭是你做？"我反应过来，自觉给嘴巴拉拉链，含混地说，"懂了。"

2 月 7 日，黎清的 29 岁生日。

我送了一只沉香香薰给我哥。沉香气味甜美、清新、持久，有利于舒缓神经、改善睡眠。一块完整野生沉香可贵了，加工品也不便宜。

这款香薰名叫"青空"，多好的寓意。点燃后雾色清澈，像黎清的名字。

卖家说可以在香薰表面刻字，我想了想，就刻"清""漾"吧。

我在附赠贺卡里写下：

接下来，就是真正的奔三啦！不要有心理负担哟。三十而立，30 岁是一个男生最有魅力和实力的事业黄金时期，你这才还没开始，先好好享受属于二字头的最后一个年头吧~

2 月 9 日，元宵节。

年差不多过完了。这天晚上，老妈去镇上送灯了。林组长来家里看黎清，刚进院门，第一句话就是："这都正月十五了，还不用上班？"

黎清颔首："公司通知休假到年后。"

林组长啧啧嘴："你在家里闲不？"

"……"黎清默了默，"闲。"

"闲？那还不赶紧回发射场？！"

这一次，黎清沉默良久。

开口，他说："有召必回。"

林组长眉开眼笑，语气却没什么变化："真决定了，回来？"

黎清靠在一棵树上，深灰色毛呢大衣敞开着，里面一件浅灰的毛背心，刘海似乎长了些，但看起来很清爽，没遮住剑眉。他看着林组长，眼神慵懒带笑，唇角上扬。整个人倒使得这冬日多了几分暖意。

"我曾经也怕后悔，怕怎么选择都是错。"他说，"不如不求圆满，但求甘心。不寻找父亲，我不甘心，就这么离开航天系统，我不甘心。"

黎清复职后面对的第一个难关，是冬眠系统的研发。

要穿过漫游宇宙的漫长时间，就需要借助冬眠舱。国外已有好几家顶尖低温公司具备成熟的冬眠技术，但在"Universe"冬眠系统的应用上，发射场众人有了分歧。

研讨会上，黎清认为，我国应该创新研发国产自主可控冬眠系统。

"开发空间资源是一个国家科技能力的象征，既是物理空间的制高点，也是技术空间的制高点。核心技术是源代码，如果简单采用国外现有的技术，我们就不可能达到一流。"

不少人赞成黎清的意见，但更多人宁愿选择进口。一位老航天同志泼冷水："想走自主创新的路子，你这勇气从哪里来？"

黎清默了默，说："不想服从既定的轨道。"

老同志笑了："挺有骨气。小伙子，有志气还不够，还得有技术的底气。"

一名经验丰富的低温专家说道："我们完全可以照搬现成的模式，航天的职业精神告诉我，应该信赖已经经过验证的技术产品。"

"是呀，黎清博士，用现成的系统，出了什么故障都有对应解决方案。"专家邻座的年轻人说道，"时间紧迫，新路一旦走不通，风险谁来承担？"

"做两套冬眠系统。"黎清回答，"进口和国产一起进行，双保险。"

"资金，你来承担？"

"售后服务呢？不是时间成本吗？"发言的是一名新来的同志，"不是自产设备，我们甚至无法自主维修，误事不说，还会被人牵着鼻子走。再者，使用进口系统，我们有处于安全风险中的可能，不利于国家信息安全。"

这时，黎清看向那名带头唱反调的老同志，突然问了句："不知您饭量如何，每顿吃多少米饭。"

老同志皱眉不解："饭量？普通碗装一碗。不是，你想说什么？"

"不是我想说，是袁隆平同志说：'中国人的饭碗，要牢牢掌握在中国人手里。'不是我想说，是钱学森同志说：'中国人为什么不行啊！外国人能搞的，难道中国人不能搞？'不是我想说，是南仁东同志说：'别人都有大设备，我们没有，我挺想试一试。'"

老同志语速有些急了："你说这些话，什么意思……"

林组长喊住了他："老蒋。"他摇摇头，"咱们了解得越多，胆子也就越小了。有时候，是要听听年轻人的想法。"

"老林，你的意思呢？"

"黎清这个想法很大胆、很有前瞻性，可能发展为一项有先见、有胆魄的战略决策。"林组长表态，又看向黎清，"但毕竟是摸着石头过河，失败可能性很大。"

黎清吐出一口气："失败是一种答案，不试永远没有答案。"

他知道他选了一条没有退路的路，他也知道迈上去后，将会抵达一个国内目前尚无人抵达的地方。

"我记得，发射场立项时计划采用的还是 Windows 系统，后来航天人自己做出来了核高基这个国产操作系统。"林霁声音稳稳地发言道，"深搅旋喷组合桩止水帷幕也是航天人创造的，当时沿海深基坑止水是个难题，新型止水帷幕能有效阻隔大量高压地下水向基坑深入。"

董芩说道："我赞同创新。当年，我们面临加注的技术难关，决定自制氢气对贮箱置换，我们设计人员还加了一个回温器，也就是汽化器，对温度二次提升。当时，西昌发射场用氮气和氦气置换，而我们用常温的氢气，直接节省了氦气资源。"

这下，有四五名低温系统的同志也纷纷点头认可。

"我们都知道创新决定未来、创造引领未来，现在，我国经济社会发展比过去任何时候都更加需要技术创新。"董芩说，"我们自己设计的冬眠舱，我们可以掌握自己的技术命脉，还可以根据我们的需求，量身设计和定制各种功能。改造现成的进口系统也许更复杂。"

最后，林组长拍板决定："我希望冬眠技术这道难关，在我们这一代航天人手里攻克。不用说了，走国产化道路。"

会后，林组长对黎清说："让国内从无到有的事，不简单。万一失败，你可要从神坛跌落了。"

黎清只是好笑地重复了一遍："神坛。"

满地都是月光，他却扭头看见了六便士。

一周过去。

黎清从会议室椅子上醒来。他昨晚就这么睡了一晚，说是一晚，其实，他睁眼看着天边一点点儿露出鱼肚白，蒙蒙亮时才睡着。他睡眼惺忪，眼下是一圈青色的浮肿，嘴边的一层水泡已经烂了。

他这几天的梦里全是各种数据和假设，如果梦到一个不错的思路，他会从梦中惊醒。

一周前，他带着十几位工程师和技术干部，先后前往德国的林德、法国的法液空、俄罗斯的深冷机械三家公司参观访问，眼下还没敲定最终方案。每一天，他耳边都是滴答的时间。

他捏捏眉心，自言自语："理论还是不够扎实，方法还是不够可行，安全系数还是不够高。"

昨天晚饭后散步时，他突发奇想，指着塔架顶部的水箱，问路过的工作人员："国外发射场通常是在塔架 300 米外建水桥，引水过来，我们当初为什么把水箱放塔架上？"

"哦，黎博士，我们的发射塔不是钢筋混凝土结构吗？国外是钢结构的。"工作人员解释说，"这个水箱放在这里，能优化出风口结构受力，相当于把水塔和后勤事务塔二合一。"

"优化、二合一……"会议桌前，黎清眉头深锁，企图找到可供借鉴的思路。铅笔在草图上随笔勾画着，他进入了新一轮构思。

新年伊始，我一如既往地继续着我的送餐工作。

今晚有空实践一下我的最新设计了。我打开平板，调出我的梦幻星空水晶蛋糕的彩绘图。

600 毫升清水、9 朵蝶豆花煮开……捞出，倒入 60 克玉米糖浆、20 克寒天粉，搅拌均匀……煮沸，我撒上一把云母粉，瞬间呈现一片星光闪闪。

我在模具底部包上几层保鲜膜，把液体倒进去，头也不回地对围观路人茗仔说："柠檬，帮我取一个柠檬。"

他转头去冰箱里拿了一个，切片递给我。我滴入几滴柠檬汁，轻轻拌几下，送入冰箱冷藏。两小时后，蛋糕凝固得差不多了，脱膜，我挤上奶油，又放上红艳艳的樱桃，完成。

蛋糕的表面光滑度好极了，颜色透光度也很高，我满意地欣赏着自己的作品，忽然想起什么，眯起眼："对了，茗仔，我问你，你向我哥告状了？"

茗仔一脸不乐意，纯净无辜的眼睛写着委屈："哪有？"

我不信："那他怎么说我欺负你？"

"……他自己看到的呗。"

我竟无可反驳。看到墙上的时钟，我摇摇头："算了算了！不和你说了，我走了啊。"说着，我开始快速收拾东西。

他了然："又有秘密行踪啊？"

"知道秘密还不……"我说着给他做了个噤声手势，然后转头快步走了。

茗仔在我身后嘀咕："搞什么嘛。春节回来后就不正常，一天到晚，神秘兮兮的。"

实验又失败了。

黎清坐在实验室外走廊的地上，整个人掉进无边的失意。

不知道经过多少次反复方案的设计，推演再推演，计算再计算，不知道做了多少次论证和试验，结果还是一样，失败。

他目光低垂，望着白色的地板，好像一颗陨落而破碎的流星。

Guiding star MCN[①]。黎清刚踏进公司，就听见一道男声高亢响亮："来，刷一波大火箭！走起！"

"我们主播正在直播带货。"前台微笑解释着，带黎清来到一间宽敞大气的办公室，礼貌说道："黎先生，您稍等一下，陈总接完电话就来。"

黎清点头，在沙发上坐下，一整套昂贵的黄花梨木显得雍容典雅。他看了眼办公桌后的背影，男人正对着顶楼的视野通电话。

5分钟后，陈焰在对面坐下。多年未见，他五官依旧立体朗阔，大学时期的那股锋利桀骜已经长成了一种成熟浓酽，留洋回来，不知是派头穿搭的缘故，还是一方水土真的可以改造一个人，整张脸更洋气、更有几分混血的味道了。

黎清淡笑开口："也在搞大火箭？"

陈焰一愣，见黎清朝直播间方向侧头，听见主播求礼物的措辞，这才反应过来，大方地笑道："别讽刺我啊，听得懂。说吧，什么事能把黎大科学家吹过来？我回来多久了，见你不到三回。"

---

① Guiding star MCN，"启明星"网络媒体运营机构。

"陈总大忙人，抬举了。"黎清简单寒暄，开门见山："我们在研发国产冬眠系统，但资金告急了。你是全市最大的电商公司，和很多企业都有长期合作，我想请你帮忙当中间人牵个线，看有没有企业愿意注资。"

昨天，发射场一位领导狠狠批评了实验组所有人："当初我就说了，资金谁负责承担？创新就要试错，试错就要成本，这还只是初样研制！"

"我会想办法解决。"黎清说。

他决定来找陈焰，他的高中同窗，也是曾经的挚友。

两人因为都喜欢航天成为最好的朋友，那时的陈焰笑起来像个热烈的大男孩："技术宅就不能有情怀？喜欢航天需要理由吗？"黎清还记得，高二，他牵头立项了一个探测器相关的课题，问陈焰要不要一起，陈焰两手插兜，舌头顶了顶腮帮子："人帅话不多，就是一个字——干！"

后来，陈焰如愿考入北京理工大学自动控制专业，又作为公派留学生进入麻省理工进修。黎清本想等他留学归来，两人成为发射场同事，再续同窗情谊，携手筑梦苍穹。谁知道，再次听到陈焰的名字时，他已是华尔街金融职场精英。

时逢世界金融投行业风头正盛，陈焰凭借强大的数学头脑，进入曼哈顿一家全球顶尖银行，摇身一变，成了一名银行风险控制专家。他每日望着哈德逊河的景色、穿梭于庞大的数字网络时，不知可会感叹，本愿学有所成、衣锦还乡，却把梦想抛了、留驻他乡。

一年前不知什么原因，他回到故乡，海归有成的他转型电商行业，自己成立了一家 MCN 公司当老板。不消多久，Guiding star 已经成为全海南第一 MCN。

"政府资金有限也是合理的，现在老龄化成这样，平均 20 个人养一个退休的、领财政的，没一个纳税的。"他摘掉袖扣，活泛一下手腕，又松松咖色衬衣领口。听黎清大致讲完来龙去脉，陈焰一番恭维，最后说："这样，你先研发，我先关注。等项目搞到一半，我们再加入。"

这意思，黎清听懂了，只会锦上添花，不会雪中送炭。

陈焰沏着茶，眉眼安然："所以，你们现在得自筹资金搞创新？"

"说来话长。总要有人多付出。"

"凑不够数？"

"我们一帮搞科研的，哪儿来的资金。"说实话，他怀疑陈焰明知故问，但还是淡淡无奈地说出现实。

陈焰颇有笑意："所以就想到了我，这个多年不联系的老朋友？虽然你搞了这么久航天，头脑还是挺灵活的嘛。"

黎清皱眉，不想去计较他这个"虽然"之下莫名其妙的逻辑关系。他原本觉得，就算是中途而废的梦想，陈焰也不会对航天抱有这样的偏见，但他又想到两年前一场老同学聚会，他刚走到包厢门口就听见里面响起熟悉的嗓音："我为了更富裕更美好的生活而奋斗，有错吗？对不起，我不是黎清。我的梦想就是钱。"

满地都是月光，他却扭头看见了六便士。

不欢而散。就是那次以后，他和陈焰之间几乎没有再联系了，黎清也没有再收到过同学会的邀请。

"你知道为什么老同学都不愿意和你来往了吗？"陈焰好像知道他心中所想般问道。

"不知道。"黎清如实回答。

"你可以不孤独的，沾染一点儿庸俗就好。从高中时代就是。"陈焰看向他，"你一直……太清高了，少了点儿'人'气。"

黎清沉默了，说："谁知此行迈，不为觅封侯。"

黎清注意到办公桌上有一个太空人造型的摆件，还有一个小火箭模型，上面写着"中国航天"。

"人生有两件痛苦的事：热爱之事自己不擅长，擅长之事自己不热爱。"陈焰说，"黎清，在航天上，我没你有天赋，我钻研起来经常陷入矛盾的痛苦。"

黎清反问："没天赋，能去世界最顶尖的航空航天专业？"

"你也知道，我拿到的是正儿八经金融专业的 offer，当然，当时是奔着蹭航空课去的。"陈焰摇摇头，说，"爱好是可以一辈子的，我现在这样不也挺好？真把航天变成工作，我可能反倒没那么热爱了。"

"这句话不成立。再怎么样，总比做不喜欢的工作要好。"黎清感到说不出的憾恨，"你应该是文昌发射场年轻的海归航天工程师。那才是你的人生，才是你人生的梦想。"

"不喜欢的工作吗？此言差矣。"陈焰挑眉，慢慢说道，"其实热爱和天赋两件事是互通的，我热爱的事里金融排第二，但因为金融对我而言相对轻松、好驾驭，慢慢我也享受这种得心应手、驾轻就熟的感觉，说句俗气的，它能给我带来成就感、优越感，我会慢慢更喜欢它。"

这时，有员工来汇报月度战绩。黎清一听这销售额，高得吓人，问陈焰："都是真实的？"

陈焰点下头："还行，注水也是要的，搞噱头，基本操作。"

"也许。有的行业可以作假，航天这行要是有半点儿虚假，太空就拒绝验收。"

陈焰看向他："所以，我不适合。"

"也许。"黎清觉得陈焰说得可能有道理，但坚持己见，"一辈子不长，工作是占用生活中最多的一部分时间，我不舍得用其他无聊的事填满它，而让热爱夹缝生存。"

陈焰笑了："那也是在有能力的情况下，难道让爱好跟你一起在风雨中飘摇、尽显狼狈？"

黎清想到自己当下的处境，一时被无力感袭来。陈焰慢悠悠往茶壶里添热水，茶水在冷掉前被又一次加满，但茶味却越泡越淡了。

黎清盯着眼前的茶杯，想起来办公室的路上好像经过一面酒柜，上面陈列着各式各样的洋酒，突然说："我以为你已经不习惯喝茶。"

217

陈焰举杯一笑："Earl black tea②。"茶冒出的热气迷蒙了他的视线。

任何事物久而久之都会变淡。世界上也没有一成不变的存在。

"黎清，作为老同学，我的建议是你要给自己的时间划阶段、定期限、准备 PLAN B。我知道你会说什么。我曾经也从未想过 PLAN B 这种不该存在的东西，觉得搞航天不成功就去死。"陈焰抿了口茶，说，"人是会变的，就像流体智力一样。世路无穷，劳生有限。"

黎清淡然："稻粱虽可恋，吾志在冥鸿。"

用自己喜欢的方式度过自己的一生，黎清 20 岁的时候就想明白了，这是权利，不是义务。我来世间一趟，是上天的赏赐，不是毕生的任务。糊口饭吃，了此一生，那样的人生有何意义呢？问自己三个问题：你快乐吗？你活得值吗？你问心无愧吗？

他深吸口气，看向陈焰："我相信这些困难只会让我的认知更全面深刻，消化沉淀之后，我还会选择做笃定的理想主义者，期待下一个路口的挑战。"

陈焰素来知道他的固执，笑笑："黎清你问问你自己，不能给你带来收益的梦想，你会坚持吗？"

黎清想否认，却忽然沉默了。

"现实是残酷的，人总要活着，要赚钱吧。"陈焰说，"下次，你再来登门访问，希望不是问我拉赞助，而是怎么跟我合作电商、发家致富。这几年，我太清楚了，钱都跑到这里来了。你数学天分在我之上，这是特别适合你的路，也只有你黎清能做到顶尖。"

黎清从陈焰公司离开。

推门而出的那一刻，他感到街上的寒气迎面扑来。

他心想，这个冬天，很冷，没有比今年更冷更灰白的冬天了。

---

② Earl black tea，伯爵红茶。

好像每个人都怀有各自的才情与梦想。

好像每个人都怀才不遇，梦想破灭。

这天晚上，同事发消息告诉我，黎清来"当归"问有没有酒喝。酒类不是主营项目，当值的厨师不会调，于是，我一头雾水地赶来。

黎清不喜欢喝酒，属于一杯倒型，他很有分寸，从来没让自己喝醉过，知道自己能喝多少就喝多少。

我把白朗姆、蓝橙力娇和马利宝椰子酒兑在一起，摇晃，再倒入适量椰青水。我转身拿出雪克杯，挤上一点柠檬汁，再加入橙汁摇晃，然后把雪克杯里的倒进酒杯封顶。

一杯青绿色的"冰岛极光"放在黎清面前，他说了声"谢谢"。

等我清洗完杯具回头看他，他已经颇有些晕晕乎乎的架势。

"你说你这个'大趴菜^③'。"我一头雾水外加无语，这是发生了什么？

他仰脸看我一眼，自顾自说了一大通话，我只能听懂个大概。

"现在想想，我凭什么就认定我有资格创新成功，真把自己当科学家了吗？人家还愿意让我上班、愿意给我机会，我都应该很感谢了，为什么要挑剔这挑剔那的？我也不应该再固执己见了。想到这些……还能安慰我，我还可以当航天工作者的。"

黎清喃喃自语着。他又想起陈焰白天跟他说的话："你努力这么多年还要找别人要钱，你的工资仅仅糊口吧？赚不了钱的事只能当爱好。听我一句劝，你把航天当成你的背书，接下来的精力不要砸在这上面了。"

茶楼里播放着《世界上没有真正的感同身受》。

他点点头："陈焰说得对，我从来不考虑利，只考虑抽象的效果，投入多少都行。飞翔是要代价的。现在想想，谁养我啊？天真。"

---

③趴菜，形容酒量不行的人。

我又想笑又难过："你自己能养活你自己啊。"

他根本听不见我的声音，继续说着："我应该珍惜，我还能继续，那迎合他们的意思、保守一点儿又算什么呢，否则连参与的资格都没有了，因为没有成绩。"他嘀嘀咕咕，"我也不好意思一直下去了。凭什么要让别人为我的梦想买单呢？"

酒力不大，黎清回到家后晕晕沉沉睡了过去，半夜酒散，自己醒了过来。

正巧 5 分钟前，陈焰发过来一句："在吗？"长年沉底的聊天窗口漂浮到了最上面。

黎清秒回："在。"

对方也直接，一通语音电话拨了过来，黎清接起就听见陈焰好奇的声音："还没睡？"

黎清揉着太阳穴："嗯，睡不着。"

"你这是在中国过美国时间啊。"陈焰感慨。

黎清把手机拿开点，看了眼屏幕上的时间，两点半："你不也是吗？"

"我跟你说的事，你回去以后想了没有？就咱俩白天聊的。"

黎清说："跨服聊天，相谈甚欢。"

陈焰一愣。

黎清接着说："你找我就是问这个？"

"不是。"陈焰顿了顿，"你哪天有空儿？要不我换个服，咱俩再聊一次？"

"明天。"

东郊椰林。椰林湾路两旁是茂盛参天的椰子树，不停有椰子车出入，车上是满满当当的椰子。椰子树一年可以结 4 次果，产果期一直到树龄50 岁。

椰姿百态，很多农民在打椰子。50块钱能让他们表演上树徒手摘椰子，20米高的树，身手迅捷如飞。几个年轻人围在树下，看得兴致勃勃、拍手连连，还有人录着视频。黎清路过，说实话，不太喜欢劳动人民被当成消遣的感觉，虽然，这是他们好不容易想出来创收的途径之一。

木头客栈旁有几家餐厅，老板会做生意，在这里吃饭免停车费，但是游客并不多。

黎清挑眉："你要请我？"

陈焰皱眉："你这什么表情，鄙视谁呢？爷留个洋，人性没有了？"

黎清耸耸肩，不置可否。

饭桌上看到螃蟹，陈焰饶有兴致："你还记得我们怎么变成朋友的吗？"

当然记得。当时是寒假，陈焰在海鲜市场挑螃蟹，碰巧遇上黎清，黎清发现这个摊位上卖的是正直爱洁蟹，一种体内含有毒素的螃蟹。蓝环章鱼后又现毒螃蟹，市监所接到举报也吓一跳，表示会马上核实该螃蟹是否在禁止销售名录上。

陈焰当即对黎清千恩万谢，也对"知识改变命运"这一信条深深信服。两人那时只是同班同学，除了收发作业没说过几句话，就是这么一个偶遇，两人相较之前熟络了起来。

后来班上有一阵"文艺复兴"流行发同学录，两人回收给对方发的，发现喜好那一栏里默契地都只写了俩字：航天。

在那以后，他们开始成为无话不谈的挚友。

饭后，两人躺在相邻的吊床上。树上绑着一个干椰子，椰子壳里种着一株小绿植。

陈焰玩笑道："唉你不知道，每当中国航天有大动作了，大家都在班级群里讨论你，说那一个个上天的探测器，都是黎清在忙活的，都觉得怎么会跟你这个神仙同过班。"

"不过是普通的岗位、普通的人。"黎清对此置之一笑。他说的是实话，他从没觉得干这行有多神圣，其实就是在机房里敲键盘、写代码，和普通程序员没什么两样。

陈焰撇撇嘴："我说，你能不能不要过分正直，显得我过分庸俗。"

黎清掀起眼皮看去一眼："你不就是吗？"

陈焰回道："是，不然也不会做这个了。就算你瞧不起我，我也认了。"

黎清："有点儿。"

陈焰："……"

黎清平静地说道："昨天回去之后，我想过了，每个人都是独立的个体，即便是曾经拥有过共同语言和爱好，谁也终究无法体会你的体会。"

陈焰突然问："说实话，有没有想过，当上 01 的那一天？"

"有。"黎清如是说，"但，事成前不宜多想，如若不成，则会有种被生活欺骗的幻灭感。"

闲聊了一会儿，陈焰从吊椅上站起："走吧，去走一走。"

皮鞋踩在沙滩上，有些违和，陈焰随手捡起脚边的一片垃圾，还有不知何时跌落坠地的风筝。

"这就是我现在在做的事。"他说。

"环保？"

"知道我名字的寓意吗？我以前和你说过。"

6000 万年前的火山喷发，雕刻出海南狂野的海岸线，整座海岛浴火而生，陈焰父母给他取名为"焰"。

黎清点点头。

"以前的东郊很美，填海后海岸线破坏了，商业化气息也越来越重。景点开发难，难在保住初心。"陈焰家在东郊，他见证了家乡的变化，"这些年，换来换去很多概念，但搞不过东南亚，去越南、泰国旅游便宜多了，人景点还改造得好。这是海南尴尬的点。"

海边的柱子用贝壳装饰着。桥下，清澈的波浪里能看见随波逐流的沙子。桥上有老奶奶卖椰子糕。陈焰笑着问："奶奶，怎么卖？"

老奶奶眼睛笑眯眯的："3 块一个，5 块两个。"

陈焰递给黎清一个，自己吃一个，里面是椰蓉和野生果茸。

老奶奶的嗓音沙沙的："小本生意刚刚开张，多多支持呀，哈哈。"

陈焰用力地点点头，挥手告别："奶奶，我以后常来。"

"这几年政府把贸易向海南倾斜，但是我们没有核心技术，还不是真正的自贸，不过是买别人的东西，再卖给别人。"看向远方，陈焰三七分的头发被风吹乱，"比如，我的一个供应商，做进口米粉加工的，图的是增加点儿附加值罢了。现在，实力最大的洋浦港也竞争不过广东、福建，商品只能往西部运输，再依赖依赖政府扶持。"

黎清蹙眉听陈焰说着，这些是他没有涉足过的领域。

"不过，有政策支持，对发展还是有利多了。我过去有一个美国客户，去年在海南开了家医疗机构，做新药技术的，审批特别快。"陈焰说，"他之前来海南体验过按摩和针灸，在博鳌中医院学书法，对这里特有好感。他现在还是我的客户，实体机构就在亚特兰蒂斯附近，平时经常有产品上我直播间。"

黎清看着他，若有所思。

"所以啊，卖椰子不是简单地卖椰子，是盘活一个椰子林的经济。同时，卖产品也是对地方的宣传，借助网络自媒体的力量，这叫顺势而为。"陈焰笑容明朗，"复兴古代海上丝绸之路，促进我国和各国的海上贸易，任重而道远。"

"你这里，还是一颗和当初热爱航天一样的心。"黎清一拳轻捶在他的胸口，"心还在，梦就在。"

陈焰哈哈笑了。

临走前，黎清想起什么："对了，班级群，为什么我不在群里？"

陈焰笑得更开心了："同学会上面对面建的，你不在场，后来也没人拉你呗，你当然不在里面了。"

发射场，冬眠舱试样测试，发生故障。

经过实验组和厂家的故障分析，可能的故障原因被罗列出，但无法判断故障点的位置，需要人进到舱体里排故。

"我来吧。从设计论证到初步定型生产，这套设备是我跟下来的，我最熟悉。"黎清说。这些天，他跟产跟研，白天，去厂里跟着设备走，晚上，回到发射场调整方案、图纸。

谁也不知道冬眠舱里什么情况，鼓风机对舱里吹着，救护车和担架停在外面。黎清身上拴上绳子，准备进去。

"要是呼吸不畅就快出来。"有小组组员嘱咐道。他叫王元融，是个头脑机灵的男生，和妹妹王绮融都在黎清的实验组。他就是当时在研讨会上发言拥护黎清的那名新同事。

不一会儿，舱里传来轻微的电流声。一名厂家的人松了口气，说："查漏应该成功了，证明故障分析是正确的。"

众人将故障一点点儿修复。

黎清吩咐："绸布。"厂家的人拿来绸布和塑料膜，一层层包裹塞子，堵住试样上开的孔，以免混入新的多余物。

机房没有窗户，让人一工作起来就忘记天色流转。一连多天没有规律作息和饮食，黎清的胃病又犯了。他捂着胃去走廊尽头打热水，经过林组长的办公室，听到里面传来自己的名字。

"……已经有了不大不小几次失误，说是没有联系，我是不信的。黎清这个身体素质，我建议劝退。"

"别的不说，看看日期，还有几天时间？没有后续的资金支持，这项目能不能做下去都难说！这是创新吗？这是任性，是把我国的航天任务当儿戏！"

紧接着，里面响起林组长的声音："要处分就处分我。"

两人犯了难，年轻的那个说："林组长，知道您爱兵如子，可也不能破坏了规矩呀。"

林组长态度坚决："战前损兵折将，这是什么规矩？这仗还怎么打？我当年西昌的领导一直是鼓励为主，教导我勇挑责任重担、直面挫折失败、克服重重困难，我学到了这一点，当然要运用到你们身上。"

那人不说话了。

"经验不足，犯错不是很正常吗？冬眠舱研发对我们来说是一个崭新的项目，需要试错、容错。测试的意义就是发现隐患，失败是我们的收益。反而是测试太过顺利，才不是好现象，说明问题暴露不充分。"

等两人离开后，黎清倒水回来，敲响了办公室的门。

林组长看他一眼："大家的质疑声，你都听到了吧。"

他点了下头，说："自主系统已经在反复更新、反复测试。国外的冬眠系统也在同步。"

林组长"嗯"了一声，又说："我知道，但毕竟大家的精力都有限，如果资金还是不到位的话，冬眠舱创新项目就先停了。"

回到机房，黎清拉开抽屉，拿出上次住院开的药，就水吞下一粒。不幸或者幸运的是，他还没有学会输。

午休时间，实验组有组员打开了音箱，正播放着一首《不屈的信仰》。

纷乱远方 听一听我的愿望
无情现实 看一看我的倔强
冷漠的人 请记住我的脸庞
世界会懂 年轻不屈的信仰

歌曲的最后唱道："绝不认输。"

拉开椅子，黎清在电脑前坐下。他说："绝不认输。"

下午班结束后，黎清接到陈焰的来电。他说，醒狮集团决定投资5000 万元，支持国家自主冬眠系统研发。

"他们自己长期做军工产品的开发，包括很多供应给海军的。"陈焰说，"醒狮集团的谢总想见见你，今天晚上怎么样？餐厅，我约在发射场附近。"

黎清笑了："前路漫漫，志合者不以山海为远。"

陈焰沉默两秒，语气崩溃地飞快道："怎么办啊，前天发誓绝对不被黎清说动心，昨天和他吃了一顿饭、聊了一会儿天，我就'破防'了。"

黎清忍住笑："没事，我们都不知道你发誓过。"

陈焰愣住，好像是。

"怎么忽然又想通了？"黎清问。

"也不算忽然，你第一次来和我说的时候，我就有点儿动摇了。"陈焰摸摸鼻子，"你要真是有困难，我不助你一臂之力，好像也说不过去。"

黎清笑："说得过去。"

"而且，少年时的梦想嘛。"陈焰说，"人活一口气。"

饭店包厢。

谢总看起来也不过 30 岁，已经是年轻有为的企业家二代，是个性情中人，脾气率直。刚开始他是犹豫要不要投资的，他嫌市场面太窄，毕竟冬眠舱的应用只面对航天系统。

但陈焰对他说："这样你可就是中国冬眠舱研发投资人了啊，中国首创，名利双收，而且你这是给国家做贡献，对企业名誉也是大有帮助的。"

谢总掂量了一下，最终答复："行，但不要让企业亏得太多了，我们也是要讲求经济效益的；不过，社会效益摆在首位。"

陈焰笑着回答："你们永远是首创品牌，未来冬眠舱的用途可不仅用于航天，你们还可以回收资金。当然，这是后话。"

"感谢谢总，还有……"黎清以茶代酒，碰杯示意，"醒狮。"

沉睡的雄狮已经苏醒。

谢总吃到一半接了个电话，要先走，他很珍惜集团的名声和羽毛，走之前还在叮嘱："你们一定要盯现场、跟全程，设计指标达不到，就不能赶流程。"

黎清笑着保证："这是一定的。"

谢总走后，黎清看看时间："差不多了。"

陈焰却收敛笑容，一板一眼道："黎清，我还有重要的事和你说。"

黎清放下腕表，也正色道："什么话？你说。"

陈焰轻声说道："生日快乐。"

下一秒，包厢的灯暗了，我推着蛋糕走了进来。包厢里的点歌机自动开机了，一首生日歌响了起来。

蛋糕是我做的海洋巧克力脆挞，莫林糖浆凝结成蓝宝石，像一片蓝绿色的海洋浅滩。我试吃过了，口感细腻顺滑、层次分明，甜度刚刚好。

我想起黎清上大学回家后的第一个假期。那是一天早上，我打开冰箱，头也不回地问："你看见了一张用保鲜膜盖住在冰箱冷藏的饼底吗？"坐在餐桌前的黎清迟疑了下："抱歉，我把那一大团橡皮泥扔了。"

那时，我生气极了："橡皮泥？我昨天和面团的时候，你没看见吗？我过筛低筋面粉和可可粉时，你还路过厨房了。我好不容易用擀面杖擀到两毫米厚，在挞底戳出 327 个洞，用裱花袋在模具里挤出 72 朵小花！"

他依然语气生硬："抱歉，好久没在家住。"

后来，黎清在老黎的命令下和我再次道了歉。我不依不饶："别说'做哥哥的，要让着妹妹'这种话，这说法大错特错，别扯虚的，就事论事，我就是对的，不是因为我小。"

黎清没有表态，我就一直追问："黎清，你听到了没？你觉得呢？你认不认可我说的？"

"小麻雀。"

"啊？什么？"

"我说你，小麻雀，叽叽喳喳。"

陈焰，我也算熟识，毕竟一度和我哥形影不离，每次看到我就一脸逗小孩的灿烂笑容，咧开嘴叫我："漾漾妹妹。"

我记得最清楚的就是，好几次我去接我哥放学，陈焰和他勾肩搭背地出来，看到我之后朝我挤眉弄眼小声说："没拿第一，今天回家别招惹你哥。"有时候是："篮球输了，今天回家让着点儿你哥。"

我哥高中篮球打得很好，我偶尔也会加入啦啦队，给他俩送个水。我印象中有一幕，放学后，黎清身穿一件白T，卡其色休闲裤，右手食指指尖支着篮球，看似清瘦的胳膊上显出肌肉的线条，额前的刘海微乱，笑眼弯弯，有点儿像两只月牙，露出一排洁白的牙齿，颇有几分少年意气，干净利落。

岁月荏苒，一转眼，我们都长大了。

生日歌唱完，黎清淡淡地笑："我生日都过去多久了。"

陈焰挑眉："还在生日月就还能庆祝。"

吃完蛋糕后，我就有事先走了。

"那天，黎漾找过你吧？"

"你怎么知道？"

"猜的。"

"她和我讲了一些你的近况，别的没啥。"

"嗯，猜到。"

"不过，黎清，我不是拗不过黎漾，也不是拗不过你，"他指了指自己的心脏，"我是拗不过梦想，拗不过这里。"

他不是被别人说服，是被梦想说服。心之所向，素履以往。

黎清看着他，点头："我知道。梦想，一直在心底。"

他知道。高中某个晚自习课间，他们在楼梯口望着星空、畅想未来，陈焰说："我以后孩子的名字叫陈安星，取自屈原《天问》：日月安属？列星安陈？"说完，他一脸兴奋转头问黎清："怎么样？有没有文化？

无论男孩、女孩都能用。"

海南的海景很美，可惜他名字里带火，好似现实与梦想水火不容，总要人做出相悖的价值选择，陈焰离开了故乡的海，下海去了。

Guiding star，启明星。十几岁少年的理想，会是他人生路上永远的启明星。

"长征九号，我国重载登月和载人登火要用的火箭。"黎清忽然说，他看一眼陈焰，眼神在说"你知道吧"。

"怎么了？我知道，我国正在研制的重型运载火箭，运力远远高于长征十号。"陈焰举起高脚杯，喝了口酒红色的特调伏特加"人鱼眼泪"，金酒和红石榴糖浆碰出一丝辛辣。

这么些年在国外，陈焰一直关注着祖国各项事业的动向，也会看奥运会转播，为中国队加油，只是，每当隔着屏幕看见祖国火箭飞天时，比自豪更多的是愧疚。

一年前，他在海口美兰国际机场落地，好像又闻到了自由咸涩的海风。自由，是少年纵横四海闯四方，也是游子归乡后如鱼得水。海风拂眼，吹得他的目光轻逸又沧桑。他说不出心头是什么滋味，那是一种怎样的近乡情怯呢？家是回来了，但年少的梦想永远回不来了。

"嗯，因为有了长征十号，在长征九号上，我们不着急，有足够的时间研制。"

陈焰还是一脸蒙："咋了？"

"研制好了。"

陈焰还没反应过来，黎清又故作神秘地补充："重大秘密消息，不得泄露给任何人，知情者越少越好。"

陈焰一头问号，哭嚎："那你为什么要让我知道？现在装没听见还来得及吗？我什么都不知道啊！"他欲哭无泪。

"晚了。"黎清笑着说，"听者有份。"

看到陈焰那神情，黎清才笑道："骗你的，怎么可能随意透露给你，这将不是秘密了。"陈焰瞪他，说："喂，发射日期定下来通知我一声，我去淇水湾看你们的火箭发射。"

"那是我们的火箭，那也是你的梦想。"黎清说，"一定要去。"

是啊，那是轻狂少年曾一起许下的夙愿，他还在努力实现。

"好啊，我就等着看我曾经的伙伴，帮我们完成我的未完成了。一定会去。"他大大咧咧地开怀笑着，笑着笑着，忽然眼泪就流了出来，眨眼间，他已泪流满面，哽咽得像个无助的孩子。

阴差阳错的命运偏差，却是与梦想擦肩的一生遗憾。

你说这是我生命中的信仰啊，怎么能忘记它。

一顿饭吃到最后，他们开启了 KTV 怀旧老歌串烧模式。

灯球闪烁，陈焰闭上眼，双手握紧话筒："我，如果对自己妥协，如果对自己说谎，即使别人原谅，我也不能原谅。最美的愿望，一定最疯狂，我就是我自己的神，在我活的地方……"

黎清专注地看着歌词屏幕，一室暗影中他的轮廓格外清晰，一贯冷清的嗓音难得有波澜起伏："我不怕千万人阻挡，只怕自己投降……"

两个人拿着话筒合唱道："我和我最后的倔强，握紧双手绝对不放……"不知不觉间，他们回到了勾肩搭背的高中时候，曾经的默契还在，那些亲密无间的感情仿佛从未走远。

他们一首首唱着，直到最后，屏幕画面出现"海阔天空"四个字。

2008 年 3 月 11 日《海阔天空》发行，2008 年 3 月 12 日文昌发射场筹备组成立，那段时间老黎天天在发射场边干活边哼唱这首歌，从工地回来都在唱。

学校的音乐节上，每个班要出三个节目，黎清和陈焰被推选出一个节目，两人决定对这首经典歌曲进行改编，是加入吉他、电音后的

remix④ 版，黎清唱，陈焰弹吉他，致敬过去，催下了现场一票老师同学的眼泪。

他日再唱，竟是此情此景，物与人，是与非，变与未变，谁又说得清。

今天我 寒夜里看雪飘过

怀着冷却了的心窝漂远方

风雨里追赶 雾里分不清影踪

天空海阔你与我

可会变 谁没在变

多少次 迎着冷眼与嘲笑

从没有放弃过心中的理想

一刹那恍惚 若有所失的感觉

不知不觉已变淡

心里爱 谁明白我

原谅我这一生不羁放纵爱自由

也会怕有一天会跌倒

背弃了理想 谁人都可以

哪会怕有一天只你共我

大洋彼岸的确有另一个世界，但并非少年所想，故乡是永远的避风港，逃离束缚后方知念念不忘。

像陈焰调侃航天人的微薄薪水，却被黎清看到办公桌上的太空人摆件和小火箭；像自诩成熟的大人，不承认儿时的梦；像嘴硬的孩子，不愿轻易出口的父爱；像游子渴望摆脱又割舍不掉的牵绊，这是故乡和远方的抉择，是情怀和物质的矛盾，是梦想和责任的拉扯。

---

④ remix，混音。

陈焰弹着空气吉他，唱得投入。黎清接着唱主歌第二段，神情依然淡淡，但在他滚动的喉咙和沉稳的歌声里，是他无比深沉的压抑和无可克制的热烈。

　　到了副歌部分，两个人合唱起来，视线交望间你知我知，惺惺相惜，亦风雨并肩。友情，又或是各自的梦与人生，都在歌里了。曾以为年轻的梦想岁月难偷，此刻回首，青葱岁月都保管在你眼眸，买桂花，同载酒，仍似少年游。

　　天快亮的时候，黎清退出屋来，轻轻把门关上，从一地回忆与梦里抽身。

　　尽管世事无常，太多人碌碌无为，一事无成，太多事有始无终，回天无力，太多时刻孤立无援、走投无路……但我们仍要义无反顾、肆无忌惮、问心无愧、所向无敌。

　　也许奋斗默默无闻，也许朋友后会无期，但我们仍要踏浪而行、相聚四海、乘风破浪、飞驰人生。

"悬崖之上，天空之下，总有朝霞，
总有星光洒下。"

2028 年 3 月 4 日，长征九号首飞。

发射前两天，归零评审会后召开指挥部第三次会议，也是发射前最后一次会议。副指挥长做了发射准备情况汇报。韩朔做了窗口天气情况汇报，以及航区气象水文预报、国内外测控站天气预报。最后，林组长宣布了加注发射工作计划、点火发射窗口时间。

发射前一晚，802 大会议室，首飞前誓师大会，全体成员集合。

会场里巨大的横幅上写着：全神贯注，全力以赴，确保长征九号首飞圆满成功。

大屏幕上一条口号滚动着：长九首飞，我在文昌。

林组长声音浑厚地动员道："诸位，大战在即，明天至关重要！人一辈子干不了几件事，大家想想，这枚火箭，我们付出了多少年，现在离胜利就差一公里了，决不能临阵松懈，务必坚持首战必胜的决心，用最佳的状态投入！后续工作中要严防低级操作失误，要争取火箭发射成功的那 50%，也要保证能成功地处置另一个 50%。"

散会后，众人各归各位，我和茗仔等人负责去各层运食物，确保各部门都有足够的食物供应。林组长说明天凌晨 4 点就要起床，今晚仍然要熬一个大夜。

送到黎清这一层时，他和几个同事穿着发射场的外套，正在走廊上说话。

"复述'双五条'归零标准。"

"报告！技术规定：定位准确，机理清楚，问题复现，措施有效，举一反三；管理规定：过程清楚，责任明确，措施落实，严肃处理，完善规章。"

"追求极致，才稳妥可靠，只有把每个环节都做到极致，结果的成功率才会最大。恪守万无一失的标准，保持一失万物的忧患，大家明白吗？"

一个眼睛大大圆圆的男生回头看到我，立马说："这就是你妹妹啊，黎清。"

黎清的同事挺多的，我记忆中搜寻不到这个人，但他似乎听说过我，还是经常听说。

见我一脸迷茫，他指了指我小推车上的糕点，"你哥总是给我们推荐你上班的那家老爸茶楼，我和绮绮都老熟客了！"

旁边有个长相甜美的女生接道："是呀，你哥经常点外送员去店里取，他没和你说？"说着，她看那个男生一眼，"不愧是别人家的哥哥呀。"

我摇摇头："不知道啊。"

男生嬉皮笑脸地拍拍黎清，对我说："亏了，原来他一点儿折扣没拿到啊，工资不少都拿来支持你了，我们还以为他在你上班的地方办了一折卡，才这么大方，天天请我们吃呢！"

我看向黎清，那叫一个无语凝噎："你你你……你是做好事不留名了，可钱进的不是我的腰包啊。"

黎清看向我，那叫一个无语："不是算在你业绩上吗？"

我想想也是，但还是心疼，外加诧异，我说呢，怪不得他熟悉我所有甜品样式。

第二天一大早，我和林霁一起坐车从家里过来，参加火箭的送行仪式。他穿着宽松的翠虬色五分袖衬衣，图案是一只展翅的老鹰，戴着黑色口罩，刘海刚刚好遮住眉毛，眼里窝藏点点笑意。

车子途经一个白房子，外面的场坪上放着很多罐子，林霁告诉我："这里是液氢场区，也是整个发射场最危险的区域。"航天路与问天路的交界处矗立着一块石头，上面刻着"砺剑"二字。

发射区，几乎发射场所有人都来了。林霁指了指塔架的下方，小声对我说："一号工位，101塔架导流槽，用来导排火箭发射时产生的热量和冲击。"

长征九号已经在发射场住下一段日子了，所有人的心情都很难言。除了喊口号，大家都爱叫火箭的全称，这是对它的尊重，每一个音节里都是感情。林组长掏出手机给它照了张相，说："不想把你送走，但我知道哪里才是你要去的地方。"

最后，参与任务的同志站成好几排，对着塔架齐声高呼："长九有我，誓破苍穹，中国航天，硬核前行！"

指挥控制中心是一座充满现代感的巍峨大楼。

我现在站的地方就是指控中心。这里就是整个发射场的大脑。

大厅的中心是01指挥员的位置，左边是发测站站长、指挥部副总师、副指挥长，右边是火箭设计师、火箭总师、卫星总师。

我之前就听林霁说过，发射场每个岗位都是双保险，一岗操作，二岗把关，一岗是发射系统的指挥员和操作手，二岗是火箭的设计师、工程师和技术人员。此时此刻，大家按部就班、各司其职，每个位置都定了员。

每到整点，01 指挥员的声音就会准时响起："各号注意，我是01，8 小时准备。"紧接着，各系统指挥员一声声重复口令，相同的口令在大厅里依次响起，意味着一切程序照常推进中。

夜间，大量工作基本完成。我决定去 7 层看林霁。隔着工作间的玻璃，只见少年一身白色防静电工作服，坐在机台前，应该是在看加注的数据。

我走进液氧加注间，忽然听见"各个系统保持状态"的口令，后面也没有说什么原因。

林霁起身，和一个工作人员交谈起来，我听见他问："正常了吗？"等那个人走后，我问："发生什么了？"

林霁揉揉太阳穴，说："有一个减压网压力上不去，流量也不大，按道理应该能上去的。没关系，情况已经清楚。最后有个补加量。"

"补加开始了吗？"

他摇摇头："还要热氧排放，然后补加到射前量。我去现场看一下。"

在电梯里，我们遇见了韩朔。他从 8 层中心气象室下来，神色间有绷紧之色，对我和林霁礼貌地打了声招呼。

我说："韩大哥，你经验丰富，肯定没问题的。"

他略笑笑，说："经验这个东西，对任何人可能都是一笔宝贵的财富，但对气象人来说可不是。不能陷入经验主义。"

一般来说，发射阵地无特殊证件禁止通行。发射现场的人员还没有撤出，有的在塔架上，有的在加注现场，最后一批撤出在倒计时 30 分钟。

塔架西面是地源小学，曾回荡着孩子们的读书声，代表着祖国的未来。眼前，发射塔架发出巨大的排气声，通向了世界的明天。

时间一点点过去，发射倒计时一点点减少。傍晚，发射场进入射前准备状态。

指控大厅。一名科研人员指挥着："到配气台前面去，把压力降低，要降一起降。"

一位身形魁梧的同志，好像是装备处副处长，语速透着些急切："排故的人过去了吗？赶紧到现场，赶紧到现场。"

"人到了，在等调度通知调到什么压力。救护人员也在，听从召唤。"对讲机里响起讲话声，混着猎猎的风声，"调度说一下，别让人干等。"

然后，调度声音响了起来。

那边有人回答："到，明白。"

"按程序做。"

调度的话语透露出镇定，仿佛有足够强大的精神来迎接和承受任何可能。

所有人的眼睛此时全盯着大屏幕，整座大厅鸦雀无声。直到排故人员报告："下来了，下来了！"大厅里瞬时响起一片掌声。

副指挥长说："各位领导就座吧。准备启动程序。"

林组长对他说："再等一会儿，还有时间。"

副指挥长点点头，又下达命令道："都回到自己岗位上去，各就各位，故障有眉目了，可以排除了。"

发射前 15 分钟，最后一组回转平台打开。

茗仔确认所有设备的运行状态良好后，和同事们撤离了发射区，回到指控大厅。等发射结束后，他们还要火速赶往塔架，进行发射后全面检查。

我来到一间机房里。又是那个眼睛大大圆圆的男生，他好心告诉我："二楼空旷，可以去那看点火！"我笑着点点头说"知道"，但是我想留在这里看黎清执行任务。

工作台不算很大，多台电脑和线路繁杂的通信设备，让这里看起来更显拥挤。我扭头看了眼窗外天色，透过这间机房一扇方正的窗户，忽然想到一句话：心至苍穹外，目尽星河远。

发射前 5 秒。最顶尖的时刻，到了。

我在心里再一遍默默念道："长九有我，誓破苍穹，中国航天，硬核前行。"

5:04:36，长征九号运载火箭点火。火箭在火焰中冉冉上升，伴随着冲天的火光，直上九霄。

火箭进入预定测量弧段，机房内，每个人都屏气凝神，专注而严谨地执行着自己的工作。黎清发现并跟踪目标，跟踪曲线与理论弹道吻合。黑色衬衫包裹之下，他的脊背挺得很直。

突然，信号出现异常。

所有人的心在一瞬间吊了起来。大家都看向了黎清，如果他能应急重捕，这次测量任务就是成功了。

黎清的下颌线绷得紧紧的，我似乎看见一滴冷汗，顺着他分明的侧脸滑下。

设置"清错"状态，退出跟踪，重切距离引导，叠加手控截获目标……只见他快速操作着，手指翻飞，动作连贯到我甚至看不清。

6 秒，火箭被二次截获。

跟踪曲线恢复正常，再次与理论弹道吻合。

机房内响起自发的掌声。我在黎清身后鼓着掌，目光投向他。他平静地坐在座位上，但我可以想象，此刻他的大脑正进行着一轮轮高速运转。

长征九号运载火箭拖着尾焰腾空升起的那一刻，调度岗位上那道坚定追随而忘我的眼神，依旧如同第一次执行任务时那样专注。

与此同时，隔海相望的淇水湾。

"Guiding star 正直播"——如果你在这一时刻打开直播平台，就可能刷到这个观看量破亿的直播间。

满满一屏弹幕都在刷着："中国航天加油！预祝发射成功！"

陈焰举着手机，直播间的画面滑过远处的发射场、海面、栈道、"三点水"大排档……入镜的人们纷纷和镜头打着招呼。大排档前，一个笑容灿烂的妇人朝镜头挥着手。

下一秒，陈焰帅气明朗的笑脸出现在镜头里，他继续说道："这是一股涌动在国人之间的荣誉感，中国人，要为中国人感到自豪！"

30 分钟后，指挥长大步走上主席台，面对新闻媒体的镜头，气沉丹田地发布："我宣布，长征九号运载火箭首次飞行任务取得圆满成功！"

指挥部首长们撤离指控中心，到达 10 层的指挥室。记者们早已在此等候。

我随黎清迈入指挥室，黎清刚进来就被一干记者团团包围住采访。他沉稳以对，简洁干练的黑衬衣，线型流畅，不着痕迹将主人的气质完美勾勒。

"探索苍穹无止境，矢志航天竞风流！作为某型号雷达主控操作手，您操作雷达、锁定火箭、测量轨迹，为数据分析提供了关键支撑，请问，是什么练就了您的过硬技能呢？"

"对不起，我到现在还有点儿紧张，没缓过来。"一句话逗笑了在场的记者朋友，黎清客气地接受着采访，"关键时刻的一招制胜，源于普通日子里的日常训练。功在平时。"黑衣如墨，彰显出一种稳重与内敛的低调。

又一位记者将麦克风递到黎清嘴边："要像您一样捕得住、跟得稳、测得准，恐怕不是这么简单吧？有没有什么制胜秘诀呢？"

黎清无奈地笑了，依然耐心地回答道："真的没什么，不过是死记硬背，将 21 项应急预案和全部应急操作规程烂熟于心。"他今天心情很好。

黎清接受采访的同时，我注意到一群女人和小孩，不出所料，他们应该是发射场的亲友团。有一个小女孩我总觉得面熟，她身边是一个温柔的女人，正劝她过去跟爸爸说几句。

小女孩一本正经，语气跟个小大人一样："妈妈，我和他说什么？不说了，我想不到有什么好说的。"我想起来了，是铜鼓岭团建时那个和爸爸冷战的小女孩。小孩长起来真快，她看起来比之前又长大了。

她爸爸正在接受采访，面露欣喜地说："所有辛苦和委屈在看到它飞上去后，都觉得不算什么了。我觉得，我的家人每次看到火箭发射的这一刻，就知道我们平时在做什么了，就理解我们了。"

小女孩的妈妈面对镜头有点儿紧张，只是对男人说："你放心，有我在，后墙不倒。"男人朝妻子温柔地敬了一礼，然后用力拥抱住她。

我忽然意识到，这是我第一次近距离看黎清执行任务。一屋子的亲友团，我们却从来没有来看过他一次发射。要是老黎来过一次，就好了……那样的话，黎清也能在采访时这么说吧，他会得到父亲的理解吧，父亲为他的航天事业骄傲了，这一天他等了多久啊，遗憾的是……

这时，一名记者注意到我："怎么哭啦？哭什么？"

一句话自然而然就到了嘴边，我说："我永远为中国航天热泪盈眶。"

感谢有这样的人在坚守。我忽然前所未有地读懂了航天追梦人。当梦想征途与璀璨星河相遇，这是他们对祖国的一腔赤诚、对事业的无限执着、对梦想的不懈追寻。

那个性格外向的男生凑过来，指指黎清，朝记者介绍道："这是跟着黎清博士一起来的。"黎清听见了说："人不是我带来的。元融，你过来回答一下问题。"

我听到不远处林霁的声音响起，温温淡淡："她是以我的家属的名义来的。"

我看过去，他脱了外套，此时就穿着早上那件翠虬色衬衣，站在人群中就是很突出，让人一眼就能看到。

走出发射场，我抬头望着浩瀚沉寂的夜空，不由念道："天高地迥，觉宇宙之无穷。"脑海中浮现方才那绚烂璀璨的一幕。

发射成功的消息和点火升空的那几秒在各大平台疯转。

人们都爱看最华丽光辉的刹那，转过身，光环之下的孤寂落寞无人问津，但，就足够了，对于航天工作者来说，只要有一瞬间灿烂过，一切暗无天日的辛苦都足够了。

发射场附近的草木一派被热流喷射后的场景。远处地平线上，新的黎明即将到来。昼夜交了又替，龙楼镇的灯火明明灭灭。等火箭完成了它的使命，最终会坠落到大气层中烧毁，或陨落于大海荒野。烟火落幕时，它想，燃烧过就好。

当黎清冲进家门时，我心知，他已经得知"Universe"任务的预备航天员名单里有我的名字了。

他阴沉着脸，我知道他是真的动怒了。他开口就是暴怒的声音："黎漾！这不是儿戏！"

我笑笑，甚至还想扮个鬼脸："你知道啦？"

他怒色不减。我轻松地继续说道："对我而言，哪条路都一样。"

采访结束后，黎清得知有人自愿报名了"Universe"航天任务，他太高兴了，今天真是双喜临门。因为在此以前，他收到的消息都是只有3名预备航天员，按照分工规定，只要少一人，任务就无法正常执行，那也就意味着他迫在眉睫的冬眠系统创新工程毫无意义了，"星空召唤"行动也要化为泡影。

他身边的同事却笑不出来。他觉得疑惑，几番询问后，他终于知道，他们不敢告诉他，因为这第4名预备航天员不是别人，正是黎清的亲妹妹黎漾……

黎清愤怒得额头上的青筋暴起："太空不会因为你是弱者就对你网开一面！"

他咬牙切齿："黎漾，你不害怕吗？"

"害怕。"我说，"我怕我阴差阳错完成了你的梦想，然后反目成仇。我嘱咐那些人，别告诉你，因为我心虚。我怕我们之间会有隔膜，距离一下子远了好多。哥哥，会吗？"我看着他的眼睛，问道。

他好像没想过我会说这些，一脸讶然地看着我。半晌，他才缓缓说："不会，但是，黎漾，你知道这一次任务意味着什么吗？"

"我……知道。"

他眉头都不皱一下，只是看着我说道："通常而言一般的航天任务，航天驾驶员都是在空军现役飞行员中选拔的，航天飞行工程师在从事航空航天工程及相关领域专业的工程技术人员中选拔，载荷专家在载人航天工程空间科学研究及应用领域的科研人员中选拔，要经过初选、复选、定选三个阶段。"

我点点头："我听说了。"

"所以，黎漾，你知道飞上太空难度有多大、风险系数有多高了吗？更不要说飞出太阳系、银河系了，从来没有过……黎漾，如果我说，这艘飞船可能有去无回，所以才没有对航天员的职业身份提出强制性要求，而是采用自愿应募的方式。这些，你知道吗？"

我静静听他说完："知道。"这些话，穆沉确实都告诉过我了。

他的眼眸一点点加深，说道："那你有没有想过，如果，你们最后平安到达了未来，怎么会不给现在传回任何信号？"

我愣住，然后缓缓说："信号穿过时间长河需要时间，现在没有，不代表以后没有。老黎和楚颂他姐留下的信号，不也是在他们离开后才传回的吗？"我说着顿了顿，"而且，黎清，我必须要解开老黎失踪的谜团。"

话音落下，他的脸色轻微变幻着。最后，他说："漾漾，你真的……长大了。而此刻，我说不出什么感受，我竟然，不希望你长大。"

我露出一个调皮的笑容，说："哥，这一次，换你在身后为我鼓掌吧。"

2028 年 3 月 8 日，我国召开世界发布会，正式宣布"觅音计划"，中国将对太阳系外是否有适宜人类居住的行星展开探测，并以"Universe"恒星级光帆飞船献礼世界。

民间航天组织"牧歌"发起"星空召唤"行动，成为"觅音计划"的第一次行动，预计 2028 年出发。任务人员由 4 名中国人构成，还有一名当前人工智能领域最先进的机器人代表。出于任务的特殊性，任务的发射日期、目的地等暂时保密。

入座不久，很多人友好地跟我打招呼。有个人盯着我看了几眼，觉得眼熟，问身旁的同事："这是谁的家属？林霁的？"

"不是。"那个同事语速飞快，"哎呀，她是黎清的妹妹！经常见的，白给你送了那么久下午茶和夜宵啊！之前在发射场迷路那个！铜鼓岭团建也去了！有次抗台也帮了忙……对，还有前几天，长征九号首飞，她也在场啊！"

那人恍然大悟，又看看林霁。林霁嘴边挂着淡笑："她今天不是以我家属的身份来的，她是航天员黎漾。"

他应该是打了点儿发胶，刘海做了个发型，额头露出，侧面看去显得下巴更尖了，他瘦了，一身西装，黑色的领带服服帖帖。他目光低垂像在出神，神情还是那样淡淡的，侧脸抿出一个小小的腮帮，细长的眼睛耷拉下，如果不是他的气质优越，单说这眼睛，倒显得很平易近人。

我身旁的楚颂隔着几个座位和黎清挥手："前辈，前辈！"

黎清看到他，温和有礼地回复："楚颂同学，你好。"

发布会开始。林组长站在主席台前，中气十足地说道："2027 年中国航天发射成绩全球第一，发射成功率为 100%！过去，我们用'两弹一星'向世界展示了一个古老民族的智慧，现在，我们将继续推动外空全球探索与治理，积极履行《外空条约》《营救协定》等一系列义务。中国的一切成就属于世界、属于人类，中国在探索太空进程中开拓的一切阵地，都将是全球科学家开展研究的理想平台。"

台下掌声雷动，林组长笑容沉着，字字铿锵。

"'Universe'宇宙飞船是中国献给世界的一份礼物。我们深知：航天不是一个人的航天，是大格局大理想的事业，不能故步自封，合作才能共赢。我们相信：世界好，中国才会好，中国好，世界会更好。全宇宙劳动人民万岁！"

中国航天文艺志愿者张莲也出席了本次发布会，他的《飞天》等音乐作品激起了歌迷朋友们对宇宙苍穹的关注和向往。

今天他一身黑色西服，眉骨立体饱满，眼窝深邃柔和，下颌棱角分明，英气逼人，正气俊雅，骨相特别漂亮。

他说："曾经有一个女孩送了我一本她自己写的书，在扉页里，她给我写了一封信，在信里，她写道：天将降大任于是人也，必先苦其心志，你是被上天选中的敢做梦、能把梦一点点儿啃成现实的人。虽然说着苦，但我知你甘之如饴，你说起音乐时眼神太发光，那是你心中的指明灯。"他说着顿了顿，"同样，我想把这两句话送给航天人。"

翩翩君子，一身正气。

"我由衷地祝愿祖国的大业早日实现，再创航天辉煌。"张莲说道，"We never stop exploring. Out there among the stars, nothing is impossible."

发布会中场休息，主办方安排我和张莲同台演唱了一首歌，歌名叫作《闪光如你》。

> 我把我的微光投射给你
> 人海里 零碎的岛屿
> 你将你的青春写成几行诗句
> 寄给我 一颗星作指引
> 有多少难题 藏在时光里叹息
> 没难倒有信仰的自己

我已准备好 做一个发光体
辉映在星河里 如同你那时的坚定
给背靠山海面向红星
那些写进时代里闪闪发光的你
在黎明之前风尘仆仆的你
有不屈的骨气 造梦的志气
朝着光亮去 也教我作光的延续
给背靠山海追赶奇迹
永远相信这一刻闪闪发光的我
也会像那年翩翩年少的你
有远行的勇气 骄傲的底气
朝着光亮去 也像光一样回应你
朝着光亮去 也像光一样回应你

我定定看向观众席人群中端坐着的黎清。

黎清望着台上的我，我在他眼里，看到 10 年前的他。那是第一次被分配发射任务时，青年挺直腰杆回答："雏鹰的羽翼已经丰满，只待翱翔于青空。"

事了拂衣去，深藏功与名。每一次任务中，船箭分离后，火箭便功成身退，而卫星和飞船会继续飞往星际。科学的高峰，何尝不是一代又一代人接力翻越？

传承。

林霁要作为"星空召唤"行动的代表登台。他起身，西服衬得他的肩比平时略宽，发胶已经有些不牢，发型保持着，但已经趋于自然。芩阿姨递给他一面叠放整齐的旗帜，他回头去拿。

台上，林霁将旗帜展开，是一面鲜红夺目的五星红旗。

楚颂和穆沉站在台侧，朝我招招手。我看向台上的林霁，他也正在看我，无声点了点头。

我们走上台，共同举起国旗。我站在林霁身侧，拿着国旗的一角。我下意识看向台下的黎清，他正笑容灿烂地鼓着掌，目光和我交接后，将双手又冲我抬高了些。

轮到我发言，我说："我哥说了，中国是个迟来者，但中国有一句名言，叫'后来者居上'。中国航天无意参与争霸，但中国航天要在世界航天占有自己的一席之地。第一次大航海，我们错过了，第二次由我们开启。"

掌声雷鸣，台下一片喝彩。前排的几位海外友人也由衷祝贺，转头对中国航天局的代表人说："中国对太空家园的开发建设，都是为了人类共同的地球村、宇宙村好，我们支持。"

"都说情怀不能当饭吃，成年人的现实不是神话，但是我想证明，航天人用情怀把神话照进了现实。一个理想主义者，永远不会孤独。"我看向台下的黎清，大声说道，"在我眼里，我哥就是一名身体力行的理想家，一个正统的、纯真的、清澈的成年人。"

礼堂安静下来，黎清抿唇看着我，这一刻有许多道目光集中在他身上。

"如果你还记得，少年那个未完成的梦，"我顿了顿，紧紧盯着他，说，"我希望你也上台，因为这份荣光也有你的一份……"

他当然还记得，那个未完成的理想。

"黎清！黎清！黎清！"楚颂带头，同事们开始起哄，黎清在大家的呼唤中站了起来，迈步上台。

我看着他，一步一步，走向属于他的光芒。

黎清，如果有一天，我在你的感染和带领下，一点点儿走进梦的中心，也有机会帮助你圆梦，我一定会毫不犹豫，将你一把拉入这个梦想中。

"前辈，你是我的偶像，是我们的榜样！"楚颂神情真挚地看着黎清，炯炯有神的大眼睛里闪烁着敬仰。

我让出国旗的一角，继续说道："我崇拜你浴烈火仍无惧无畏，崇拜你历风雨不变赤子心，崇拜你从不肯向命运投降，黎清，our hero，my hero。"

黎清淡淡笑了下，眉眼弯弯，站在我的身侧，同我一起执起国旗。

然后，他望向台下，清亮的声音从话筒里传出："没太多说的，我既来世间一趟，便随它道阻且长，为一事，行而不辍，路远终至。我也为现实奔波过，也迷惘不知所措，我想说的是：命运偶尔拉胯，但不会一直装聋作哑，悬崖之上，天空之下，总有朝霞，总有星光洒下。"

黎清带头设计中国冬眠舱，作为参试人员代表，会后接受了国家航天局代表人的接见，这对任何航天人来说都是最重的褒奖。

黎清走进会客室，代表人一怔："就是这个年轻人带头的？"黎清鞠躬握手，笑说："时代选择，事业造就。"

一番交流下来，代表人很是感慨："说实话，我看到一位玉树临风的青年走进来时，我是真不敢相信……你是被老天爷追着赏饭吃啊，赏了这碗又赏了那碗，但在所有饭碗里，你挑了最苦、最难啃的那一碗，实属难得。"

生动风趣的比喻把在场大家都逗笑了。

黎清也跟着笑了，淡声说道："功名半纸，风雪千山。人生道路漫漫，功名微不足道。祖国需要，义不容辞。"

代表人让他申报国家发明专利。黎清给这套冬眠系统命名为"饮冰"。

十年饮冰，难凉热血。

"饮冰"冬眠系统对外公布后，网友们纷纷评论这真是个诗意的名字。我想这对黎清来说，是一个不浪漫的人，和航天事业最浪漫的互动。

发布会后，"巾帼不让须眉""巾帼须眉共筑航天梦"的话题被刷上热议榜。

一段话被到处转载——我生来就是高山而非溪流，我欲于群峰之巅俯视平庸的沟壑；我生来就是人杰而非草芥，我站在伟人之肩藐视卑微的懦夫。

我打开社交媒体，把私信箱里的小纸条一条条看了，其中有一个留言写道："姐姐你真的好棒。你知道吗？你今天的这些，全部，一直都是我的梦想啊。"

我把这条留言截图，打码后发了一条动态，配上了一段话：

忽然很感动。不要把自己的生活看得一文不值了。你不知道，也许你现在所拥有的一切，正是某个人的梦寐以求。人啊，总是比上不足、比下有余，总是生活在"羡慕别人"和"被别人羡慕"、"努力成为别人"和"被别人努力看齐"中。每个人应该都是吧。

不一会儿，这条动态就有了上千条互动，我翻看着评论区，一个提问吸引了我："你是如何面对生活中的不公和委屈的？我觉得生活真的对我好不公平啊。"

我回复道："是的，但你要因此放弃自己吗？生活对每个人的确是不公平的，但有一点也是肯定的：或许有的人不努力也比你努力机会多，但是你努力一定比你不努力机会多。没有平庸的人，只有肯努力的人，和懒人。"

5分钟后，我的留言下又多了新的回复："我知道，可我真的很讨厌生活，我觉得那些优秀的人抢走了我的很多机会，他们已经够优秀了不是吗？这个世界从来没有眷顾过我。"

"你讨厌生活，生活就讨厌你。这世界很公平啊。"我打字道，想到黎清，又追评了一条，"世界会给优秀而努力的人让道，公平是绝对的，也是相对的。"

关上手机，软件右上角是红色的"99+"，浮框不断跳出亲朋好友的祝福和赞扬。我好像从哥哥的光环下走出来了，这是我曾经不敢想的时刻。原来真正到了这一天，我并没什么感觉，反而觉得被他的光环笼罩也是一种幸福，因为我已不再是影子。

听郑明珠说，我在文昌中学的学弟学妹间也成了风云人物。就这样，从我曾经不愿让别人知道"她是学神黎清的妹妹"，到学校一天之内传开，人人都说："这兄妹俩太厉害啦！"

那天之后，我们进入封闭训练阶段，屏蔽了外界一切干扰。黎清被各大晚会、颁奖典礼邀请，他推了不少，出席了几个有代表性的。

遥想一个月前，训练第一天，教官就告诉我们，发射场给我们安排了基础理论训练、体质训练、心理训练、航天环境适应性训练、救生与生存训练、专业技术训练、飞行程序与任务训练、大型联合演练，还有一些其他训练——"训练的目标，就是使你们在思想、身体、心理和知识技能各个方面，都具备执行任务的能力。"

由于这次任务在中国航天史无前例，在训练初期，酒泉、太原、西昌发射基地都派了队伍前来观摩。

基础理论课讲的就是空间环境、航天飞行基本原理、航天器结构特点和运行方式，包括十多门课程，比如高等数学、空气动力学、天文学、机械制图学。我敢说，从小到大，我都没学得这么拼命过。

熬过这个阶段以后，我觉得接下来的训练都是我的大脑可以承受的，至于身体怎么说，反正赢过大脑我是有信心的。

第二阶段以航天器技术和操作技能训练为主，由于 AR 技术的发达，我们的训练也由虚拟现实训练器承担了很多。

"在这个训练阶段，你们需要学会飞船的驾驶和控制，了解飞行计划、任务分工，熟练掌握全过程的正常飞行程序、应急飞行程序和逃逸救生程序。在这个过程中，你们飞行乘组成员之间要相互熟悉、形成默契，明白了吗？"

"明白。"

"能做到吗？"

"能做到。"

白天的声学实验舱听力测试结束，我和楚颂守在 Guiding star 直播间准时收看典礼。正在颁发的是"爱岗敬业人物"称号，主持人读着颁奖词："沧海横流显砥柱，万山磅礴看主峰，他一生心系于星，承载了中国航天多个'第一'，泰斗风范，国魂脊梁。"

翁院士站在台中央，白发苍苍，昂首挺胸，神情严肃。同台领奖的还有一位演艺新星，凭借着一段毫无演技的表演一夜走红，器宇轩昂，面无表情，下巴抬得比翁院士更高。两个人站在一起，不远不近的距离。

弹幕上全是这位新星的粉丝在刷屏，直到终于出现一个致敬老院士的，然后越来越多。

百年后，任何红极一时的明星都会被人遗忘，国之大者的功绩和名字载入史册。

黎清获得了"奋勇创新人物"称号。主持人读着颁奖词："又踏层峰辟新天，更扬云帆立潮头，他应变局、解困局、创新局，让创新成为青春远航的动力，乘时建功，踔厉奋发。"

他举起奖杯的那一刻，我化身键盘高手，在评论区飞速打字道："别无旁骛，一身孤勇，热血难凉，荣光承重。无需多言，愿陪你走，一步一生，共拼一场你我共赢的梦。"

楚颂火速跟评。很快，我的评论就被复制粘贴，形成了队形。

黎清凭借着高颜值、高学历、高智商惊艳了广大网友，各大营销号上半年的 KPI 有了。晚会还没结束，新星就在后台找黎清合影、发社交媒体，这波热度算是被他蹭到了。

经纪人让他乘胜追击，直播结束后他找到黎清："我有个男一号的戏过几天开机，演一名科学家，到时我经纪人通知你，你帮我转发一下，可以吧？"

当时，黎清正在辨认同事发来的磨皮得他都认不出自己的合影。他婉拒了邀约，语气挺友好："我没有开通你说的平台账号；不过，男一号的喜气我想沾沾，就在这里当面恭喜你了，希望我也早日当上男一号。"

新星听得一头雾水，怎么好像他想分一杯羹？果然，人有了流量，就要进军影视圈了吧。助理上网查了半天，告诉他，航天中01指挥员有"男一号"的外号。

好几场典礼下来，黎清觉得自己多少是有点儿"社恐"，比起登台领奖和接受采访，还是一个人在机房做科研比较适合他。随后，黎清在一次专访中申明，不接商业广告代言、不接杂志封面拍摄，理由是，他是"i人①"。

很快，由于没有持续曝光度，黎清淡出了大众的视野。

关于"饮冰"系统的这段历程已成为过去，这浓墨重彩的一页被轻轻地翻过。

倒是那个新星短时间又上了一次热搜，但不是因为新戏开机，而是因为一段要大牌、对工作人员甩脸色的视频曝光，观众心中那张年轻帅气的脸上写满冷漠和不屑，敬业礼貌人设崩塌。

没过多久，网上又传出新星抑郁的消息。

水满则溢，月满则亏。

一票人物太快地进入公众视野，忽然被捧到前所未有的高度，飘飘然之际，如果没有与之相匹配的德行修养，是很容易翻车的。而从那个位置上摔下来，恰恰是最令人承受不起的——得而复失。

①i人，性格比较内敛、内向的人。

第

⑬

章

椰城见证了许多场相遇与离别。

今天，终于来到了传说中的超重耐力训练。

教官向我们介绍着训练目的："离心机可以提高你们对巨大过载的耐受能力，锻炼你们始终保持头脑清醒。"

我看向一旁的离心机，不由有些内心打鼓。

"在高速旋转的离心机中，常人能承受 3 至 4 倍重力加速度，你们要承受 8 倍重力加速度。"教官说道，"你们的手边有一个红色按钮，觉得自己挺不下去了，按下它，就可以停止训练；不过，从始到今，没有一个航天员碰过这个按钮。"

我捏紧拳头里的汗，心想：别人没按过，我也不能按。

"先来一组头 - 盆正向加速度耐力适应性训练。黎漾，你先吧。"

我半躺在离心机的驾驶舱内，随着它旋转起来，感受着离心机的速度逐渐提高，超重值也一点点儿增加。

很快，一股拉扯操纵了我的全身，我觉得一切都不受我控制了，连面部肌肉我也无法控制。

速度还在提高……眼泪不由自主飘出眼眶。

我听见教官的声音响起："黎漾，还可以加重吗？"

"可以。"我艰难地从喉咙里挤出两个字。我不知道现在到了几G，但肯定还有很大空间。

呼吸越来越困难。什么东西重重地压迫在我的身上，我根本摆脱不了！我没有任何能与之对抗的力量，包括我的呼吸……

慢慢地，我无法思考，大脑似乎失去了氧气。

不知道过了多久，结束了，肺部和大脑渐渐注入氧气。我睁开眼，一名工作人员把我扶出来。我喘了几下，便一发不可收地想要干呕。

我扶住墙，冷汗直流。林霁过来握住我的胳膊，默默给我递来水壶。等我能直起腰来了，才看到他阴沉沉的脸。我刚迈开腿想走一步，不料眼前一道白光闪过，险些没站稳。

"呼，难受死我了。"我扣住林霁的手腕，腿软得很。

他反手扣住我的："这怪谁？"

休息间隙，我们在回廊上喝水。我已经缓过来了，走到窗边，大口呼吸着新鲜空气。氧气是太珍贵的东西，呼吸，真是太美好的体验了。

我注意到楚颂的水壶上多了个挂件，好像是一个骑士，他有不少和童话有关的物件，因为他姐姐楚歌喜欢童话。还真是个忠犬弟弟，他们姐弟俩的感情令我一个旁观者也很感动。

楚颂又在泡火鸡面了。我随口说道："是要有多爱吃火鸡面。"

他笑笑说："我以前梦想过有一天，坐上满载着火鸡面的飞船环游宇宙。你刚才还好吧？"

"还好，没什么感觉。"我称赞道："你小时候就脑洞大开呀。"

穆沉走过来说："他小时候订阅了各种科幻杂志，天天在他姐姐耳边叽叽喳喳，介绍他从杂志上看来的新奇观点。"霎时间，他的眼神就柔软了下来，化为涉水而开的蒹葭，温柔，宠溺。

穆沉利用当今世界最先进的医学技术克服了心脏病，决意要踏上寻回爱人的时空之旅。这种医学技术目前只在极小范围内应用，疗效能维持多久尚没有经过验证，所以穆沉的身体风险还是极大存在的。但那又怎么样呢？

我看向楚颂："看不出来，你以前这么活泼的吗？"

他不说话了，好像也在回忆什么。

我不禁在心里叹了一声。身为家里的独子、继承人，他将家族使命和姐姐失踪的责任揽在自己身上，背上了沉重的包袱。姐姐的离开也让小楚颂变得不再活泼吧？

想起他偶尔的幽默、毒舌，毕竟他终究还是个 18 岁的男孩啊。

其实，相处久了就会发现，他这个人外冷内热、骨子里温和儒雅、炽热明媚、细心赤诚。我想起有一次，我们举起椰子敬星空的画面，那似乎是他短暂流露的与他年纪相符的轻松快乐。

我忍不住开口："你准备什么时候卸下包袱？"

"什么？"

"你这个年纪，应该活泼开朗、单纯乐观、大大咧咧的才对，天塌下来当被盖，不是吗？"

他嘴边勾起一个浅淡的弧度，似是无奈。我继续劝说道："不是想飞吗？你这个总是拢紧翅膀的习惯，是怎么回事啊？"

"其实，我父母很开明，他们说过把孩子的人生还给孩子，叫我认准梦想大胆努力、对自己的人生负责就行。"他垂眸看我一眼，说，"我只是不愿让他们失望。"

"你觉得被抱有很大期望值，于是自我施压，却令关心你的那些人很心疼，你姐姐也一定不想你这样。"我在带着咸味的空气中大口呼吸两下，说，"听你爸妈的话，别什么责任都往自己身上揽，什么独子、继承人、家族使命，那只是这世界诉说的规则，还有最年轻的天文学家，那不过是被强加的期盼。"

他的眼皮动了动，没有接茬。

"我说你啊，冬眠醒来后就忘了所有吧，丢掉过往，重新开始，解脱掉这些束缚，变成……你本来就应该是，一个简单快乐的男孩，相当于，重获新生。"

这一天，教官带我们去学习穿航天服。两套不同款式的航天服在防尘柜里陈列着，背景板是一面大红色的五星红旗。

教官告诉我们："它不仅能保护你们免受外部环境的伤害，还具有提供呼吸、温度调控、辐射屏蔽的功能。"

一套深蓝色连体衣，那是最接近深空的一种颜色，领口翻下来，显得肃正，左边胸口处缝着一面小小的五星红旗刺绣，右边是一枚胸牌，上面写着："星空召唤"行动。我把腰带扣好，拉上拉链，松紧适中。两只袖子和两条裤腿上分别有一只大大的拉链口袋。

另一套航天服通体是乳白色的，袖子上装饰着蓝色的杠杠，还有一只配套的透明头盔。

接下来，我们要进行模拟失重水槽训练。

这是一次沉浸式训练。人在水下时，由于静水压力和重力负荷降低，会有类似失重的感觉，可以模拟失重产生的漂浮感，这样就可以锻炼我们在失重状态下的能力了。

教官带我们来到一个大水箱边。水箱特别特别庞大，据说能将1:1的飞船模型放进去。我看了眼身上的全副武装，感到压力无比大："要穿着这套120千克的装备下水吗？"

"当然。"教官看看手里的计时器，"4小时不间断训练，计时开始。"

进入到水里后，我的一切动作都变得沉重而迟滞，这种感觉让我无力、无助又急躁。

地面上，教官的声音透过水面传来："太空环境和地球完全不同，没有光亮，没有方向。你不知道下一秒会遇到什么，只能时刻保持警觉……"

我迈开脚步行走，感觉自己进入了一片无重力、无边界、无尽的漆黑，每一步都失去了东南西北、上下左右。

时间仿佛过了很久很久。

我听见教官说："4小时基本目标已达成，接下来，可以自由加时训练，不上岸的话，默认选择加时。"

身上的负荷大到让我喘不过气来，也许有不得已的心理作用。我调整着呼吸和身上的酸软感，感觉还可以坚持，极限之后的突破会是最有成效的。

我努力对抗着水下的阻力和压力，控制好自己的身体姿态，继续完成教官发出的动作指令。

我能明显感觉我的体能一点点儿消耗着，在水下流失得比陆地上要快许多……忽然，我眼前一黑。

再次睁眼，我的眼前是纯洁的天花板。身上的重力全部消失了。我正躺在发射场的医务室里。

"很喜欢逞强是不是？"一道熟悉的声音响起。

这是我偶然看到林霁有严厉的一面，或者说是，冷静自持的他有这么强烈的情绪波动，这突然深沉又结结实实的关心，让我有些猝不及防。

我忍不住抬眼偷看床头的他，对上他愤怒的眼神后，我低下头，老老实实说："错了。"

他的神情没什么和缓，问："错哪了？"

"不该冒险。"我说着眼前一亮，头抬起来，"我前天称了一下体重，一天轻了3千克呢。照这个情形下去，乐观估计我很快就能……"我不吱声了。

他脸色依然很糟，语气也是："还有那天，教官都说了，不舒服就暂停。"

"那怎么行！"我眼睛瞪大了，"你没听他说吗？从来没人按过，我可不想争这个第一。"

"那也不用一上来就加重，哪有人第一次就想狮子大开口的？"

"知道了，下次不会了。"我说完，又小声嘀咕道："我确实是着急了一些；但是，我本来就不专业了，体能还最弱，为了跟上高强度高负荷的训练，我不急也不行呀。"

隔天晚上，我在食堂吃饭，苓阿姨端着盘子在我对面坐下，温柔地开口："感觉怎么样？训练。"我强颜欢笑："还可以。"其实，我连筷子都握不住了，手上一点儿力气也没有。

林霁、楚颂、穆沉去做着陆冲击训练了，这个训练模拟的是飞船着陆的冲击情景，目的是加强航天员的抗冲击耐力，他们要在冲击塔训练室里直直落下。因为我这几天身体素质欠佳，林霁和教官打了报告，让我好好休息一下。

她也不拆穿我，只是说起她自己："当年，我刚到低温系统时，几乎没有好听的声音。"

我一愣，"啊"了一声。她说："在别人看来，女同志想在这行成为佼佼者，是天方夜谭。我父亲也劝我，一个女孩子何必把自己活成女汉子。"

我想起苓阿姨在大家心中的权威，不敢相信。她说："起初领导也不敢派重活给我，然后，你猜怎么着？我把留了几年的长发剪了。"

我下意识转头，看向镜子里梨花头的自己，穿着件干净宽松的白 T，短发柔顺地贴住脸侧，一侧搭在脸边，一侧别在耳后，发梢蓬松地往里翘起。

"你头发不用再剪了，和头发长度没关系。"她笑了，继续说道，"我不想落人口实，觉得女生就要被特殊照顾。100 多阶的钢筋楼梯，我一样上，百十来斤的加注软管，我照样扛，凌空几十米高的塔架摆杆，我同样爬……就和现在的你很像。在那以后，再也没有人敢质疑我。"

"芩阿姨，我懂的。航天雄心，不分性别。"我说，"男生能做的，我们女生为什么不可以？"

"男女先天存在客观生理差异，穿同一件舱外航天服，女生要用两倍力量才行，这是正常现象，你不用有什么心理负担。对了，我当时加练上肢力量的办法是每天一组引体向上、俯卧撑，想做的话，我可以让林雾帮我监督你。"

我点点头："想做。"

饭后，黎清来到林组长办公室。

"您找我？"

"黎清，本次'Universe'飞船发射任务的 01 指挥员，由你来执行。操作的要求就是零失误。"

黎清愣住，太突然了，他没想过林组长找他是说这件事，更没想过他当上 01 要执行的任务会是……这一次。

"黎清，是否领命？"

黎清回过神来，站直敬了个礼："是。"沉默两秒，他又说："只是……"

"只是？什么？你有什么不清楚的吗？"林组长没想到黎清会说"只是"。

"只是，我一直想问您，预备航天员从接受训练到能够执行飞行任务，一般需要 4 年时间。"黎清有条不紊地说道，"而执行本次任务的航天员，训练时间不过数月，完成任务的把握有多大，我不清楚。"

"原来是为了黎漾。"林组长语含深意地说，"知道你舍不得妹妹，我又怎么舍得小雾？"

黎清不否认，只是看着林组长，想要一个回答。

林组长顿了顿，说："但这个任务势在必行，它和楚歌、黎远洋两起失踪案有重大可疑联系，且不说牵扯楚家、穆家和你们家三个家庭，要是真能查出其中脉络，那将是人类在时空维度上取得的重大突破！我们可能直接和未来人取得联络，而他们必然拥有我们尚未掌握的理论和技术，将给我们带来不可预测的发展机遇，人类能少走多少弯路，不可估量啊！"

"然而，硬币还有另一面，而且极其危险。"黎清说，"所以我问的不是必要性，是安全性。"

林组长一愣，"黎清，这不像是航天人说出来的话。"

黎清握紧拳头，语气有些强硬："我认为时机也许还没成熟。未来人对我们来说无异于高等智慧，现在的我们还无法承受直面高等智慧可能产生的威胁。"

"不会的，如果有威胁，未来人不会采用这么平和的方式，早就轻举妄动了。黎清，说实话，抛开黎漾的参与不谈，你会放弃这个机会吗？"

"抛不开。"

"我就知道。"林组长叹口气，冗长的沉默里，他的眼角也渗出了泪花。他抹抹眼睛，再次开口："这本身就是个未知的任务，无限之日在哪里，谁也不知道。当年人类首飞太空时，同样是这个处境。但是黎清，有时候，出发比到达更重要。"

我比黎清早一个小时知道消息。穆沉没有违背他的承诺。

29 岁的黎清成为"Universe"发射任务的 01 指挥员。

我还是觉得不真实，比我突然受到一堆人的关注还不真实。不是没想过，如果有一天，我看到黎清成功……

现在这一天真的来了。

我在做梦。

我哭了三趟。我也是见证人啊。我为他庆祝，高兴得冲昏头脑："疯了，苍天有眼，功夫不负有心人。"

他的表情却很复杂，从在食堂门口找到我的时候，就比往日多了更多动容和痛苦。他说："你是为了我？"

"是，也不是，我是为了我自己。"我想帮到他，至少让他的梦想能被实现过一次，但我不想被他当成施舍，我害怕戳他脊梁骨。我走到他面前，对他说："你是我哥，黎清，我比谁都清楚，你的才华、你的天赋，唯独缺了一点儿幸运。如果……我是你的幸运，你的幸运来了，你愿意接受吗？"

黎清，一定要说愿意啊。

他安静地听我说完，渐渐皱起眉头，艰难地问："为什么？因为我是你哥？黎漾，你没必要，这不是你的……"

我打断他，说道："如果你连我哥都不是，我也有感情在里头，我对你的梦想有了执念，就当是给我的意难平填坑。我看到你在实现梦想，我也很开心，如果能帮到你，我会很有成就感。"

他眼神幽微地看着我，说不清是心痛还是感动："看来我说的那些话，你连标点符号都没有听进去。"

我破涕为笑，"你忘了吗？从小到大，我就是个不听话的小孩啊。再说了，为了你的成分也不多，主要是为了老黎，我也挺想穿越看看的，好多理由呢，是吧？还能和林霁私奔去太空。"

他看我良久，最终只是轻轻摸了摸我的脑袋，说："哥都知道。"

清晨，01 指挥员黎清从调度单机里传来阵阵指挥口令，发射场开始了"Universe"发射任务的测试工作。

测试发射大厅内，密集的口令声次第响起。

发射流程排布精密，各环节负责人把结果汇总给黎清，他认真比较各种参照和状态，精准无误地下达指令。

楚颂默默围观了一会儿，被我们拉走去训练。

训练室。

"转椅训练，主要用于减轻空间运动病的症状。"教官说道，"一般人两分钟就会恶心想吐，你们要连续旋转 15 分钟，有什么问题吗？"

穆沉问道："教官，空间运动病是什么？"

"是人在失重环境下一种特殊的反应，晕过船吗？"大家摇摇头，教官说："嗯，那就开始吧，两人一组。"

我看向林霁，他说："你去吧，我看着你。"

我和楚颂戴上眼罩，坐到各自的电动转椅上，工作人员帮我们固定好头、脚、胳膊。转椅开始了 360 度顺时针快速运转，接着是逆时针的，然后同时上下前后摆动。

15 分钟到。我从转椅上飘忽忽地下来，胃里已经翻江倒海，脑海里唯一清醒的想法是：还好今天没吃早饭。

教官还在下令："现在，请你们分辨出东南西北……"我晕头转向，勉强不至于跌倒，默默在原地蹲下，等待眼前的世界复原。

林霁好像去问工作人员要什么了。我听见穆沉说："有葡萄糖吗？黎漾没吃早餐，是不是体力不支？"

我大概嘴唇发白了。见我一副痛苦的样子，教官皱眉："你身体还没恢复吗？为什么不提出休养申请？"

我咬咬牙，说："我愿意为飞天，恒久保持冲锋的姿态。"

接下来是心理训练的项目。

教官带领我们来到隔离舱。我们每个人住进一间狭小密闭的单人隔离室，工作人员发了一张设计好的作息时间表。

"由于此次任务的未知性和时间上的漫长性，这对任务人员的心理稳定性和调节能力提出了很大的考验，隔离训练对你们来说至关重要。"

我们要在自己的隔离室里 72 小时连续工作，这期间，不能睡觉，不能擅自出来，否则，考验失败，重来。

"通过你们在隔离期间的表现，我们可以了解到每个人的生活模式，以及对孤独环境的适应和储备能力。"

为期 3 天的隔离生活开始。我按要求进行仪器操作、写作、体育锻炼、自言自语，三餐在传递窗口按时领取……

从隔离室出来后，我已经失去了说话的欲望。

发射场里，茗仔正在忙前忙后，我和他打招呼，他告诉我："最近，设备换季维护保养，吊车啥的特种设备要检测，厂房高效过滤器要更换，轨道转运车大修情况要检查……"

旁边一个看起来年龄更小的男生说："茗哥现在可是发射场的大管家，整个发射场加注供气、塔架平台、空调水暖、供配电、消防全加在一起，14 个系统 2000 多套设施设备，都归茗哥管。"

我打趣道："都收小弟了，不错嘛。"

茗仔摸摸鼻子，笑呵呵地说："我升职了。"

由于在多次发射任务中表现突出，茗仔在"Universe"发射任务中担任勤务保障指挥。

"好小子，有前途啊！"我给他竖了个大拇指，由衷地开心。

"任务前，我会组织人员对设备的关键部位进行复检，每一台设备都不会放过，测试厂房的上千个插座，我也有反复检测。"茗仔说道，"任务是天，任务是地。黎漾，你们好好训练，我们的工作就是提高地面设备的可靠性，让你们安安全全地上天。"

"好，我相信你！"

"为了满足新火箭的发射需要，发射场也在不断改造。其实，我还有点儿宏伟的蓝图构想，关于勤务系统集成化监控和操作……"茗仔喋喋不休道，"我想提高发射场的智能化水平，说不定有一天，可以实现现场无人值守、减员增效的目标……"

我想起什么，打岔道："哎，那任务用餐呢？谁来负责？"

阳光开朗的大男孩嗓音拔高："当然也归我管啦！我最近新研究了一套套餐，你想成为那只幸福的小白鼠吗？你口味没变化吧，还是像以前一样啥都不挑？哦，能吃是福，是福……"

3 月 26 号，我的 19 岁生日。我申请放假半天，回家过生日。

黎清也在家吃的晚饭。饭后，黎清给了我一个精致的小盒子："穿绳还是收藏，当项链还是戴额头上，随你。"

前阵子，他向王元融打听，一般送王绮融什么礼物。王元融脑子转得快："黎漾要过生日了吗？那你不能问我呀，每个女生都是独一无二的，你想想你妹妹在你心中的模样，送一个气质吻合的。"

我打开盒子，是一块色泽炽红、鲜艳的宝石，通透的晶体折射出摄人心魄的红色光芒，仔细看，宝石表面用激光刻出一只小羊的脑袋。

盒子里有一张介绍卡片，红宝石寓意着热情似火、生机勃勃、吉祥喜庆、自信勇敢坚强、爱情美好与永恒。卡片背后手写了一句话：

白羊座的黎漾要成为领头羊。

有些感动。想到黎清工资微薄、形单影只，我在心里默默为他花掉一个愿望：祝我哥早日脱贫脱单。嗯，祝他往后余生不再尝苦难，长路漫漫，前途璀璨，过尽千帆仍少年。

黎清很忽然地问了我一句："你会忘记地球上的生活吗？"

我摇摇头："怎么可能。"我不会忘记你，关于我有个传奇哥哥这件事，永远记得。

晚上，我收到了林霁的礼物——一小块陨石。他叫我去他家里拿的，他还在训练，教官没有批准他的假。透明展示盒里，立牌卡片上印着几行字。

我不能为你摘下天上的月亮，

就让我为你摘下天上的星星。

——来自海南雷公墨陨石博物馆

　　我妈煮了一筐鸡蛋，挨个给蛋壳涂上红色。她拿起一个往我脸上揉，红色颜料蹭了我一脸。蛋壳出现裂隙，表示孩子脱壳长大了。

　　"我们漾漾的小脸蛋，像鸡蛋一样光滑白嫩。"边揉，她嘴里边嘀嘀咕咕说着，跟哄3岁小孩似的。我哭笑不得，躲避着我妈的摧残："妈，那是小时候，我都多大啦！"

　　我妈不依不饶，说："不管多大，都是小娃娃。"

　　临睡前，我抱着我的小收音机，在被窝里收听电台，想看有没有跟我同一天生日的人，还真有一位听众也是今天生日，那个人点了一首《滚烫的青春》，我就蹭着一起听了。

我想你也曾有过

在青春里蹒跚跋涉

有着远大的梦

也无情破灭过

我觉得你也像我

是个不愿服输的孩子

很多艰难回测

心中仍有一团火

滚烫的青春 我自己也恨

在许多时分怎么这么无能

滚烫的青春 我没有天分

还想倔强不留遗憾一分

滚烫的青春 骄傲的我们
最强烈自尊留最后天真
滚烫的青春 有很多过程
经历过了就变成了大人

第二天下午，我和黎清趁晚饭时间来到淇水湾，黎泊在"三点水"大排档门口等我们。

她祝我生日快乐。她还是那样优雅美丽，又和从前有些不一样了，一件风情摇曳的吊带裙，靠在她的黑武士敞篷跑车上，手里一杯红酒、雪碧、闪粉调成的"星光夜"，仿佛之前和我那通哭诉的电话不存在。

"上海的停车场从来车满为患，去哪里车都停不下来，不像海南。"她说。

她辞职了，逃离了上海。

我说："真的放下啦？舍得？"

她苦笑，"有什么不舍得的。以前……看似光鲜靓丽，不过是可怜的打工人罢了，一片随风飘荡的树叶。只有我自己心里清楚。"

"我也以为我被魔都捶打得已经无坚不摧，直到我回来，看到家乡的星空和大海，还有在家乡安居乐业的你们。海南的海比上海的海要清澈多了。"说着，她转身看向不远处的大海，海面在日光照耀下，像一张银毯柔软地抖动，"来海边不应该穿职业装，大海能把什么都看透，大自然比人类聪明。"

我点点头："是啊，海边一切都应该回到它原始的样貌，最天然、最质朴的样貌，有的人换掉了都市丽人的衣柜，还是天生丽质。"我伸手指向海面，"你看大海有多广阔，就知道它容纳了多少，大海有一切解释权。听过那个传说吗？人是从海里爬上岸的鱼，却把自己关进水泥城市，不再归来的水手懂这个道理。"

"接下来在哪儿定居，有打算了吗？"黎清问。

"没想好，可能先出去走走看看吧，累了就回文昌住一阵子。"黎泊摇摇头，"其实最近，我想了很多……无关大城还是小镇，真正的自由是身心能够供求平衡，这是一种能力，经济和精神上都要有。虽然我也不知道我现在的选择，将来会不会后悔。"

我笑着看她的眼睛："去做吧，反正都会后悔。"

她愣了下，点点头："确实。我到现在才明白，成年人，理想和物质之间不存在二选一，人生也根本不需要我们做这种抉择，两个都要。黎清，你也是。"

黎泊又看向我，说："以前的事，我多有不对，你不要……"

"都说了是以前的事，还提它干吗呀？"我眨眨眼，"人生不过三万天，所以这页我翻篇。"

她笑而不语，忽然问："你还记得我们兑岁那天，各自的拾岁是什么吗？"

"当然记得啊。"我们满周岁那天，家长都张罗了抓周礼。黎清抓到葱，代表此子天性聪明，善于发明创造。黎泊抓了铜钱串，说明此子招财进宝，命中有财，长命富贵。而我抓的是一束松柏枝，象征四季常青，一生无忧。

"漾漾，祝你四季常青，一生无忧。"黎泊说。

"谢谢堂姐。"我笑了，"比起一生，我更喜欢每天。"

黎泊打开跑车门，转头看我们，似有感慨，似有留恋，似有解脱与释怀："我们都永远不会比今天更年轻了。你们回去吧，我也走了。"

我想起电影《肖申克的救赎》里有句经典台词："有些鸟儿是注定关不住的，因为它们的每一片羽毛都沾满了自由的光辉。"

这是黎泊的故事，前半段是摩登篇，一地霓虹；后半段解锁四海篇，自由如风。而故事的结尾，主人公会回到故事开始的地方，面朝大海，春暖花开。

我跨坐上小电驴。摩托有离合。有人久别重逢，有人初相识，有人离开。堂姐离开家乡在大城市辗转，如今又回来了，是离合。相遇，离别，重逢，总是不断循环。

坐上车，她又想起什么，转头对落在我身后的人说："黎清，我下次回来看到你，不希望对你说不爱听的话，我要看到你有女朋友才有好脸色。"

黎清皱眉："下次，是什么时候？"

"不会太久，一两个月吧。"

黎清状似认真想了想，说："一两个月，与其租一个假女友，不如把钱省下来给这辆车做做保养维修、外饰改装，也能换堂姐的好脸色。"

黎泊被他逗笑，又拿他没办法，只说："走了。我在远方，很多个岁月。"

我们在大排档门口注视着黎泊的跑车扬尘远去。

椰城见证了许多场相遇与离别。

今天，我们要进行野外生存训练。载人航天是一项高风险事业，野外生存技能是我们的必修课之一。

首先，教官让我们熟悉航天食品、饮品、药品。航天食品经过特殊高温真空处理，营养丰富、卫生安全，而且重量轻、体积小、没有废弃物。

我们每人拿了一个大包装盒，上面有个小便贴，写着：航天医学工程所研制，伴随中国首飞银河系航天员遨游星海。

我打开盒子，盒里是一些银色的密封袋和小罐头，贴着"中国航天食品"的标签，还有一个独特的小盒子，写着"中秋航天食品"，里面是冻干水果、太空豆和几块小月饼。教官说这是样品，到时的食品盒里会有一年中所有节日礼盒，甚至还有巴掌大小的乳酪生日蛋糕。

"只有一年份吗？"我问。

教官被我整不会了："不确定飞船载荷能放下多少年的。"

我拿起盒子里一个固体饮料，念道："神舟牌乳酸菌复合粉。"还有一些袋装液体饮料和茶叶包。

"这是东方红牌软胶囊，缓解视疲劳的。还有这些，辅酶 Q10、维生素 E 软胶囊、维生素片，都是增强免疫力的。"教官对着桌上各种药品，向我们介绍着，"这个是航力片，可以增加骨密度，还有牛初乳压片糖果。黎漾，这个是女航天员专属的天润片。喏，DHA 软胶囊，复合多肽蛋白质粉，补充营养的。"

然后，教官开车载我们去了一处丛林。我们要在那里开展野外行进、掩体搭建、近距离求救联络、远距离求救信号发射等科目。明天，我们要开展海上生存训练，过两天，还要去敦煌解锁沙漠场景。

到达目的地丛林深处后，教官大声对我们说道："如果你们在任务期间出现意外情况，返回舱有可能降落在荒无人烟的地方，比如茫茫大海、原始森林或者沙漠深处，无法及时与地面营救人员取得通信。那么，在等待救援人员的这段时间里，你们必须依靠掌握的救生知识生存下来，自救，懂吗？"

"明白！"

"好，你们需要在天黑之前走出丛林。"教官又提醒道："每个人配发的饮用水有限，自己精打细算。"

"森林生存训练，开始！"随着一声令下，我们开始了与野外各种潜在风险的斗争。果然，通信设备在这里彻底失灵。

终章

星光洒落的那个地方，
是祖国火箭腾飞的地方。

"发射信号弹，实施远距离呼救。利用现有物资，展开近距离求救。"楚颂有条不紊地指挥着。

这项训练不用穿厚重的航天服，我穿着轻便紧身的训练服，动作敏捷地照做，在物资包里找出颜色醒目的东西，在较为开阔的地面摆成紧急求救信号"SOS"的字样。穆沉和林霁用降落伞搭建着掩体。

一切看似还算顺利，然而到了日落时分，就出现了饮用水短缺的情况。

"我们得快点儿了。"楚颂说道。

他判断着手里的指北针、卫星定位仪，过了会儿，看向林霁："方向有了，师兄会制作简易的路线图吗？"

"我来吧。"穆沉说。

丛林里的路不好走，我们4个人把背包牢牢绑好，按照穆沉绘制的路线图，相互扶持着在丛林里前进。

走着走着，我感觉脚边一阵窸窸窣窣，低头看去。

一声惊叫爆发。

"啊啊啊……蛇！"

我叫完立即捂住嘴巴，双脚钉在了原地。

荒野求生，不仅需要扎实的救生能力，应急环境中的心理素质同样关键，一定要冷静，不要发出大动静——既然这里有蛇出没，说明这一带很可能还有不少同类。

大家都停下步伐，提高着警惕。就连楚颂也皱眉道："这题超纲了。"

"没事，我从小在文昌长大，听大人们说过一些。蛇一般不会主动攻击人类。有可燃物体的话，可以用烟味驱走它。"我动作缓慢地捡起一束荒草，轻轻用打火机点燃。

但……好像被我们碰上了一条蛇中勇士，非但没有被吓跑，反而发起了进攻。穆沉语速有些着急："它爬过来了。"

"绕圈跑！"我说。蛇的思维没有人类敏捷，转弯能力比不上人类，"绕到蛇的后方，直接抓住尾巴甩开！甩远一点儿！"

穆沉绕圈跑了起来，想办法绕到它的身后。与此同时我在周围快速寻找击打物。有了！我捡起几步外的一根木棍，被林霁拿了过去："站到我后面。"

楚颂见状也举起背包，问我："打蛇打七寸，是打哪里？"

"就是蛇的要害。"

"那是哪里啊？"

我也被问住了，忽然间灵光一现："不管了，就打腹部！蛇的腹部是最柔软的部位！"

林霁盯住它的腹部戳去，楚颂也瞄准着，将背包丢过去，果然它暂停了攻击。

"应该只是晕过去了，快走。"我说。

就这样，我们赶在天黑透之前走出了丛林，完成了野外生存训练。

4月初，海南要举办国际椰子节。这几年椰子节越办越好，以椰文化为主要特色，已经成为国际性的大型商业旅游文化节。

黎族"三月三"又叫上巳节，也是椰子节的组成部分，是海南省的民间传统节日，被列入了第一批国家级非物质文化遗产名录。其实吧，它还有个说法叫爱情节，黎语称"孚念孚"。

我必要搞出个大动作来。前一天晚上，我发信息给郑明珠求支着儿。没过多久，就收到了一条回复。

发件人：邻居哥哥
4 月 1 日 19:09

嗯？

什么"嗯"？"嗯"什么？
嗯？等等。
我手指往上一划拉，一看一个不吱声。

明天是什么日子，知道吗，猪猪？是我和林霁花前月下的日子。但他现在还没邀请我，不知道是欲擒故纵，还是闷声干大事。我要主动问他吗？侵略性强一点儿，还是矜持一点儿？我现在聘你为临时军师，速回。

可不就是我 37℃ 的手打下的 73℃ 火热的文字吗？

按照剧情的正常展开，他大概率会回：这是问到当事人身上了？
可是，过了 20 分钟了，他还没有任何一条新消息。于是我投降了：

我已经够勇敢了，该遗憾的人不是我。

很快，对面发过来一个问句。

愚人节？

我回：

我的眼泪，你的战利品。

　　然后，就没有然后了。还好今天是愚人节，丢人有理由兜着。等等，他该不会以为我是开玩笑的吧？不管了，赌一把，我的心是筹码。

　　按照习俗这一天要着盛装，很多人会穿一身黎苗服饰。黎族织锦是纺织史上的活化石，早上，我在陵水黎锦工艺合作社，跟村寨的黎族阿婆学做黎锦，织了一小段七彩腰带。

　　中午，我用椰叶做成一个椰囊，装入一半白米，煮熟。我带着叶裹饭团、竹筒香饭、山栏米酒来到星光村的集会点，开始祭拜始祖。我在人群中看到林霁的身影。

　　他今天穿一件灰色毛衣，脸微仰，黑发在阳光照耀下反射着五颜六色的光。刘海已经遮住了一点眼睛，他眼里有些湿润，嘴微微张，像一幅岁月静好的画。

　　夜幕降临，长辈们在椰子树下畅聊叙旧，摇摇蒲扇，得饮闲茶。年轻的男孩女孩找到一片空地，准备好音响、凳子、麦克风，开篝火晚会，对歌、比舞、烤全羊，誓要通宵达旦。夜间的椰子林幽邃、凉爽、安谧，熊熊燃烧的篝火旁温暖、热闹、和睦。

　　"我们击鼓传花吧！花传到谁那里，鼓声停了，谁就要表演节目！"

"好！"

"哦呼！谁怕谁！"

别说，还真别说，我们村里有人唱黎族民歌可好听了，有人会演奏竹木器乐，有人会跳打柴舞、老古舞、唎咧、毕达、唢呐、黎鼓、大锣、小镲，十几个人组成一支乐队，热闹极了。

趁着人多、场面混乱，我走到林霁身边，他没转头，继续欣赏着节目。

等这个节目表演完了，他才看我，神色柔柔淡淡地说："有想法就让他知道，找军师没有用。"

我脸一热。他抬手给我头上别了朵茉莉，说："茉莉你戴才好看。"原来，他刚才手上一直在把玩茉莉，我都没注意到。

我说："林霁，我发现原来你是这样的人。"

"哪样？"

"就这样……会讨女孩欢心。"

他伸手又把茉莉调整了两下，连同几丝碎发，指尖触碰我的耳尖："对你，想这样。"

我竟失语了。救命，林霁怎么忽然这么会了，还是说这才是他的本来面目。

"那讨到你欢心了吗？"接着，他倾身问我，盯着我的眼睛。

见我完全呆傻的样子，他忍不住笑了："小样儿。"

"啊？你……你嘲笑我？"

"我是说，小……漾……儿。"他音节缓慢地重复。

小漾儿……他叫我小漾儿。

我大脑一空，又被温度一点点儿填满。

他再一次失笑："好了，不逗你了。"说完，他起身，真的又恢复从前那个温柔淡然的林霁。

花传到他这里，他没给我，过了一两秒，鼓声停下。他要上去唱歌。

候场时，橙黄的灯光打在他背后，他侧对着光而站，下巴微抬，淡漠而专注地看着空地中央的"舞台"，身后是温暖的光芒。

场地似有雾气氤氲，衬得唱着歌的少年五官温润而干净，水红色的嘴唇，极浅的双眼皮，眼里似乎有淡淡的忧郁和喜悦。他坐在高脚凳上，左手握立麦，耳朵里挂着黑色耳返，头发原是很服帖，灯光下照出些细细的毛躁来。

现场很静很静，没有人起哄和高声说话，似乎都在安静地听他唱歌。林霁唱得投入，目光淡淡落在前方，偶尔眼睛闭上，睫毛轻颤，偶尔那双眼朝我这边看来。

慢慢喜欢你
慢慢的亲密
慢慢聊自己
慢慢和你走在一起
慢慢我想配合你
慢慢把我给你
慢慢喜欢你
慢慢地回忆
慢慢地陪你
慢慢地老去
因为慢慢是个最好的原因
书里总爱写到喜出望外的傍晚

一曲唱完，他轻轻把麦克风安回固定架上，边摘下耳返，边转身向我走来。

一片热烈的掌声中，他回我身边坐下。我往他那挪了两厘米，在他耳边低声问出刚才的疑惑："你怎么不把花传给我啊？"难道是特意输的，想唱这首歌给我听？

他目光垂下看我，问："你有准备什么才艺吗？"

没有。结果，我就讲了这一下小话，花就停到了我这里。我光顾着想今天的攻略了，哪里有准备才艺啊？有人提议："那就作一首藏头诗呗！"

我略作思考，从容作答："床前明月光，疑是地上霜，举望明月，低思故乡。"谁说不是藏头诗呢？众人一阵喝倒彩，所幸算放过我了，击鼓传花继续进行。

身边人拍了拍我，我看向他，他回过头来，简单纯粹的五官看着质朴无华，胜在协调、流畅、耐看。

他起身，我在他的搭把手下也站了起来。

我们悄悄离开了篝火旁。

我走到椰子林的角落，远离人群与热闹。

他跟在我身后，刘海完全盖住额头，盖不住眼里的光，嘴唇抿着，脸颊却笑出括弧。他抬起手，毛衣袖子略长，遮住手腕。

不知怎么，我脑海里浮现一句话：你说你没花，不够浪漫，其实月光下向我走来的你，就是浪漫本身。

按习俗有情人在这一天要互赠礼物，林霁不是这里人，我没想到他会准备礼物，他说这是入乡随俗。林霁送了我一把牛角梳，上面刻了一个"霁"字，我不禁小声吐槽："自恋，居然刻的是你自己。"

他屈指敲了下我的脑门，说："为了让你记得这是谁送的。"

我鼓起脸颊："哦。"那我可就当做定情信物了。

我拿出一对耳铃给他，他轻轻挂在我的耳朵上，又接过我的鹿骨发钗，插进我的发髻里。我把精心编织的腰带小心翼翼系在他腰间。

"去外面走走？"他问，我还没直起身，热气扑在我耳边。

我答应："好。"

星光路。棕榈树安静站立，路灯星光点点，下雨后更加澄明，像一场干净温暖的梦。这条路以前没有路灯，路灯是后来修建的。

地上的水洼倒映出透亮的星光，我兴致忽起，蹲在地上一捧捧捞水洼里的水，开心写在脸上。"在捞什么？"林霁也笑了，跟着俯下身来，发现我在水里捞星星的影子。

"捞不到的。"

我不解："为什么？"

"星光村今晚的星星，都在你眼睛里了。"他看着我一本正经地说，"水里这些只是你眼睛里的倒影，你不看它就没有了。"

好吧。我索性躺进路边的稻田里，把手递给他："纸巾有吗？"他无奈地笑了，从口袋里取出一小包纸巾，也蹲进稻田里，细细地帮我擦拭着。

"我骨子里有很差劲的一面，趋向于精神的孤独感，我的人生道路伴随着伤感、忧郁、不安定的心理，我经常感到心灵上的空虚，也最怕孤独。"他忽然开口。这是我第一次听他说这样的话，带着一些不应有的脆弱甚或卑微。我没有接茬，只是静静听下去。心跳得很快。

"命运安排我们遇见之前，我差点儿觉得它会一直让我这样下去，你来了以后，我发现我不愿意过孤独的一生，我渴望陪伴，渴望在自己建立的关系中找到幸福感。"

他好像说任何话时的嗓音都是这样，好像一股温泉水，温温软软，不同于他此刻的眼神，看向我，只看向我，专注又深邃。

"我不喜欢做决定也不善于做决定，喜欢逃避现实，做事犹豫不决、优柔寡断，我会因为意志不坚定而陷入纠结，会有很强的挫败感。"他说，帮我擦拭的那只手依然没有松开，"遇见你、认识你、接近你以后，我大概明了，它塑造这样软弱而矛盾的我，只是为了有个人来拼凑我、填满我、喜欢我，在那以前，我都是不完整的我。黎漾，谢谢你来喜欢我。"

谢谢你来喜欢这样不完整、不完美的我。

他笑了一下，温柔得紧，却在下一秒凝固。因为我坐起来扑进了他的怀抱。他愣了愣，才慢慢、轻轻地回抱住我。

"和你在地球度过的这一年，我很珍惜。我最高兴的是，我一生里所有浩大的事情，都和你一起。"他说着想了想，"无限之日究竟通往哪一片未来，我不确定。但我确定，千千万万个未来里，我都有关于你。"

我听着他的声音，如柔暖的夜风拂过我的耳朵。我开开心心地笑了，眼里笑出湿漉漉的水汽："真好……林霁，今天晚上，不对，就在刚才，我忽然觉得，我简直是最接近幸福的大赢家了吧？"

"接近，还差一点儿？"他此刻笑容很浅很淡，可因这难以言喻的微妙语气，变得格外动人心弦，说不出的熨帖，"哪一点儿？帮帮我。不能差一点儿。"

我呆呆地回答："啊……其实我的意思是，如果我的出厂设定能再聪明、优秀一点儿，就好了……"

"阿漾。"他低声喊道，有种令人微醺的醉感，"在我眼里，黎漾有数不清的闪光点。她很真实，又古灵精怪。哦，她是个乐天少女，看起来偏安一隅、悠闲自得，可和林霁的安于现状、随遇而安不同，她喜欢自由，独立性很强，她还好胜，日常被哥哥的毒舌气得不行，但也不怕争执，不过事后总是弃之脑后，从不记恨在心。"他说着，咯咯笑了起来。

我们并排平躺在星空之下，远离马路的汽车声，这条小路没什么人经过，就算有也看不到我们，水稻长得很高。

我脸红红的，翻个身面对他说："我……我自我意识比较强烈，凡事都喜欢按照自己的意愿做，自行其是，不愿意步别人的后尘。我要的是绝对的自由、无拘无束的生活、自由浪漫的恋爱。"

他侧头听我说完，温柔地浅笑："嗯，我知道。我喜欢她慷慨豪爽、勇敢坦率，她做事当机立断、速战速决，很少优柔寡断，有明快的决断力和领导风范，总是能无所畏惧站在最前面，好像跟在别人身后亦步亦趋，是她无法忍受的事情。"

他的小姑娘，像个生命力很强的小太阳，坚韧又善良，莽撞又大胆。在困难和危险的关头，她能充分表现出自己的品格和勇气，得到了发射场所有人的欣赏和赞扬。似乎越是面对竞争的压力，就越能激发她的战斗力。

"她不会惧怕任何挑战，也从不放弃任何机会，就像……继承了战神阿瑞斯不屈不挠的秉性。其实，她有着一般人没有的企图心和冒险精神，一旦确定目标就会全力以赴，不管前路多么崎岖都会一往无前。只不过，她居然觉得自己还不够聪明、优秀。"

他始终记得那天在发射场的人群中，忽然冒出来向他问路的少女，稚气圆润的脸庞，圆圆的杏眼，果酱色的嘟嘟唇，乍一看是邻家女孩的质朴魅力，可在那之下从内而外散发着的，是一种掩藏不住的生机，生动靓丽，似乎是独属于海边长大的人才有的。

她穿着洁白无瑕的白色衣衫和百褶裙，笑容清爽迷人，让林霁想到一杯七彩的果汁，总能给人明亮清新的感觉。他好奇她是不是每天都这样充满活力、朝气蓬勃的。

我翻个身，对着星星宣布："我决定了，黎漾就是最幸福的大赢家，但是，是林霁哥给了她自信的底气和努力的理由。"

起初，林霁追求公平和谐的天性，让他在黎漾面对父母偏心的不公正待遇时，总会下意识护短，只是慢慢地，这种守护、支持与纵容变成了一种习惯。

"那，大赢家把手交给林霁哥好吗？哥哥会一直拉住你的手，飞向我们最期待的未来。"

"好啊，那我就不松开了，你也别松开哦。"星空之下，我晃了晃我们交握的双手。

"再也不松开。"他说，"星星作证。"

今晚的星星真的有点儿耀眼耶。我一只眼睁一只眼闭，看星光路璨光暖暖，看我们面前这片星空，这片把现在和未来连结在一起的星空，想到一句话：漫天星光沿途散播，长路的近处还有灯火。

真好呀。最喜欢的人也是同舟共济、并肩作战的搭档。漆黑未知的明天，无法留驻的今天，幸好无数时光过后，我的时间依然停留在你的身边。

又一场归零评审会进行。航天任务容不得一丝一毫的误差，否则，会导致整套系统失效，造成毁灭性后果。

胡锡锐穿着一件深蓝色短袖，额头全部露出来，清爽干练。技术团队对"Universe"任务合练中发现的故障进行描述、分析、复现，然后，完善操作预案。

"现行方案能最终确定吗？胡总师。"任务指挥部领导说，"确定了，我好走程序。"

最后，专家们同意把故障归零，一个个在规定报告上签字。发射场历次重大任务都需要签字密封。

我独自坐在发射塔架下。人生就是一张充满选择题的卷子，每一个选项都有不同的释义，每一道题的解题过程都不是那么简单，但答案不在这些选项里，而在找出它们释义的过程中。

越是追逐，意义越是无穷，越是变幻，生命越是精彩。

为寻找新大陆而驶出的轮船，不一定能最终靠岸，也许终点就藏在途经的风景里。有了第一艘，才会有第二艘、第三艘。总有人要冲锋，那为什么不能是我呢？无论结局如何，我都在路上。

向极而行，没有到不了的地方。

没错，让一代代航天人苦心钻研一辈子的事情，也许就是这4个字：向极而行。

然而，通往极致的路，一步步，都太难了。眼前仿佛播放起一部电影，我所见证、我所经历的一路，一幕又一幕……

　　距离出发不到一个月的时间，发射场给我们放了一个星期的假，林组长说，此去路远，还有什么地球上的愿望，都去实现一下吧。

　　穆沉去了坡鹿文昌保护站，他现在是坡鹿公益大使，来文昌以后的日子里，他一直在为保护站捐款。他说，这是孩童时的穆沉和楚歌一起许下的宏图大愿。

　　楚颂去实现他环游世界的梦想啦。我看着他在群里发来的照片，头发蓬松得有些凌乱，他穿着浅蓝色的牛仔外套，人有几分少年气了，表情也有几分生动了。

　　我呢，不打算去世界，就在家乡好好玩个遍吧。走遍海南，就相当于打卡了天涯海角。

　　我和林霁的第一站是石头公园。我们坐观光车、走海誓廊，在海边石林弥补上了那场海上日出。最高的石头上有稻草搭成的爱心形状，专门供游客拍照的。风一吹，短短的稻草柔软而有规律地起舞，像足球赛观众席的浪潮。

　　满地都是蚂蚁，石头缝里有紫色牵牛花。两块坚硬的石头间有垂直的缝隙，像一个小型裂谷，裂谷的小水洼里有小螃蟹和小鱼。不是说吗？人类善待自然，自然回报人类。

　　第二站，我们挑了个大晴天去木兰湾露营、看星空，这里的沙子黏腻，还有小虫子，我捡了很多小扇贝。

　　我们还一起放了风筝。林霁负责牵引风筝线，他将飞船样式的风筝抛向空中，迅速放线。我负责观察风筝的动态，随时调整风筝线的角度。我们的风筝在天空中摇曳生姿，越飞越高、越飞越远。

　　第三站，一场暴雨过后，我们去了亚龙湾热带天堂，漂流、攀瀑、在栈桥穿越雨林，穿过茂密的热带植被和脚下的溪流。

　　我们遇到了一位旅友，他是一名国家队田径运动员，正在备战今年7月的2028洛杉矶奥运会短跑项目。从观众到参赛再到夺冠，他力争今年创造新的纪录，从尾随到并行再到超越，中国体育健儿一直在直道加速。

无论竞技体育还是航空航天，在世界大国的赛跑中，我们都已进入领跑方阵。追赶、并跑、领跑，50 年差距中国航天人一载跨越。或许出发得晚，但我们的脚步更快也更稳。

第四站，我们来到海边冲浪，差点儿被浪冲走。

黎清和陈焰也来了。

我坐着水上滑翔伞，大声喊道："这就是……自由……"林霁站在桨板上，我从来没见他笑得这么开心过，他只是被困住太久了。我们四个坐上摩托艇，艇上放着一首《踏浪而行》，我也跟着唱了起来。

就让我踏浪而行

流星也追不上我的引擎

就让我飞驰纵横

冲破所有被既定的曾经

就让风遮住眼睛

遮不住破风而来的骑兵

就让海淹没陆地

停不下响彻海底的轰鸣

就让我献出一生

冲向深不见底的未来

就让我奉献一生

冲向无限浩渺的风景

"去游泳吗？"从摩托艇下来后，我问。

"现在风大。"黎清说。过了一会儿，他指指岸边的旗帜，现在是绿色的，"可以下海了。"我欢呼着冲向大海。林霁在岸边看我们。

陈焰吹了个口哨："黎清，那个橙色浮标，我们比谁先到！ 3、2、

1，开始！"说完，他拉下泳镜，背着热辣的空气，劈开凉爽的浪花。

"耍赖成性。"黎清笑着说一句，奋力追上，一起一伏。

我想起他俩学生时代代表班级出席过运动会，最后，总决赛争锋对决，好像是我哥领先 1 秒到达。

转眼间，两个人几乎同时到达。陈焰推起泳镜，抹了把脸上的水，挑眉道："当然是谁喊开始谁先出发。"

这时，一阵离岸流朝我涌来。黎清喊道："朝和海岸平行的方向游！"我听他的游了一会儿，逮着个机会努力摆脱水流，飞快向岸边游去。林霁接应起我。

快要落日前，我们戴上面镜、呼吸管，穿上蛙鞋，潜入水中，和色彩斑斓的热带鱼群一起在珊瑚礁中游弋。陈焰在国外时也有潜水的习惯，他从不涂防晒霜，怕伤害珊瑚礁、破坏了海洋生物的栖息地。

旅行中，林霁帮我拍了许多照片。海边，我穿着水蓝色紧身针织，头发随意松散，别了几个五颜六色的小发夹，摆着各式各样的姿势。

我拿起拍立得拍下某一瞬间的他。照片里，他举着相机，笑容明显，头发在阳光里有几分褐色，刘海有弧度地弯曲着，穿着黄色的短袖衬衣，脖子间的项链坠着个小螺号，身后是蜈支洲岛的白色沙滩，海水如同绿松石般清澈透亮。

照片右下角的日期定格在 2028 年 4 月 12 日。

4 月 24 日，中国航天日主场活动启动仪式上，中国国家航天局向多个国家赠送了月球、火星样品。月球样品来源于 2027 年 6 月中国嫦娥八号任务从月面获取的钻取样品。火星样品来源于 2027 年 12 月中国天问三号任务从火星获取的表取样品。

4 月 26 日，发射前 6 天，火箭转运。大家一大早来到总装测试厂房，清点应急工具、仪器备件，茗仔最后一次巡视转运路线。

7点，厂房大门徐徐打开，"Universe"船箭组合体踏上出征之路。"出发。"总指挥下令，载着火箭的活动平台在电源车驱动下，沿着无缝焊接的重型钢轨，以垂直固定的姿态缓缓驶向发射工位。

　　我们4位航天员单独坐一辆观光车，和火箭并行，大概是为了一种仪式感吧。原来这就是当英雄的感觉吗？在指挥声中，火箭在轨道上一寸寸前进着，胡总师领头的设计团队一遍遍喊着："战无必胜，圆满成功！"

　　胡总师今天西装革履，还打了领带，一副银边眼镜架在脸上，和我们微笑着点头致意，一侧的刘海垂下来，精英气息十足。

　　我们后面跟了好多人，黎清就在不远处步步紧随，肩上还背了一个包。我不知怎么联想到"担茶"送亲的习俗：迎亲队伍返程时，新娘和新郎并排坐在婚车上，新娘要带一个十几岁的小舅子跟随，小舅子要挑个小箩筐，箩筐里放大米、猪肉和茶叶。

　　有了这个想法后，我忍不住又回头看了黎清两眼。超龄了一点儿。他注意到我的视线，莫名其妙地看回来。

　　韩朔大哥也一直在现场，他要实时监测这一带的气象变化。一位气象观测员站在活动平台上，实时通报道："100米内风向为东南风，0至80米高度浅层瞬时风速每秒8米。"

　　走着走着，火箭停了下来，茗仔和同事们要检查设备状态。一个多小时后，"Universe"终于被一路护送到了发射台。

　　总指挥对着对讲机说："各就各位，25毫米前行准备。"

　　操作手回答："各就各位，25毫米前行准备完毕。"接着，活动平台果然前移了一点。

　　直到最后一次移动，激光红点不偏不倚对准一个圆圈。操作手报告："10.9环，零误差！"活动平台在发射塔架停靠，转场成功。

　　胡总师侧头看着亲手设计、制造的火箭，箭体上印着大大的 Made

in China①，笑着说道："这回看你的啦。"

这天晚上，教官带我们去了荣誉室。

这里承载着中国航天历史的光荣，老照片记录下的无数个荣耀瞬间，在工作人员的解说词中熠熠生辉。

教官说："从此刻开始，你们只有飞行和准备飞行两种状态。"

我知道我的眼神变得更坚毅了。我把脊背挺得特别直，就像黎清一直的那样。

同一天，翁院士去世。

我们在指控中心静立默哀。

大厅的屏幕上停驻着一句话：翁院士永远活在我们心中。

4月29日，发射前3天，我回星光村收拾随身物品。

我和林霁刚走到家门口，就听排气筒的声音响起，伴随着尘土飞扬，一辆小电驴在我家门口停下。

我看着郑书记的这颗掌上明珠，"交友不慎"的结果就是，不但没有像我妈打的算盘那样掰正我，反而在我的怂恿和感染下逐渐敢于反叛，同时也变得更外向、有主见了。

"你告诉我的嘛。"在我欣慰略带成就感的目光中，她眨眨眼，笑着说，"不要因为别人在交卷，就乱写答案。"

文昌素有"椰子之乡"之称，郑明珠和符老板在我的牵线下，合伙首创了一款椰子鸡品牌，我去提交辞职报告的那天，顺手做了这件好事，当时茶楼里正放着一首《亲爱的旅人啊》。品牌名叫"斗柄"，我以为是因为"揽慧星以为旍兮，举斗柄以为麾"，符老板说，是因为斗柄的连线很像鸡后背的形状。

---

① Made in China，中国制造。

每年椰子节都会在全岛进行彩车大巡游，这是个宣传特色品牌的好窗口，直接服务于企业，参与巡游的企业沿途发放小礼品，开展起现场促销活动。今年的彩车巡游是斗柄品牌第一次亮相，赢得了不错的口碑，我相信这是文昌鸡品牌化的好开头。

　　她低头看见林霁手中两个行李箱。

　　林霁云淡风轻："出个差，去趟远门。"

　　郑明珠仍然有些不放心，她问我："梨子，你们到底要去哪里啊？以后还会回来龙楼镇星光村吗？"

　　"当然啦，这里可是我的家。"

　　院里，仙人掌又开花了，一年一花期，来年再相会。

　　我回自己房里清点要带上"Universe"飞船的物品。楚颂说他要带一架天文望远镜，是他爸爸给他的 10 岁生日礼物，还有一份她姐姐的高考模拟卷，那篇作文是一封寄给 2035 年的漂流信。他还借我的收音机录了一段旋律，《好好》。我把老黎爱听的《东方红》也录了进去。

　　我打包带走了老黎压箱底的宝贝，沉甸甸的，这里面承载着爷爷、老黎、黎清祖孙三代的梦想。思来想去，我拿起摆在客厅电视机下的相框，把里面的照片抽走了。爷俩不爱拍照，这是我们一家 4 个人为数不多的合影。

　　我把每个人的脸都细细看了一遍，确定表情都是笑着的。嘶，我看了又看，黎清这怎么都看不出在笑啊。我拿起马克笔想给他加大嘴角弧度，想了想又算了，还是保留他的特色比较好。

　　这张合影是送我哥上大学那天，在大学门口拍的。黎清穿着蓝色 T恤，带个黑色鸭舌帽，刘海比这会儿长，服帖地压在帽檐下，倒显得有一丝违和的时髦，朝气蓬勃的样子，看起来和其他男大学生大差不差，一双黑眸显得有些棕，很深邃的样子，总之不是现在这个彻底清心寡欲的模样。

跟固执的人有什么好说的？没必要，总有一天，你会发现固执的正确。

我从屋里出来时，林霁已经在等我。院子里堆了好些泡沫箱，老妈正在打包快递。上个月，"三点水"大排档经营起了海鲜体验店，并且登陆 Guiding star 直播间，活鲜、冻品都卖，零售、批发都做。

林霁弯腰拿起一个泡沫箱给我看，我这才注意到，包装上贴着"渔家直销，快递直达"，还有两个圆形卡通头像贴纸，男生表情高冷，穿着发射场外套，女生笑容活泼，穿着航天服。

我鼻子酸酸的："老妈……"

"咋啦？"

"你居然开始拿我炫耀了。"那我是你的骄傲了吗？

老妈前不久听发射场同志透露了我们飞行任务的内容，只有最亲密的家属才有知悉权。她想着眼眶又红成一片，说："你舍得我们，你妈妈、你哥哥舍不得你啊。"

我心头一软，撇撇嘴："黎清才不会那么肉麻，老妈你也是，你不是走煽情路线的啊。"

"臭丫头，没有心是不？"我妈一把掐住我的脸颊，"你哥那么疼你。"我直呼"疼、疼、疼"，手里悄悄把两张贴纸撕了下来。

"你哥从得知这个消息，就想一起飞陪你，也想过替你……其实，从有你爸的下落后，他就想报名当航天员。"老妈说着，眼眶更红了，"但他最终放弃这个机会，坚守在发射场岗位，是因为要留下陪我，他说，做完了梦，也要负担起肩上的责任了。"

我的眼眶也偷偷地红了。

"其实，从老黎失踪后，他就在把这个家支撑起来了。从追梦到妥协，你哥他变了，学着成熟了。"我妈说着想起什么似的，"哎，他没和你说吗？"

我茫然道："说什么？"

"唉！你们兄妹两个啊，都是口嫌体正直，天天别扭地互相关心。"我妈长叹了一口气，说道，"丫头，你一直以为哥哥瞧不起甚至厌恶你吧？看到你走出他的光环之下，你哥比谁都开心。他都知道，其实，你那些针锋相对，不过是你野蛮表象下的不自信。"

我咬住下唇，泪水不受控地打转。

"那天，我叫他再去劝劝你，叫你放弃任务。他和我说，他有他的梦想，妹妹有妹妹的远方，真正地为对方好是相互支撑，不是彼此束缚，每个人都有实现价值的权利，这一次，哥哥在身后为你鼓掌……说得好听，其实，放手的那一刻，他比我更痛心。"

泪水模糊了视线，我说："可是，为什么他从来都不直接和我说？我都不知道啊。"

"你哥很早就和我说了，黎漾的热爱跟天赋很明显，就是食品设计，让我们别干涉你，他希望你过快乐的一生。老黎出事以后，家里最难挨的那阵子，我想让你换个专业，半工半读，他还是不同意。他说，他辞职，挣钱养家。"她擦擦眼泪，"唉，不说了，说这些干吗。我要去坡尾村的水尾圣娘庙了，水尾娘娘是咱们的本土女神，一定能保佑你们平平安安。"

望着她转身离开的背影，我仿佛被定格在原地，捏紧手中两张小小的卡通贴纸。我算是明白了。

我说我怎么岁月静好，原来是有人替我负重前行。

林霁帮我擦着眼泪，问："等阿姨回来再走？"

我吹口气，摇摇头："不了吧，就不告别了。"

大国小镇，飞龙在天。龙楼镇，是云起龙骧的小镇。星光村，是连接星空的村落。

星光洒落的那个地方，是祖国火箭腾飞的地方。

2028 年 5 月 2 日，问天阁。

一艘名为"Universe"的宇宙飞船今日将要启程，飞往茫茫太空。

是的，我、林霁、楚颂、穆沉 4 名外太空探索者，还有一名机器人，即将上天。这里是出发前休息的地方。

我穿着白色航天服，胸口位置是两个不起眼的卡通贴纸。头盔上方嵌着一颗红宝石熠熠生辉，那是我最引以为傲的人给我的，我要放在最引人注目的位置。

我们约定轮流苏醒，检查飞船运行和其他人休眠状态。

我和林霁还有个二人之间的规定，那就是在轮流醒来时，用彩纸为对方折一颗许愿星，还要写上想说的话、自己在醒来期间做了什么事情，这样下次对方醒来时就不会孤单。

他穿着航天服的样子很迷人。

我想起第一次被我遇见时的那个清秀少年。他还是他，一直没变，只不过成长为了一名飞天战士。

我今天早上在发射场门口见了黎清一面。出征仪式上，在一片忙乱与喧闹中，他只是匆匆叮咛道："黎漾，任务顺利。然后，一路平安。照顾好自己，漾漾。"眼圈有可疑的红色。

我说："你也是，任务顺利。还有，黎清，多保重。还有，哥哥，我爱你。"

最后，我拥抱了他一下，趁泪水染红眼眶之前，我先露出了笑容："我们都要把自己照顾好。答应我，你一定要好好生活，别给自己留下什么遗憾。你和妈妈一定要平平安安到老。"

之后，我没有再看见黎清了，第一次担纲 01 指挥员，他应该很忙。脑海中不禁浮现出他执行长征九号任务时的样子。幸好，幸好有过一次，我亲眼看见过他执行任务的样子。

没有见上最后一面的话，就还会再见的吧？

我相信会再见的，在无限之日。等我抵达未来以后，我就把黎清和老妈接来，那时候技术可能都为所欲为了吧，想法总比困难多。我们一家人在时空彼端团聚。

在层层护送下，我们坐进飞船的航天舱。发射前的最后几秒，我的耳朵有些鸣响，只听清林霁说："我在光年之外等你。"

那么，就出发吧，向着星辰与深渊。

"Universe"点火升空的那一刻，我仿佛看见老黎在发射场干活儿的身影。

我在飞船冬眠舱中醒来。

看了眼空间冷原子钟，我照例和飞行控制中心的人说道："早上好。"然后，我体检并下传了生理信息，再检查飞船运行和他们三个的休眠状态。

都做完后，我拿出一个纸条，想了想写道：

林霁，我在。

我透过舷窗看太空，看见过地球的大气层、云层和陆地之间的分界线，看见过星云有多么美，看见过一场很盛大的日出。

飞船上搭载着中华人民共和国国旗，国旗下贴着我们一家人的合照。

在太空里，很多东西变得很小，很多东西变得很大。

我提笔继续写下：

我终于明白，之所以飞天，是因为对脚下这片土地爱得深沉。

2029 年除夕。

黎清和母亲、林组长、董苓围坐在一起看春节联欢晚会。临近零点时刻，"星空召唤"行动的 4 位航天员在太空给全球华人拜年了。

窗花、红灯笼、中国结将太空舱装饰得喜气洋洋，和地球上的家里别无二致。

太空连线结束后，几个人连忙从家里赶去发射场的声像室。黎漾和林霁应该还没回冬眠舱。他们应该能看到他们一面。

平时，只要手头的工作忙完，黎清和林组长夫妇都会去声像室，虽然画面中只是冬眠舱们，但他们知道，他们最亲爱的人就在里面。谁也不知道哪一天会失去这种联系，于是他们珍惜现在的每一天。

妹妹乘坐"Universe"飞走后，黎清常在指控中心顶层，隔着办公室窗户看窗外的天空，思念她。他的手边永远是一只沉香香薰，王元融说，常常看到黎博士轻抚过香薰表面，似乎是在抚摸什么。

他睡眠又不好了。

他反复梦见那一秒。他在倒计时"1"到"点火"的那一秒间，仿佛沉默了一年。

这一秒被无限放大，他犹豫了，动摇了，想了很多。

无数幕滑过，仿佛这一刻，他才意识到真正的离别到来。

这一秒，很长。

2035 年，我国基本建成航天强国。

2045 年，由于人工智能领域取得重大突破，人类进入"重启时代"，人与机器融合成为进化趋势，人工智能为航天科技发展强劲赋能，科学家正在研究新型核聚变动力。

2050 年，中国天眼检测到外星文明信号，那是一连串像音符一样的声音，使用的语言不是地球上任何一种语言。从柔缓的调子来看，外星人应该是在传递和平的想法。这一段声音被录音，由各国专家进行了解译。

他们自称来自平行宇宙的摩球，由于资源耗尽而不得不利用空间折叠手段到达地球。他们表明愿意协助人类治理地球，并传授地球人可控核聚变等技术以示诚意。原来，不止银河系外还有银河，这片宇宙外还有其他宇宙，"地球""摩球"都只是一个代号罢了。

21世纪中叶，我国全面建成航天强国。核聚变火箭技术能产生强大的能量供应，这一革命性动力极大缩短了飞行时间，代替传统的化学燃料，核动力火箭成为未来火箭的生力军。

2050年夏天，中国海南文昌，航天城。

航天科普馆旁边是航天育苗场，龙楼镇居民们用太空实验培育出的种子收获了一批又一批蔬菜。很多青少年关于太空的梦想，也从这里萌芽。

这是以宇宙为主题的游乐园，也是集科研、教育、旅游为一体的产业园，免费对国内外游客开放，学生来了，还有太空种子送。航天局领导说了："爱国主义教育在于精神价值，不在于一张门票钱。管理现代化，也是现代化建设的应有之义。"

流线"U"字的造型设计，外立面亮金属板的材质，赋予场馆科技感与未来感。柔软云朵形态的天幕覆盖在建筑群上，柔化了天际线，充满轻逸的漂浮感。

一场针对中学生的科普教育课正在这里开展。女老师亲切地说道："一会儿，我们的航天员就要开始太空授课了。大家知道这位航天巾帼英雄是谁吗？"女老师正是当年那个和爸爸冷战的小女孩，如今她已经娉娉婷婷，刚当上一位母亲。

话音落下，同学们议论纷纷。一个五官硬朗的少年高声说道："我知道。"

"这位同学来说说。"

陈安星站起来，十七八岁的年纪，已经掩盖不住身上那股锋利桀骜。

他一脸豪迈地吹牛道："是我爸爸的朋友，也是我叔叔的妹妹，也就是我爸爸的兄弟的妹妹。"

此话一出，同学们更加议论纷纷起来。

"你爸爸是谁啊？"

"你叔叔是谁啊？"

陈安星扬起一个拽哥的笑，语气肆意："我叔是文昌发射场大名鼎鼎的工程师，我爸是未来中国航天事业接班人他爸。"

在一片笑声中，少年不以为意地坐下。

场馆的大屏幕上放起了预热的短片，笑声被有人吸鼻涕的声音取代。在搭载"Universe"宇宙飞船的长征九号火箭点火升空的那一刻，舱内4名航天员不约而同做了一个动作——

敬礼。

彼时的他们还不知道，这一步在很久以后，变成了载入史册的"传说"，激励着许许多多少年燃起为国争光、勇于攀登、科学求实、同舟共济的航天精神。

黎漾获评为巾帼建功先进个人。

尾声

我们到了。
这里是，无限之日。

自动窗帘徐徐拉开，迎接我的将是一个全新的世界。

我们到了。

这里是，无限之日。

2099 年，石油枯竭，煤炭告急，人类掌握可控核聚变技术，以此获取核聚变能，无线供电技术普遍运用。

我站在高层偌大的落地窗前，目之所及是空中密密麻麻、大大小小的飞行器、飞行伞。一个黄头发少年驾驭着螺旋桨从我面前飞驰而过。各式各样的飞行列车、飞艇、飞碟映入眼帘，应接不暇。

地面上，电动代步机、电动列车遍布大街小巷，一群少年少女正踩着悬浮滑板你追我赶。相信汽车和小电驴很快就会成为历史书中的"上世纪古董"。

突然，我的视线被一样酷炫五彩的东西吸引了，那是……电动单轮摩托车，看起来不错，我微眯起眼，心想。

还有，久违的白昼。

2049 年，"Universe"飞船。

楚颂照例苏醒，对飞船进行检查后唤醒了所有人。

他的眉头皱得很深，语气严肃："飞船改变了预定轨道，现在瞄准的是太阳。"

林霁一番查看后，说："电脑没有执行这项指令。"

机器人用机械音说道："这是由于飞船上的设备故障造成的。"

也许是光帆的散热功能不好，十余年时间的光照导致光帆一定程度上损毁，使得它彻底依赖于影响它的宇宙天体。

现在距离飞船质量最大的天体就是太阳。它向太阳飞去，有 97%的概率在几个月之后于太阳的大气层中燃烧殆尽。

2099 年初，时间管理局接收到一段来自 2049 年的信号，那是一段《东方红》的旋律，但有天文学家提出异常。

仔细听会发现，这段旋律和原曲的节奏并不完全相同，有的地方被刻意拉长了 3 秒，有的地方被缩短了 1 秒，标记下来后，全部符合三短、三长、三短为一组的规律，如此反复。

他们把这段旋律的频率与"SOS"呼救信号的节奏进行比较，结果发现一致，基本频率都是：···＿＿＿···。

摩斯电码中，三短代表"S"，三长代表"O"，不知出于什么限制，受困飞船只能通过这种方式发送"SOS"信号。据计算，这段信号是 50年前从太空某个位置发出的求救。

而在旋律之下，还有一段隐藏的摩斯电码。密码专家把这个电码破译了，大意是：我们的处境非常危险，请求支援！我们的坐标在行星 XY765Z。

时间管理局的人宣布："这是一艘古代飞船，正在寻求帮助脱离险境，可能是洛希极限破碎了。"

面对这一罕见情况，众人的态度大相径庭，有人觉得盲目营救充满未知风险，然而部分科学家坚持认为：那是我们的同胞，必须要救，同时这也是与时空上游文明直接交流的机会。

2099 年初，时间管理局利用空间折叠技术将"Universe"飞船带到 2099 年，唤醒了飞船上冬眠的我、林霁和楚颂。

我在建于地面之下的"下城区"住下了。下城区居民 AI 率普遍较低。

沉睡了太久，恍如隔世。我把带上飞船的物品一样样清点好，此外，还多出了一只装满纸星星的玻璃瓶。

我给那台小收音机充上电，过了会儿，它自动开机，我按下播放键，一段旋律吱吱呀呀地响起："时间的电影，结局才知道，原来大人已没有童谣，最后的叮咛，最后的拥抱，我们红着眼笑。我们都要把自己照顾好，好到遗憾无法打扰，好好地生活，好好地变老，好好假装我已经把你忘掉……"

飞船启程半年后，穆沉苏醒，按约定检查完毕后，他发现冬眠舱故障了，无论如何也无法启动休眠。这意味着，他将在飞船上孤独地度过自己的下半生。他在茫茫太空中漂泊了 7 年，难以忍受漫长的孤寂，选择回到冷冻舱以结束生命。

2100 年 2 月，时间管理局用一种叫做"时空剪辑"的保密级技术，把穆沉 20 岁的时空剪切、粘贴到了当下——他"复活"了。林霁说，大约是穆沉 20 岁那年失去了楚歌，因此对那一年耿耿于怀吧。

根据能量守恒定律，宇宙里不可能凭空多出一个人的能量，所以，原时空的穆沉将会"下线"，所有有关他的痕迹、线索都会消失，包括别人脑海里关于他的记忆。

2100 年 8 月，时间管理局的人说，有一个叫楚歌的女孩从 2020 年穿越来到了现在。

经过 21 年的漫长冬眠，醒来后的楚颂忘记了以前的许多事，他觉得想不起来挺好，索性重新开始，给自己取了个新名字，叫做"苏灿耀"——苏，苏醒；灿耀，像星星一样，灿烂耀眼。可能是他不想记得吧。

他每天都会透过下城区的烟囱，从望远镜里看星星、月亮。他应该从前就很喜欢这些吧，否则也不会冒着生命危险漫游宇宙了。

21 世纪末，虚拟空间交易应运而生，构筑起日渐庞大的意识网络，在这里，任何人可以实现一切愿望、弥补所有遗憾，用户自愿签订协议进入梦境。这种人机互联操作极具风险，一旦系统出现故障，用户将随时陷入脑死亡。入梦达到一定时长后，梦里的人将永远沉睡。

2100 年 9 月，楚颂被地球与摩球共同承办的"斯洛学院"录取，修习意识空间技术。毕业后，他将入职意识治安局，成为"意识觉醒"小组的一员，唤醒那些陷入梦境的人们。

2100 年 9 月底，我在斯洛学院的西钟楼下开了一家甜品店，店名叫 Cream Soda，香甜的奶油融于清爽的苏打水，像夏日里遇到的温润清冷的少年。

林霁入职意识治安局，成为一名时间修正者。他们的使命是将正在发生的事导上正轨，令历史不会作出改变，从而保护自己的存在，因为历史一旦改变，他们的存在或将不成立。

2028 年那段来自未来的信号理论上超越了光速，所以，我们当初收到的《东方红》旋律，是 21 年后的我们自己发出的。

"Universe"飞船在 2028 年发射，漫长飞行后抵达了 2049 年，遇到事故后发出求救信号，求救信号经过时空长河的溯流，2028 年到达地球，于是，2028 年的我们乘坐光帆飞船去营救 2049 年的我们。

其实，老黎在 2027 年底就去世了，去世于一场海难。

我在未来想了各种各样的方式，试图和 70 年前的老黎对话，或给 70 年前的自己暗示，最后改写了老黎丧生于海上风暴的命运；然而，他却在原来的那个时空里失踪了，如同人间蒸发一般。

　　林霁告诉我，原本的时间轨迹发生改变后，会产生一个平行宇宙，可以理解为，当一名未来人的操作被发现了，由于他对那个时间作出的影响，会创造出新的平行宇宙。

　　于是，在有的平行宇宙里，他丧生于一场海上风暴，在有的平行宇宙里，他出海后杳无信讯，在有的平行宇宙里，他是中国卫星海上测控部"远望 6 号"船船长黎远洋。

　　街道巷口，一个男人头发遮住了眉眼，穿一件黑夹克，双手插兜，步履偏快，行走在夜色里，偶经一处灯光，照亮他脸上的孤郁。他的唇抿着，透露出些偏执和漠然来。看不清眼神。

　　林霁。

　　他是一名 22 世纪的时间修正者。

　　在感应到 2028 年左右的时间线波动后，时间管理局同意林霁的申请，派他穿越回去进行修正；然而，他逐渐发现，引起时间线波动的这个异数，就是他自己。

　　2028 年，"Universe"飞船启程半年后，黎漾苏醒。按约定检查完毕后，她发现冬眠舱故障了，无论如何也无法启动休眠。这意味着，她将在飞船上孤独地度过自己的下半生，她在茫茫太空中漂泊了 7 年，难以忍受漫长的孤寂，选择回到冷冻舱以结束生命。

　　林霁擅自篡改了这个事实，从一开始进入故障冬眠舱的人，变成了穆沉。

　　在新衍生的平行宇宙里，飞船启程半年后，穆沉苏醒，按约定检查完毕后，他发现冬眠舱故障了，无论如何也无法启动休眠，这意味着，他将在飞船上孤独地度过自己的下半生。他在茫茫太空中漂泊了 7 年，难以忍受漫长的孤寂，选择回到冷冻舱以结束生命。而黎漾平安抵达了未来。

巷子尽头，男人站在晦暗不明的光源下，拨动着夹克的金属拉链，眉眼沉沉："怎么？觉得意外？"他眸底风浪大作，嘴角却平稳，无一丝弧度，"该死的人本来就是穆沉。冬眠舱故障和穆深脱不了关系，黎漾只是阴差阳错匹配了错误的冬眠舱，成了这场家族阴谋的牺牲品。"

"你这个性质和梦境交易有什么不同？"对面的男人说，"在原来的时空里，黎漾已经丧生于这场航天事故了。"

林霁笑了。

"那就帮我做一个梦吧。"